お茶と探偵⑲

セイロン・ティーは港町の事件

ローラ・チャイルズ　東野さやか 訳

Plum Tea Crazy

by Laura Childs

コージーブックス

PLUM TEA CRAZY
by
Laura Childs

This edition published by arrangement with Berkley,
an imprint of Penguin Publishing Group,
a division of Penguin Random House LLC.
through Tuttle-Mori Agency,Inc.,Tokyo

挿画／後藤貴志

セイロン・ティーは港町の事件

謝辞

サム、トム、グレイス、ロクサーヌ、ボブ、ジェニーのみんな、バークレー・プライム・クライムおよびペンギン・ランダムハウスで編集、デザイン、広報、コピーライティング、ソーシャルメディア、書店およびギフトの営業を担当してくれたすばらしい面々に格別の感謝を。〈お茶と探偵〉シリーズの宣伝に協力してくださったお茶好きの方々、ティーショップの経営者、書店関係者、図書館員、書評家、雑誌のライター、ウェブサイト、テレビとラジオの関係者、そしてブロガーのみなさんにも心の底から感謝します。本当にみなさんのおかげです！

それから、セオドシア、ドレイトン、ヘイリー、アール・グレイなどティーショップの仲間を家族のように思ってくださっている大切な読者のみなさんには感謝の気持ちでいっぱいです。本当にありがとうございます。これからもたくさんの〈お茶と探偵〉シリーズをお届けすると誓います！

主要登場人物

セオドシア・ブラウニング……インディゴ・ティーショップのオーナー
ドレイトン・コナリー……同店のティー・ブレンダー
ヘイリー・パーカー……同店のシェフ兼パティシエ
ジェイミー・ウェストン……ヘイリーのいとこ
アール・グレイ……セオドシアの愛犬
ピート・ライリー……セオドシアの恋人。刑事
カーソン・ラニアー……銀行の副頭取。アンティーク銃のコレクター
シシー・ラニアー……カーソンの妻
ベティ・ベイツ……カーソンの同僚
ボブ・ガーヴァー……カーソンのビジネスパートナー
ジャッド・ハーカー……便利屋
アレクシス・ジェイムズ……画廊のオーナー
ミッチェル・クーパー……B&Bの支配人
バート・ティドウェル……刑事

1

マストと帆をまばゆい白色光に縁取られた大型帆船が、隊列を組んでチャールストン港をするすると航行していく。帆がはためき、木造の船体がぎしぎし揺れ、息をのむような光景を食い入るように見つめていた大観衆から歓声があがる。

「なんてすてきなの」セオドシアは射してくる光をさえぎろうと手を顔にかざした。「こんなの見たことない」

「見事だ」ドレイトン・コナリーが声に力をこめた。「こんなにも派手な光景が見られるのは、一八六一年に南軍がサムター要塞を砲撃したとき以来ではないかな」

今夜おこなわれているのは〈ガス灯とガリオン船パレード〉。世界各地——イギリス、フランス、南アメリカ、さらにはシンガポール——からやってきた二十隻以上もの大型帆船が、チャールストンのなかでも知名度抜群の、バッテリー地区の海岸沿いにひろがるホワイト・ポイント公園に集まった何千という人々の目を楽しませるイベントだ。もちろん、セオドシアとドレイトンはティモシー・ネヴィルの招待を受け、アーチデイル・ストリートに建つ彼の豪邸の三階に設けられたルーフバルコニーで高みの見物としゃれこんでいた。

「いますぐにでも、あのなかのどれかに乗ってみたくなるわよね？」

セオドシアはうっとりした声でドレイトンに尋ねた。この世でいちばん情熱を燃やしているものはインディゴ・ティーショップの経営だが、セーリングもそれに引けを取らない。海に出ると最高に幸せな気分になれる。たっぷりした鳶色の髪が風になびき、潮風で青い目がきらきらと輝く。色白の肌は教会のキャンドルに照らされたように、ほんのり赤みが差している。

案に相違してドレイトンはぞっとした顔で答えた。

「このわたしがかね？　帆船に？　死んでもお断りだ。わたしは根っからの海嫌いなのだよ。いいかげん、わかってくれてもよさそうなものじゃないか」

「魔法でクリッパー船に瞬間移動したと考えてみて」セオドシアは苦笑いした。「上等な紅茶を中国からイギリスへと運ぶ、昔の船ならどう？」

「そうきたか」ドレイトンは手すりから一歩さがった。「ずるいぞ。わたしがお茶と歴史に目がないことにつけこむとは」

六十なかばを超えたドレイトンはツイードのスーツに蝶ネクタイという格好といい、白いものが交じった髪と威厳あるふるまいといい、まさに南部紳士そのものだ。しかも、セオドシアがこれまで出会ったなかで、もっともすぐれたお茶のスペシャリストでもある。お茶そのものにもお茶のブレンドにもくわしく、名門ホテルの接客部長を辞めてインディゴ・ティーショップで右腕として働いてもらうようくどき落とせて本当にラッキーだった。一緒に働くようになってからの六年間、ふたりはお茶のメニューをより充実したものにしようと常につとめ、チャーチ・ストリートに建つすてきなティーショップの内装に磨きをかけ、数え切れないほどたくさんのパーティでケータリングを担当してきた。

今夜もそんなパーティのひとつだ。まあ、そう言っていいと思う。

このところ春らしい暖かな陽気がつづいたせいか、自生のプラムの木が歴史地区のいたるところで花を咲かせている。セオドシアはせっかくだからと、枝編み細工の大きなバスケットにプラムとブラックカラントのスコーンをたっぷりと入れてきていた。ドレイトンは、みずからブレンドしたプラム風味の特製セイロン・ティーを持ってきてくれた。持参した手みやげは、二十五人ほどの招待客用に一階のダイニングルームに用意されたおしゃれで軽めのサパービュッフェと一緒に並んでいる。

「寒くなってきたわね」セオドシアは肩にかけたピンクのカシミアのショールをしっかりとかき合わせた。アウトドア派なのでジョギングもセーリングもハイキングも大好きだ。愛車のジープのルーフを全開にして低地地方（ロー・カントリー）をドライブするのも楽しいけれど、今夜はずいぶん冷えこんできている。

「なのに、誰も帰る様子がない」ドレイトンが指摘した。ふたりが立っているのは屋根の端から端まである木造の細い通路だった。通路一帯にひろがったお客は小さなグループにわかれて抑えた声でおしゃべりに興じ、ゆらゆら揺れながら入港する船を食い入るように見つめている。誰が来ているのかはわからない。今夜は真っ暗で月も出ていないうえ、セオドシアとドレイトンは到着が少し遅れ、きちんと紹介してもらう時間がなかったのだ。いずれにしても、ルーフバルコニーに出ている人たちはみな、足もとに気をつけるほうに頭がいっぱいだった。通路のへりにもうけられている錬鉄の装飾手すりは、高さがわずか三フィートしかなかった。

「なかに入るとするか」ドレイトンは言った。「冷えた体を温めて、軽い夕食をごちそうになろう」彼はアンティークのピアジェの腕時計に目をやり、顔をしかめた。「暗すぎて、時間がよくわからないな」

セオドシアは聖セバスティアヌス教会を横目で見やった。聖なる都市の異名をとるほど教会が林立するこの街で、いちばん近くにある教会だ。赤煉瓦（れんが）の尖塔の電光時計がいまの時刻をしめしている。「まだ九時よ」

「だが、明日は仕事がある」ドレイトンは言った。「月曜日は早めに始める主義なのだよ」

「ええ、わかってる」セオドシアも同意した。「それに、明日は……」

ドーン！

地鳴りのような音が夜の闇に響きわたるや、見物客は縮みあがり、周辺一帯の家の窓がかたかた揺れた。

セオドシアは思わず胸に手をあてた。「いまのはなにかしら？」

「大砲の音だろう」ドレイトンが言った。「港に停泊している二艘の船が鳴らしたのではないかな」

セオドシアは、ほとんど葉の落ちた梢ごしに見やった。「いまの一発で終わりに――」
ド、ドーン！
「――してほしいわ」

このときは、大砲の音のあとに甲高い悲鳴がつづいた。

「助けて！」ルーフバルコニーのいちばん端から女性が叫んだ。「人が撃たれたわ！」

「なんだって？」ドレイトンはたじろいだ。

またも悲鳴があがった。怯えた叫び声はまたたく間にヒステリックな絶叫に変わった。鉄の車輪と熱く焼けたレールがこすれる音にそっくりな声だった。

直後、なにかがぶつかるような異様に大きな音がした。パンクしたタイヤが舗装した道路にばしん、ばしんと当たる音によく似ている。といっても、本当にタイヤがパンクしたわけではない。いまの音は……。

「人が落ちた！」男性の声が響きわたった。つづいて、十人以上がほうぼうから一斉に騒ぎたてた。

セオドシアは急いで向きを変え、屋根のへりごしに下をのぞいた。右のほうに目をやると、男の人がティモシーの自宅の傾斜したスレート屋根を真っ逆さまに転げ落ちていく。子ども用の滑り台を滑りおりるみたいにして。

「助けて！」落ちていく男性が、つかまるところはないかと手探りしながら叫んだ。すがるような痛々しい声が闇を切り裂いた。セオドシアの心も一緒に。

「たいへん！」セオドシアは大声で言った。なんでもいいから、なにか落下のいきおいを弱めるものが見つかるといいけれど。

「なんと恐ろしい」ドレイトンがはっと息をのんで言った。

ふたりがなすすべもなく見守るあいだも、男性の体はどすんどすんと落ちていき、やがて大きな屋根から張り出すひさしの一部である深いV字形の部分に到達した。男性は両腕を前にのばし、どこかつかまるところはないかとやみくもにばたつかせた。しかし、落下速度があまりに速くてとまろうにもとまれず、男性の体は装飾をこらしたバルコニーに向かって猛スピードで数フィート滑り落ちた。このときも手を思いきりのばし、手すりをつかんで転落をふせごうとしたが、指先がわずかにかすめただけに終わった。次の瞬間、彼の体が不気味にねじれたかと思うと、窓の上の石造りの装飾に額がぶつかり、飛沫がまばらにゆっくりと飛び散った。血だ。

セオドシアは言葉を失った。恐怖のピンボールマシンにからめとられた男性が、くるくるまわりながら下へ下へと落ちていくのを見ている思いがした。

ドレイトンの手が肩をぎゅっとつかむのを感じながら、セオドシアは男性が最後にもう一度いきおいよく転がって、闇に吸いこまれていくのを呆然と見ていた。

「まさか本当に弾が当たったのか？」ドレイトンの声はかすれ、震えていた。「大砲の弾が？それとも、あの男性が足を滑らせたのだろうか？」

けれども、セオドシアはすでにドレイトンのわきをすり抜け、ドアに向かって駆け出していた。

「どなたか電話を持っていませんか？」と大声で尋ねた。「いますぐ救急車を呼んでください！　お願い！」

そう言うと、階段を急ぎ足で、というより、もつれる足で駆けおりた。小走りする足音が分厚い東洋絨毯（じゅうたん）に吸収される。二階の踊り場におり立つと、怪訝な表情で見つめてくる男女のふたり連れをまわりこみ、さきほどよりも少し幅のある階段を猛然とくだって一階にたどり着いた。そこから長い廊下を駆けていった。てかてかした油彩画におさまったティモシー・ネヴィルのユグノー教徒の祖先たちに、たしなめるような顔を向けられながら。

玄関を飛び出し、広々としたポーチを突っ切り、玄関ステップをくだり、家のわきをぐるりとまわってティモシー自慢の庭に入った。反射池、竹やぶ、彫像、軽やかな水音を響かせている噴水がある贅沢なアジア風庭園だ。

さっきの男性は命にかかわるほどの怪我をしたわけじゃないかもしれない、とセオドシアは自分に言い聞かせた。足を踏みはずして転落したものの、反射池にうまいこと落ちたかもしれない。そんな淡い期待を抱いた。きっといま頃は飲んだ水を吐き出して、頭を振り、腕が折れたか鎖骨を強く打ったかしてうめいていることだろう。もちろん、救急車は必要だ。赤色灯を点滅させ、サイレンを盛大に鳴らしながら救急治療室まで搬送しなくてはならないだろう。それでも望みはある。いつだって望みはある……はずよね？

しかし、裏庭にまわったとたん、セオドシアはあわてて足をとめた。男性はティモシーの屋敷の敷地をぐるりと囲むアンティークの錬鉄のフェンスの上にまともに墜落していた。セオドシアはおぞましい光景にめまいをおぼえながら、手で口を覆い、うめき声が洩れそうになるのをどうにかこらえた。ピンでとめられた昆虫標本のように、男性の体は古いフェンスのてっぺんを飾るフルール・ド・リスの形の尖った先端で無残にも刺し貫かれていた。

セオドシアは足音を忍ばせ、むごたらしい現場に吸い寄せられるようにして近づくと、気の毒な男性をじっと見つめた。男性の目は驚いたように大きく見ひらかれ、ワイシャツには血が飛び散っていた。おまけに、フェンスのものすごく鋭い先端が首にぐさりと突き刺さっていた。

2

「事故だ」

セオドシアのうしろでかすれた声がした。

「大砲の弾がこんなところまで届くと思ってるの？」べつの声が言う。

「そうじゃない、あれはどう考えても落ちたに決まってる」べつの男性が大声で言った。

セオドシアは大きく息を吸って、うしろを向いた。十人ほどが真うしろでひとかたまりになっていた。全員がショックで目を丸くして、転落した男性をじっと見つめている。この人たちはセオドシアを追うように屋敷を飛び出し、すぐうしろをわれ先にと走ってきたようだ。セオドシアはまったく気づいていなかった。無我夢中だったし、男性が落ちた先がいくらかなりともやわらかくてふかふかしたところでありますようにと祈るような気持ちだったから。けれどもけっきょく、悲惨な現場に野次馬が吸い寄せられただけだった。

「その人、息をしてるの？」女性が訊いた。衝撃よりも好奇心が少しだけうわまわっている声だった。

その質問にセオドシアは唖然とした。三階分の高さから落ちたうえ、首に創傷を負ったの

に、それでも生きているなんてありうる？　まず無理だ。それでも……あの気の毒な男性の脈と呼吸を確認したほうがいい。

「通してくれ、通してくれ！」

人だかりのなかからティモシー・ネヴィルの気むずかしい声があがった。野次馬がそろそろと道をあけるなか、今夜の会の主催者はやるせないような、恐怖に引きつったような表情で人混みのなかを進んできた。

セオドシアはティモシーのほうを向いて言った。

「万にひとつの望みもなさそう」

ティモシー・ネヴィルは齢八十を過ぎたヘリテッジ協会の理事長で、大富豪であり保守的なチャールストン市民だ。リッチな生活を享受し、尊大でぶっきらぼうな性格なのはよく知られている。けれども、無愛想な表の顔とは裏腹に、心根はやさしい人だ。いまだって、セオドシアが発した言葉にがっくりきているように見える。それでも、自分の目でたしかめなくてはと覚悟を決めていた。

ティモシーは自分の家のフェンスに力なく横たわる男性に、おそるおそる近づいた。

「カーソン」彼は苦悩のにじむ声で言った。

「ありゃ、銀行家のカーソン・ラニアーだ」野次馬のひとりが押し殺した声で言った。

ティモシーはおずおずと手をのばし、男性の首筋にそっと触れた。脈があるはずの場所に。近くの客間の窓から洩れる黄色い光を浴びたティモシーの顔がくもったのをセオドシアは見てとった。なんだか、歳を取ったように見える。いつになく老いて見えるし、表情も暗い。

「どう？」セオドシアは声をかけた。

ティモシーは手を引っこめ、無念そうに首を振った。

「残念だが、事切れている」

ひと目見ただけで、カーソン・ラニアーが生きてはいないとセオドシアはわかっていた。命の灯火は消え、呼びかけには応じないだろうと。永遠に。

「亡くなっただと？」ドレイトンも人混みをかきわけながらやって来た。

「急激に出血したらしい」ティモシーが言った。「ほら、ここを見たまえ」彼は遺体の真下の芝生についたどす黒い染みをしめした。

セオドシアは身を乗り出すようにして見た。

「血だとしても、首からのものじゃないわ」

「なんだと？」ティモシーの声が少し大きくなりすぎた。

「撃たれたのはたしかだと思う」セオドシアは言った。大砲が本物の弾を発射したとは思えないけれど、ひょっとしたらということもある。男性の下の芝生にできた血だまりに人差し指で触れた。「たしかに血だわ」生暖かくてねばねばしている。まだ新しい。「でも、出血した場所は……」そこで急に、危険なほど好奇心をかきたてられた。「ねえ……誰かこの人をちょっとでいいから持ちあげてくれませんか？　首以外の場所に致命傷を負っているはずなの」

「動かすのはまずいんじゃないのかな」男性の声がした。

「カーソンをこのままにしておくわけにはいかん」ティモシーが言った。「これではまるで、串に刺した七面鳥ではないか」

ティモシー、ドレイトン、その他ふたりの手がのびてきて、カーソン・ラニアーを四インチほどそっと持ちあげた。セオドシアは体を横に傾け、男性の胸をのぞきこんだ。

「うそでしょ」と言うのがやっとだった。

ティモシーの顔が青ざめた。

「もっとひどい傷があるというのか？」言葉がそこで途切れ、彼は体を震わせはじめ、いまにも気を失いそうな顔になった。「なんということだ」とうめくような声を出した。「すべて……すべてはわたしの責任だ」そう言ってひらべったい胸に震える手を当てた。「わたしが客を招待などしなければ……屋上にあがらせたりなどしなければ」そこで声を詰まらせる。

「まさか大砲の弾があたるとは。本物を打ちあげるとは思ってもいなかった」

「ちがう、そうじゃないの」セオドシアは引きつった声であわてて言った。「死因はべつのところにありそう。もう一度、その人の体を持ちあげてもらえる？今度はもっとよく見られるよう、ちょっとだけ傾けてほしいの」それから野次馬に目をやった。「どなたか、懐中電灯を貸してもらえないかしら。ライト機能がついてる携帯電話でもいいわ」

「これを使って」女性がライトを点灯させた携帯電話を差し出した。

男性陣はふたたび、ラニアーの体を持ちあげる作業にかかった。さっきよりも高く持ちあげ、ぎこちなく傾けられた体の前面に、セオドシアは光を当てていった。ベルトのバックルのすぐ上あたりを照らしたとき、彼女の口から大きなあえぎ声が洩れた。

「急いでくれたまえ」ドレイトンが大声で催促した。「ずっと持ちあげているのは無理だ」

「もうおろしていいわ」セオドシアは言った。

「どうした？」ティモシーが訊いた。息をするのも困難なのか、甲高くてかすれた声だった。「なにが見えたのだ？」

セオドシアは顔にかかった巻き毛を払った。「なにか刺さってる」

「刺さっているとはどういう意味だ？」ティモシーは訊いた。

「はっきりとはわからない」今度はセオドシアの声が小刻みに震えはじめた。「でも、たぶん……矢のようなもので撃たれたみたい」

死んだ男性の体を持ちあげていた四人が一斉に飛びのいた。

「まさか」ドレイトンが言った。「フェンスと見まちがえたのだよ、きっと。折れたかなにかしたのだろう」

「いったい、どういうことだ？」ティモシーが老人特有の耳ざわりな声で訊いた。

「見た感じ、金属の矢みたいだった」セオドシアは言った。「よく見る狩猟用の矢よりも小さくて短いの。そうねえ……クロスボウの矢に近いかも」頭のなかが制御不能の遠心分離機のようにぐるぐるまわっていた。「たしかにラニアーさんは撃たれているけど、大砲の弾が当たったわけじゃないわ」

ティモシーの目がけわしくなった。「カーソン・ラニアーは矢で射られたというのか? ルーフバルコニーで?」口がぽかんとあいた。それからかすれた声で言った。「いったい誰がそんなことを?」

「奥さんかな?」野次馬のうしろのほうから声がした。

ティモシーはセオドシアを食い入るように見つめた。

「バランスを崩したという話ではないのだな? 彼は撃たれたのだな?」

「そうじゃないかと……」セオドシアはそこで言いよどんだ。いまのこの状況は、とてもじゃないけどわたしの手には負えそうにない。だけど……やはり。目の前には力なく横たわる男性の遺体。セオドシアは何度もまばたきをしてから、ごくりと唾をのみこみ、顔を上向けてルーフバルコニーを見あげた。紫色に染まった夜空を背景にそびえる小塔。装飾をほどこされた手すり。自分でもなにを見つけようとしているのかわからない。見えるものといったら、ティモシーのイタリア様式の屋敷のなんとなく不気味な輪郭だけだ。

やがて、点と点をゆっくりと結ぶように、セオドシアはすぐ隣に建つ巨大な建物に目を向けた。〈スタッグウッド・イン〉。このところ歴史地区に増えている、古い屋敷を改装したB&Bのひとつだ。

三階に目を向けると、あいている窓で薄いカーテンが揺れた。人影らしきものが左から右へちらりと動いたかと思うと、すぐに見えなくなった。

「ほら、あそこ」セオドシアは叫んだ。「人がいる」

「屋根裏にかね？」ドレイトンが訊いた。

「これは事故なんかじゃないわ」セオドシアは語気を強めた。その言葉がまだ空中にただよっているうちに、彼女はくるりと向きを変え、ふたたび走り出した。

3

今度はドレイトンもすぐあとにつづいた。舗装路に靴音を響かせ、息をぜいぜいあえがせながら。

「何者かがラニアーさんを撃ったのよ」セオドシアは〈スタッグウッド・イン〉につづくアプローチを駆け足で進みながら、肩ごしに叫んだ。「たぶん、三階の窓から。カーテンが風にはためくのが見えたから、あそこに人がいたのはたしかだわ」

「だからと言って、犯人とはかぎらんだろう」ドレイトンが反論した。ふたりは足音高く階段をのぼり、ツタのからまるロマンチックな柱がある広い玄関ポーチを突っ切った。「上から見ていただけかもしれないではないか。きっと、宿泊客だ」

「でも確認しなくちゃ」セオドシアは肩で息をしながら言った。玄関のドアを力まかせに押したせいで、ドアが壁にいきおいよくぶつかった。絵ががたがたと揺れ、受付デスクにいた若い女性がその音にぎくりとした。

「あの……チェックインでしょうか？」女性はぎこちない笑みを浮かべて尋ねた。二十代前半だろうか、若くて、茶色の髪を長くのばし、はやりのウッドフレームの眼鏡をかけている。

「そうじゃないの」セオドシアはきつい声で言った。〈スタッグウッド・イン〉のロビーをぐるりと見まわした。革のソファ、鹿の角をあしらったランプ、鉢植えのバナナの奥に目をこらし、ようやく二階にあがる階段を見つけた。「行きましょう、ドレイトン。こっちよ」

セオドシアとドレイトンはばたばたとロビーを突っ切り、暴走する野生のバッファローよろしく、派手な音をたてて木の階段をあがった。うるさくて迷惑かもしれないとは考えもしなかった。二階にあがったところでぴたりと足をとめた。階段は三階まであるが、カーペット敷きの長い廊下をはさんで向こう側にも上に行く階段がある。

「どっちだろう？」ドレイトンが訊いた。

セオドシアは迷った。上で足音がしているから、さっさと決めなくては。「奥の階段で行きましょう」

セオドシアとドレイトンは、真鍮（しんちゅう）の燭台と濃い色調の花柄の壁紙の廊下を走り、いくつもの客室の前を通りすぎた。どの部屋もドアにそれぞれ名前がついていた。ハネムーン・スイート、ベルベット・ヴィクトリアン・スイート、ハイダウェイ・スイート。廊下の突きあたりまで行くと、ふたりは奥の細い階段を急ぎ足でのぼり、小さな踊り場で右に曲がって、さらにのぼった。三階に着いたところで、ふたりともためらった。照明がおそろしく暗いうえに天井が低く、ちょっと息苦しい感じがしたからだ。この階にはスイートがふた部屋あるだけのようだ。どちらの部屋のドアも濃い緑色に塗られて上が丸く、ホビットが住む穴の扉を思わせる。

セオドシアは神経を集中して、いま自分がいる位置を確認しようとした。ティモシーの家は向かって左手の方向だから、窓のところに見えた人影は……。

「勝手にずかずかと部屋に入るわけにはいかんぞ」ドレイトンが注意した。

そう言われて、セオドシアはほんの二秒ほど動きをゆるめた。しかしすぐに左のドアノブをつかみ、〝ツリートップ・スイート〟と記された部屋に入った。

室内は真っ暗だった。

セオドシアはゆっくりとした足取りで、二歩、それから三歩進み、暗さに目を慣れさせた。

ここに誰か隠れていたら……そうね、そうだとしたらとんでもなくまずいことになるわ、と心のなかでつぶやいた。武器はなにも持っていないし、援護役はドレイトンしかいないのだから。

それでも、セオドシアは足音を忍ばせて前進をつづけた。薄明かりのなかでも、右側にスレイベッドが、すぐ左に簞笥(たんす)と小さな安楽椅子が一脚あるのが見える。

「セオドシア」うしろからドレイトンの声がした。びくびくしているのがわかる。「なにか見えるかね?」

「前方にバルコニーがある」セオドシアは声をひそめて答えた。薄いカーテンのかかった窓だと思ったものは、ガラスのついた引き戸だったらしい。だとしたら、誰でもあそこに立てたわけだ。「ちょっとだけ――」

「いかん!」ドレイトンが小さな声でたしなめた。「まだ人がいるかもしれん。武器を持った相手に襲いかかられたら、いったいどうすればいいのだね？　わたしの懐中時計で殴りつけろと？」

セオドシアは手をのばし、箪笥の上にあったガラスの猫の置物をつかんだ。サブマシンガンのMAC10にはほど遠いけれど、いざというときには役にたつかもしれない。

「ちょっとのぞくだけだから」セオドシアは言った。ずっと走ってきたせいで息があがっているし、心臓が傷ついた鳥のように胸のなかで激しく脈打っている。それでも、何者かがバルコニーに隠れていないか、どうしても確認しておきたかった。だって、バルコニーからはティモシーの屋敷がまともに見えるはず。発砲した人物——というより、セオドシアは弓を射た人物と考えている——があそこに立っていたのなら……。

バーン！

セオドシアは肩を耳のところまですくめ、さっと振り返った。「いまのはなに？」

「誰かがドアを乱暴に閉めた音だ！」ドレイトンが叫んだ。

同時にドアに駆け寄ったセオドシアとドレイトンは、暗いなかで相手につまずき、たがいの腕をもつれさせながら、手探りでドアを引いた。

ドアがいきおいよくあくなり、ふたりは廊下に飛び出した。

「誰もいない」ドレイトンはほっとしたような顔をした。

正面側の階段に大きな足音が響いた。猛然と階段を駆けおりていく！

「ここにいないだけでしょ！」セオドシアは大声で言った。「ほら、行くわよ」そう言うなり鉄砲玉のように走り出し、猫の置物を持ったまま階段を駆けおりた。しかし、急な折り返しをまわるたび、追っている相手との距離は広がっていった。本物の人間ではなく、影を捕まえようとしている気になってくる。

もっと速く走らなきゃ、とセオドシアは自分に言い聞かせた。

二階までおり、長い廊下の先にすばやく目をやると、人影が角をまわりこむのが見えた。

「とまりなさい！」セオドシアは大きな声で呼びかけた。けれどももちろん、相手はとまらなかった。

廊下を端まで走って左に折れ、そのままリノリウムを敷いた階段を駆け足でおりた。

前方から聞こえる必死の足音が、玉石を蹴る馬のひづめのようにけたたましく響いている。

このまま行けば、厨房か朝食室に出るはず。だとすれば、追いつめる望みはありそうだ。

セオドシアは顔を下に向け、顎に力を入れ、足の裏全体を床に着けると、最後にもう一度、向きを変えた。しかし、幅の狭い三角形が連なる階段はそのあたりで妙な角度がついていて、右足が段のへりに引っかかった。セオドシアは足もとがよろけて片膝をつき、無我夢中で木製の手すりに手をのばした。なんとか手が届き、いきおいよく転げ落ちて痛い目に遭うのは避けられた。

荒い息をひとつ吸って立ちあがると、目の前に大きな人影が立ちはだかった。

「いや！」セオドシアは猫の置物を頭上高く振りあげ、身を守ろうとした。人影は小さく左右に揺れただけで、一インチたりとも進んでこない。

「およしなさい」人影がうなるような声を出した。うしろから光があたっているせいで、顔がまったくわからない。それでも、絶対に油断は禁物だ。

腕にぐっと力がこもる。相手が威嚇するようなまねをしたら、このガラスの猫の置物を頭に叩きつけてやる。けれども、相手は忍者のような反射神経の持ち主だった。セオドシアが行動を起こす間もなく、手がにゅっとのびてきて彼女の腕をつかみ、力まかせにひねりあげた。猫の置物が手からするりと落ちて床にぶつかり、本物の手榴弾のように砕け散るのを、セオドシアは痛みにゆがんだ顔で呆然と見ていた。

「いやああ！」怒り半分、恐怖半分で叫んだ。

人影がまたも左右に揺れた。「ミス・ブラウニング？」

え？　セオドシアははっと息をのんだ。いまの低くてよく響く声は、何度も耳にしたことがある。次の瞬間、ぴんとひらめいた。「刑事さん？　ティドウェル刑事？」そこでようやく、相手の顔にピントが合った。

やっぱりそうだ。むっとしたような怖い顔に、わずかに困惑の表情を浮かべている。

「ここでなにをしてるの？」セオドシアはきつい調子で尋ねた。

ティドウェル刑事はぎょろりとした目でにらんだ。

「あなたこそ、ここでなにをしているのですかな」熊のようにがっしりした体つきのバート・ティドウェル刑事は、チャールストン警察の殺人課を率いている。かなりの切れ者で洞察力に富むうえ、バイタリティにあふれて、軽率な行動とはおよそ無縁の人だ。

「人を……追いかけてたの」セオドシアは言った。

ティドウェル刑事は一歩うしろにさがって、あたりを見まわした。

「誰の姿も見えませんが」

「さっきまでいたのよ。そこの階段を駆けおりていったんだから。おそらく刑事さんは……」

「ええ、あちらからいま来たばかりです」刑事は銃弾の形をした頭を彼女のほうに傾けた。

「あなたは死体を動かしたようですな。というか、そうするようそそのかしたと言うべきですが」

「まだ生きているかたしかめなきゃいけなかったんだもの」セオドシアは言った。「まだ息があるかどうか」必ずしも事実ではないが、表情から察するにティドウェル刑事もそれはわかっているようだ。

それでも彼はこう言っただけだった。「行きましょう」

ティドウェル刑事、セオドシア、ドレイトンの三人はティモシー・ネヴィルの屋敷に引き返した。

「わたしたちが〈スタッグウッド・イン〉にいるって、どうしてわかったの？」セオドシアは刑事に訊いた。

刑事はおざなりにほほえんだ。「到着するなり、ミスタ・ネヴィルから聞かされましてね。

あなたがたが気を利かせて、捜査にすっ飛んでいったと」〝気を利かせて〟と〝捜査〟というところでは、ラクダの糞の話でもするような口調になった。

「だってなにか見えたんだもの」セオドシアは言い返した。「三階の窓に。さっきもそう言ったじゃない」大追跡のあらましについてはすでに説明済みだったが、軽く受け流されたことでもやもやしていた。ティモシーの屋敷の裏庭の近くまで来ると、路地にパトカー二台と救急車が一台とまっているのが見えた。野次馬はあいかわらず残っていたが、うしろにさがらされていたし、不埒(ふらち)な輩(やから)が入らないようにと犯行現場を保存する黒と黄色のテープが張られていた。

ティドウェル刑事はフェンスに引っかかったままの遺体をしげしげとながめ、ひとことつぶやいた。「妙だな」

「自分から落ちたんだよ」野次馬のなかから声がした。

ティドウェル刑事は報復の天使よろしく、発言の主に迫った。

「落ちるところを見たのですかな？」

相手は震えあがって首を横に振った。「いいえ」と蚊の鳴くような声で答えた。

「でしたら、ミスタ・ラニアーはうしろから押されたのかもしれませんな」ティドウェル刑事の言葉が漫画の吹き出しのように宙に浮いた。「とにかく、よけいな口ははさまないでいただきたい」

周囲の野次馬が黙りこんだ。ここはあきらかにセオドシアの出番だ。

「その人は押されたわけじゃなくて撃たれたの」

ティドウェル刑事の濃い眉がくいっとあがった。

「なんですと?」

「矢でね」セオドシアは言った。「ほら……大量に出血しているけど、血だまりの原因はフェンスの装飾に刺さった首の傷じゃないとわかるでしょう?」

「被害者は誰なんでしょうな」刑事は訊いた。「名前はご存じですか? 身元のわかるものはありますかな」

「彼はわたしが招いた客のひとりだ」ティモシーが前に進み出た。「名前はカーソン・ラニアー。わたしの友人だ……いや、友人だった」ラニアーのことを過去形で語らなくてはならないせいだろう、急に気分が悪くなったように見えた。

「さあ、こっちへ」ティモシーがかなりの高齢なのを気にしてドレイトンが声をかけた。

「なかに入って、腰をおろしたほうがいい」

ティモシーは手を振った。「ここで大丈夫だ」むっとした声で言い返した。「いや、大丈夫とは言えん。だが……状況が状況だからな」

五分後、鑑識チームが黒光りするバンに乗って到着した。鑑識官たちは車から飛び出すなり、さっそく仕事にかかった。照明を設置して写真を撮ると、ラニアーの頭と手に袋をかぶせた。もうこれで、彼の凍りついたような表情を見なくてすむと、セオドシアはほっとした。

鑑識官たちは証拠を充分に採取したのち、ラニアーの遺体をフェンスからおろした。

「矢のようなものが刺さっている」鑑識官のひとりがつぶやいた。

「こんな矢は見たことがないな」べつの鑑識官が言った。

ティドウェル刑事が近づいていき、金属の車輪つき担架の上に置いてあった黒いビニール袋にラニアーの遺体がおさめられるのを、じっと見守った。

「クロスボウの矢ではないかと思うの」セオドシアはじりじりと近づきながら言った。

「たぶんそうでしょう」ティドウェル刑事は目を細くして言った。「発射するのに使ったのはピストル式クロスボウでしょうな」

「ピストル式クロスボウって?」

「小ぶりのクロスボウが拳銃の握りに乗っかった形をしているものです」

「そんな武器、いったい誰が作ったのかしら」

「それより、誰が撃ったかが問題です」ティドウェル刑事はここではじめて顔をあげ、〈スタッグウッド・イン〉の三階の窓を見やった。

セオドシアは前へ前へと押してくる野次馬を見まわした。人間の本性は本当に興味深い。死というものに怯えると同時に、好奇心を刺激されもするのだから。

「このあと、どうするの?」セオドシアはティドウェル刑事に尋ねた。

「関係者全員の名前と住所を聞き出します」刑事は答えた。「ミスタ・ネヴィルの家の屋上にいた人はもちろんのこと、近隣の住民からも」

「それでそのあとは?」

鑑識官が遺体袋を閉じたのだろう、聞き間違いようのないファスナーの音がした。

ティドウェル刑事は口をゆがめた。

「そのあとは、犯人を捕まえるんです」

芸術家のお茶会

昼下がりに集まってのんびりお茶を楽しむ18世紀のパリの芸術家になりきりましょう。テーブルの真ん中に画集や写真集を積みあげ、絵筆、シダ、花を使ってセンターピースをこしらえます。有名な絵画をカラーコピーすれば、しゃれたランチョンマットとして使えます。陶芸品を飾るか、いろいろな磁器をうまく選んでしゃれた組み合わせを楽しんで。お客さまに出す最初のひと品は、パルメザンチーズとローズマリーのスコーンがおすすめです。ふた品めはエビのリゾット、デザートにはひと口サイズの洋梨のチーズケーキがいいでしょう。お食事のときにはセイロン・ティーを、デザートにはクリームブリュレ風味の紅茶をどうぞ。

4

やかんが湯気をあげ、キャンドルの炎が揺らめき、さわやかなモロッコ・ミント・ティーと麦芽のようなアッサム・ティーの香りがインディゴ・ティーショップ全体にたちこめていた。いまは月曜の朝。ドレイトンとセオドシアは入り口近くのカウンターでお茶を淹れながら、昨夜の恐ろしい出来事をヘイリーにどう伝えようかと、小声で戦略を練っていた。

「やんわり伝えなくてはいかんだろう」ドレイトンはツイードのジャケットから目に見えない糸くずをつまんで言った。「とても感じやすい子だからね」

「必要とあれば、いくらだってタフになれる子だと思うけど」セオドシアは言った。ヘイリー・パーカーはこの店のシェフであり、パティシエであり、ティーショップ三人組の三番めの柱だ。まだ二十代前半と若いが、海兵隊の鬼軍曹かと思うほど厳しい態度で厨房を運営している。だから、納入業者は時間どおりに注文の品を届けるし、野菜は必ず採れたてでなくてはいけないし、誰であろうと（ここ大事！）、つぶれたイチゴや桃を納品して知らん顔するのは許されない。

「ボスはきみだ」ドレイトンはセオドシアに言った。「つまり、悪いニュースを告げるのは、

非凡なるきみの役目だよ」

「ニュースを告げる?」ヘイリーがチャールストンの日刊紙《ポスト&クーリア》の一面をばさばさいわせながら厨房から現われた。「遅いってば。ゆうべ、ティモシーの家でなにかあったことくらい、とっくに知ってるもん」そう言って首を左右に振った。長いブロンドの髪が金色のカーテンのように肩のところでそよぎ、生意気そうな鼻にしわが寄った。「新聞の一面記事をざっと読んだ感じだと、事故じゃなさそうよね。つまり、殺人ってこと」

「そう露骨に言うことはなかろう」ドレイトンが言った。

「でも、そうなんでしょ? 超リッチな銀行家が心臓を射貫かれたんでしょ?」

「心臓(ハート)じゃないわ」セオドシアは言った。

「ふうん」ヘイリーは言った。「じゃあ、銀行家には心(ハート)がないんだ」

「冗談にしていい話ではないぞ」ドレイトンがたしなめた。「むごい出来事だったのだからね」

ヘイリーはうなずいた。「新聞にはフェンスに落下したことも書いてあるわ。そのフェンスを製作した人の名前まで出てる」

「フィリップ・シモンズだ」ドレイトンが言った。「その分野ではかなり有名な職人だった」

「あなたたちふたりもかなり有名だけどね」とヘイリー。「年がら年中、気味の悪い犯罪にかかわってばかりいるんだもん」

「そんなことは断じてないぞ」ドレイトンは言ってセオドシアに目をやったが、〝そうかしら？〟という顔をされたので、唐突に話をそらした。「とにかく、今度の件にはふたりともかかわっていないからな。それは断言できる」

セオドシアは目をまるくした。もう充分にかかわっているじゃない、〈スタッグウッド・イン〉に押しかけて犯人捜しをしたんだもの。

「それを聞いて安心した」ヘイリーは言った。「だって、あたらしい殺人事件が起こるたびに、犯罪ストッパーよろしくチャールストンじゅうを駆けまわられると心配だもん」

「ヘイリー、わたしたちはそんなことしてないわ」セオドシアは言った。「今度の件に巻きこまれるなんてことは絶対にないから」ヘイリーに心からの笑顔を向けながらも、頭の片隅ではこう考えていた――もちろん、先のことはわからないけど。

二十分後、白いリネンのクロスがかけられたテーブルには、ロイヤルドルトンのアルカディア柄のティーカップとソーサーが並び、銀食器が光り、隅の石造りの小さな暖炉で炎がぱちぱち燃えていた。壁にはセオドシアお手製のティーカップをあしらったブドウの蔓(つる)のリースがいくつも飾られ、アンティークの皿がコレクターに人気のカップとソーサーのセットと一緒に木の棚に立てかけてある。ヘイリーがトレイにのせて出してきた焼きたてのシナモンスコーンとバナナマフィンは、入り口近くのカウンターの上に置かれたガラスのパイケースに並べてあった。

「あらためて言っておくけど」セオドシアはドレイトンに言った。「今週はかなり忙しい一週間になるわ」

　ドレイトンは床から天井までお茶が並ぶ棚からシルバーチップスの缶をつかんだ。

「目がまわるほどでもなかろう。たしか予定しているのは……ええと、水曜日にデレインのところでシルクロード・ファッションショーの昼食会があるのと、木曜日にティー・トロリーが寄ることになっているのと、金曜日にプラムの花のお茶会を開催するんだったな」

「プラムの花がそこまで持てばいいんだけど」セオドシアは言った。

「それが問題なのだよ。日本の梅(プラム)の木の大半はちょうどいまが見頃だから、シルクの造花で代用することになるかもしれん」

「だったら〈フロラドーラ〉に注文すればいいわ。あそこならいくらか仕入れてくれるもの。なんの問題もなしよ」

「あるいは」ドレイトンは言った。「〈フェザーベッド・ハウス〉のプラムの木はまだ開花していないかもしれないから、アンジーに頼んで何本か切らせてもらうのもいい」

　ドン。ドン。ドン。

　ドレイトンはおもてのドアに目を向けた。

「朝の一杯が飲みたくてうずうずしているようだな」

　セオドシアはドアのところに急ぎ、揺れているガラス窓から外をのぞいた。

「デレインだわ」デレイン・ディッシュはチャールストンでもそうとう高級なブティック〈コットン・ダック〉を経営している、華やかでちょっと変わった女性だ。

「やれやれ」ドレイトンは言った。彼にとってデレインは頭の痛い存在だった。たいていの男性が――それに女性の一部も――面倒くさい人と思うタイプの女性だからだ。もちろん、面倒くさい人とは変わり者を言い換えた表現だ。

「どうぞ入って、デレイン」セオドシアは鍵をまわし、ドアをあけた。

デレインは怒りに燃えた村人がたいまつを振りかざし、ピッチフォークをふるいながら、すぐうしろに迫っているとばかりに飛びこんだ。

「ゆうべのぞっとするような騒動の場に居合わせなくて、本当によかった！」と、開口一番言った。

「なんたることだ」ドレイトンは大切にしている青白柄のティーポットの内側を拭きながら言った。「ティモシーの家で事故があったことは、もうみんなに知れわたっているのかね？」

「なーに言ってんの？」デレインはせせら笑った。「あれは事故なんかじゃないでしょ。《ポスト&クーリア》、CNN、テレビの『おはよう、チャールストン』、あたしのフェイスブックのニュースフィードとツイッターに流れてくる情報によれば、殺人だって話よ。それも残忍な殺人事件」どういうわけか、デレインはやけにうれしそうな顔をしていた。彼女はくるりと向きを変え、ドレイトンを指でしめした。「しかも、あなたもその場にいたんですってね」指はしばらくさまよったのち、セオドシアをとらえた。「それにセオも」

ドレイトンはため息をついた。「事件の一部始終を聞きたいらしいな」

「あら、とんでもない」デレインは言った。きょうは明るい紫色のスカートスーツに、宝石をちりばめたミツバチの形の大きなブローチをつけている。「情報ならべつの筋から手に入れるわよ」

「どういうこと?」セオドシアは訊いた。

デレインは内緒話をするように声を落とした。「たまたまなんだけどね、殺された人の奥さんをよく知ってるの」

「カーソン・ラニアーさんの奥さん? たしか、ゆうべ彼女のことをどうこう言ってる人がいたわ。ラニアーさんが落ちたあと、野次馬の誰かがごにょごにょ言ってたの」セオドシアは眉根を寄せた。「奥さんが犯人だとかなんとか」

「それはたぶん、ラニアー夫妻が泥沼の離婚騒動の渦中にある……というか、あったからよ」デレインは言った。

ドレイトンが身を乗り出した。「離婚話だと? それはたしかなのかね?」

「ねえ、ドレイトン」デレインは言った。「シシー・ラニアーはあたしの上得意のひとりなの。うちで扱ってる流れるようなラインのロングスカートにぞっこんだし、フランス製のランジェリーの大ファンなんだから」デレインが経営する宝石箱のようなブティックには、上品なカシミア、シルクの服、やわらかな革のバッグのほか、海外のサンダルやフランス製の香水、それにうんと派手なコスチュームジュエリーが揃っている。

「ちょっと待って……奥さんの名前はシシーというの?」セオドシアは訊いた。

「本当の名前はスーザンで、シシーは学生時代のニックネームなんですって。本人はそう呼ばれるほうがいいって言うから、あたしもそうしてるってわけ」

「もう、友だちのシシーとは話をしたのかね？」ドレイトンが訊いた。「さぞかしショックを受けていることだろうな。カーソンとは夫婦だったわけだから、いまもなんらかの絆があるはずだろう」

「まだ話はしてないわ」デレインは言った。「もっとも、ふたりのあいだには絆なんかこれっぽっちも残ってないはずだし、鏡にクレープ地の喪章をかけてるとも思えないけど。シシーとカーソンはかれこれ数カ月ほど別居してて、離婚が成立するまであとちょっとのところまできてたんだもの」彼女は親指と人差し指を四分の一インチだけ離してしめした。

「でも、シシーは表向きにはいまも奥さんなんでしょ」セオドシアは言った。

「ええ、そうよ」デレインはこくんとうなずいた。「そうだと思う」

「法律上はね」セオドシアの頭に黒々とした考えが浮かんだ。泥沼の離婚話のさなかにいる女性が……財産を折半するだけでは物足りないと思ったとしたら？カーソン・ラニアーが血も涙もない弁護士を雇っていた場合、取り分は半分以下ということもある。昨夜の事件にシシーも一枚かんでいるなんてことはありうる？　まさか彼女が狙撃の実行犯？　あるいは、人を雇ってやらせた？　セオドシアは顔をしかめ、頭を振った。まったくもう、きょうはやけに想像力がたくましいわ。いま、デレインがべらべらしゃべっている話題に集中しようとした。すなわち、シルクロード・ファッションショーのことだ。

「ねえ、水曜日にあるうちの昼食会のケータリングの準備は進んでる？」デレインは訊いた。

「このあいだ打ち合わせたとき、メニューはまだいくらか流動的ってことだったけど」

「そうそう」セオドシアは言った。「メニューね」

「わたしが持っているよ」ドレイトンが言い、エプロンのポケットからカードを出してセオドシアに差し出した。それをデレインが横からさっと手を出して奪い取った。

「どれどれ」デレインは目を細くしてインデックスカードを読んだ。「あら、どれもいい感じ。シュリンプトースト、春巻、などなどなど」彼女は顔をあげた。「それでね、ファッションショーは十一時半に開始の予定で、時間はだいたい三十分くらい。そのあと、うちのセールススタッフとあたしとでお客さまから注文を取るし、少しお買い物を楽しんでもらう時間も必要だわ。だから、一時までにビュッフェテーブルを用意し終えて、いつでも始められる状態にしておいてほしいの」

「大丈夫、まかせて」セオドシアは言った。

「きっとすばらしいイベントになるわ」デレインは言った。「うちのシルクのドレスの魅力をあますところなく伝えたいから、プロのモデルに来てもらうことにしたの。それにイベントプランナーがすてきな舞台を準備してくれてる。店もランウェイも、うんと中国っぽくするのよ。シルクロード風にね」

「アジアらしい感じを出したいなら、通りをちょっと行ったところにあたらしくギャラリーをオープンした女性に相談してみてはどうかな」ドレイトンが言った。

デレインの眉が吊りあがり、一対のクエスチョンマークになった。「その新しいギャラリーってなんのこと？　なんでこのあたしの耳に入ってきてないわけ？」デレインはチャールストンのトレンドと芸術に関してはちょっとした権威だと自負している。

「ハイク・ギャラリーというのだよ」ドレイトンは言った。「日本の詩の一形態にちなんでつけた名前だそうだ。そう考えると、中国ではなく日本の美術品とアンティークが専門ということか」

デレインは手をひらひらさせた。「かまわないわ。中国でも日本でも、くねくね動く小さな蚕を育ててるんでしょう？　ええ、きっとそうよ」

「実はハイク・ギャラリーは今夜、オープニング・パーティをひらくことになってるの」セオドシアは言った。すでにカウンターのなかに戻って、ドレイトンのかわりに六個のティーポットの用意をしていた。「先週、オーナーのアレクシスなんとかという女性から招待状が届いたのよ」

デレインは目をみはり、それから大げさに頭を振り動かした。

「ギャラリーのオープニング・パーティですって？　アジア芸術専門の？　セオ、あたしも絶対に行く」

「あまり大きなパーティではないと思うよ」ドレイトンが言った。「近くの店のオーナーが何人か呼ばれているだけだ。ハーツ・ディザイア宝飾店のブルックに、〈キャベッジ・パッチ〉のリー……」

しかし、デレインはノーという返事を受け入れるつもりはなかった。押しの強い女性の同盟があったら、デレインはそのトップに君臨するだろう。「ドレイトン、あなた、わかってないようね。あたしはなんとしても行くって言ってるの。あたしがアジア芸術をこよなく愛してるのはよく知ってるくせに」

「しょうがないわね」セオドシアは肩をすくめた。「だったら、一緒に行きましょう」パーティの客がひとり増えたくらいで面倒なことになるとも思えない。

デレインはシャネルのバッグから真っ赤な口紅を出し、ぽってりと誇張された唇に塗った。

「なに言ってんの。会場で待ってるわ」


「あと五分だ」ドレイトンは丈の長いエプロンをなでつけ、蝶ネクタイを直した。「五分後には店のドアをあけなくてはならん」

セオドシアはティールームをぐるりと見まわした。心地よく落ち着ける雰囲気にあふれ、厨房からはヘイリーが鼻歌を歌っているのが聞こえてくる。すでにランチの準備を始めているのだろう、鍋の音もしている。さすがだわ。

「デレインのところのケータリングはきみひとりで本当に大丈夫かね？」ドレイトンが訊いた。

「ケータリングは問題なし」セオドシアはゆっくりとウィンクした。「デレインは扱いにくいけど」

「たしかに」

「でも、ヘイリーがいつでも持っていけるようオードブルを詰めてくれて、あなたがぴったりのお茶を選んでくれれば、ひとりでなんとかなるわ」

「では、われわれが頭を悩ませなくてはいけないのは、金曜日のプラムの花のお茶会だけというわけか」

それにプラス、日々の仕事と、頭にこびりついて離れない忌まわしい殺人事件も、とセオドシアは心のなかでつぶやいた。

「金曜日の飾りつけをどうしようか、まだ悩んでいてね」ドレイトンがゆっくりと言った。「ハイク・ギャラリーがどの程度協力してくれるかによるが、日本の工芸品を何点か借りて、本物らしさを演出できればと考えているのだよ」

セオドシアはほほえんだ。「すてきなアイデアね。まかせるから思うぞんぶんやってみて」


月曜のけさは、店は大にぎわいだった。地元の商店主たちが駆けこんできてはテイクアウトのお茶とスコーンやマフィンを手にそそくさと出ていった。聖ピリポ教会の裏にある幽霊が出るという墓地を散策してきたとおぼしき観光客の一団がお茶を求めて飛びこんできたし、ほかにも十人ほどが来店した。セオドシアはテーブルの間をきびきびと歩きまわりながら、お茶の入った小さなポットを配り、どのくらい蒸らしたらいいか説明し、常連客と世間話をし、焼き菓子をテーブルに届けた。ヘイリーがオーブンからリンゴのブレッドを取り出したときには、熱々の一枚に自家製のハニーバターを添えて出した。

おいしい香りがただよい、おしゃべりでざわめくなか、ティモシー・ネヴィルがふらりと現われた。光り輝く金ボタンのついた紺色のジャケットに鳩羽鼠色のスラックスを合わせ、小さな鍵の柄がついた黄色いエルメスのネクタイを締めていた。とても粋な装いだったが、表情からは深い悲しみに沈んでいるのがうかがえた。老いの進んだ顔に皮膚がぴんと張っているせいで、骨という骨がナイフの刃のようにくっきり浮かびあがっている。

「ティモシー」ドレイトンがカウンターのなかで顔をあげた。

セオドシアもあいさつに急いだ。「おすわりになる？」と訊いた。「どなたかと待ち合わせ？」

ティモシーは手を振った。「いや、いや。そんな時間はない。だが、きみとドレイトンのふたりと、どうしても話がしたくてな」

「わかった」セオドシアは言った。いまはちょうど朝のティータイムの時間帯だが、ティモシーはひどく悄然としている。ゆうべほどひどくはないが、それでもいつ、精神的にまいってしまってもおかしくない状態だ。

「いったい、何事だね？」ティモシーが木のカウンターに肘をついて寄りかかり、セオドシアも寄ってきたのを見て、ドレイトンは訊いた。

「昨夜の件だが」ティモシーは言った。「きみたちの助けがなんとしても必要だ」そこで今度はセオドシアをまっすぐに見つめた。

「すでにティドウェル刑事が熱心に調べているはずでしょ」セオドシアはなにか頼み事をさ

れるらしいと察し、話をさえぎりたかった。「あの人はこれ以上ないほど粘り強いし、有能よ。なにしろ、チャールストン警察の殺人課のトップだし、元FBI捜査官だし……これ以上、なにを望むというの？」

「だが、昨夜、〈スタッグウッド・イン〉の窓があいているのに気づいたのはきみだ」ティモシーは言った。「カーソンを殺した犯人を追いかけたのもきみではないか」

セオドシアは首を横に振った。「それはどうかしら。誰かのあとを追ったのはたしかだけど、ラニアーさんを殺した犯人ではなかったかもしれないのよ。頭のおかしな宿泊客がばかないたずらをしていただけかもしれないわ。あるいは、いてはいけないところをうろちょろしていたとか」

「だが、その誰かを見たのはたしかではないか」ティモシーは食いさがった。

「見たと思ったの」セオドシアはドレイトンに目をやった。「ふたりとも見たと思ったの」

「十中八九、その人物が犯人にちがいない」ティモシーは決めつけた。「そして、そいつの気配を察したのはきみひとりだ」

「そんなふうに言うのはやめて」セオドシアは言った。あれが殺人犯だったなら、猛然と追いかけてくる彼女の顔を見ているはず。となると、いまはかなり警戒しているだろう。気配を消した犯人に行動のすべてを見張られているなんて、考えただけでぞっとする。

「カーソン・ラニアーがヘリテッジ協会の理事のひとりなのは、きみも知っているな」ティモシーは言った。「彼は蒐集（しゅうしゅう）したアンティークの銃の大半を協会に寄贈してくれてね。そのうちの何点かが、土曜の夜から始まる〈めずらしい武器展〉で展示されることになってる」

「知らなかった」セオドシアは言った。「ラニアーさんが銃のコレクターだったなんて」

「アンティークの銃だ」ドレイトンが正した。

「なにか関係があると思う？」セオドシアはティールーム内の各テーブルに目をやった。お客は全員くつろいでいる。とりあえずは、なにもしなくてよさそうだ。

ドレイトンは肩をすくめた。

「ねえ、ティモシー、犯人は招待客のひとりかもしれない」セオドシアは言った。

「だとしたら、とんでもない悪夢になるな」ティモシーはうめいた。

「だって、矢が〈スタッグウッド・イン〉から飛んできたとはかぎらないもの」

ティモシーはチャーチの気品ある靴を履いた足を踏み換えた。

「わたしが招待した客のひとりが犯人だと、本気で思っているのか？」

「推測の域を出ないけど」

ティモシーは長いことふたりを探るような目で見つめてから、ジャケットのポケットに手を入れた。「わたしも同じことを考えていたよ。だから、こうして招待客のリストを持参した」

「だめよ」セオドシアはあとずさりせんばかりに言った。「そのリストはいますぐティドウエル刑事に提出しなきゃだめ」

「もう提出した」ティモシーは言うと、リストをカウンターに置いてしわをのばした。「全面的に協力すると刑事に約束したよ」

「そりゃそうだな」ドレイトンがつぶやくように言った。

ティモシーは大きく息を吸って、話をつづけた。「だが、セオドシアにもこのリストに目をとおしてもらいたいのだ」

「いったいどういうわけで？」ドレイトンは訊いた。

ティモシーはまたカウンターに身を乗り出した。「頭が切れる人だからだ。彼女なら異なる視点で事件を見られる」

「いやだ、そんなことないわ」セオドシアは言った。

するとティモシーは彼女の顔をしげしげとのぞきこんだ。「しかもきみは目端がきくし、人から情報を引き出すすべに長けている」

「そのリストにのっている人から話を聞けというの？　脅して情報を吐かせろと？」まさか、そんなことができるわけがない。いくらティモシーの頼みでも無理だ。

「そこまで露骨にやる必要はない」ティモシーは穏やかに言った。「きみがもっとも得意とすることをやってもらいたいだけだ。相手を油断させて、うまく話を引き出してほしい」

セオドシアは眉根を寄せた。「なるほどね」

「やれやれ」ドレイトンが言った。「なんとしてでもわれわれを巻きこみたいようだな」

「当然ではないか」ティモシーは唇をすぼめた。「ほかにもある。情報が、ということだがね。カーソン・ラニアーを毛嫌いしていた人物に心あたりがあるのだ。その招待客リストにはない人物だ」

「誰なの？」セオドシアは訊いた。ティモシーの頼みに面食らいながらも、好奇心がうずくのは認めざるをえなかった。無差別殺人、古い宿での追跡劇……それらが一緒くたになって、ぞくぞくするほどの快感がこみあげてきていた。

「ジャッド・ハーカーという名前に聞き覚えは？」ティモシーが訊いた。

セオドシアは首を横に振った。「いいえ。誰なの？」

ティモシーは顔をしかめた。「わたし自身は直接会ったことはないが、協会の理事会に対し、〈めずらしい武器展〉を中止しろと、しつこく圧力をかけてきている輩だ」

「ああ」ドレイトンが言った。「思い出したよ、ひとりで反対運動を繰り広げている男だな。怒りのメッセージやら脅迫やらをしつこく送ってきている」

「そのハーカーさんだけど」セオドシアは言った。「危険な人なの？」

「武器展をつぶそうとしているような男だ」ティモシーの目に気迫がみなぎる。「ならば、カーソン・ラニアーのような著名な銃のコレクターをつぶそうと思っても不思議ではない」

5

「ティモシーはなんの用だったの？」ヘイリーが訊いた。彼女はコンロの前に立って、ぐつぐつ煮立っているトマトのビスクに半本分のバターをくわえているところだった。ヘイリーはスープにしてもソースにしても、火からおろす直前に必ずバターをくわえて味をととのえる。

「招待客のリストをドレイトンとわたしに見てほしいんですって」セオドシアはバターを塗ったパンに薄切りのハムとチェダーチーズをのせていた。四等分して耳を切り落としたサンドイッチは、スープ、チキンサラダをはさんだクロワッサン、シトラスサラダからなるランチメニューにくわわることになる。

「やっぱりかかわってるんじゃない」

「そういうんじゃないのよ」

「ふん、だ。ごまかそうったってそうはいかないんだから。わかってるもん、セオ。あなたが好奇心の塊だってことくらい」

セオドシアは最後の一枚のチーズをのせた。「ドレイトンの様子を見てこなきゃ。ランチ

にどのお茶を出すのか確認してくる。そろそろお店が混んでくる頃だわ。もうランチの注文を取りはじめても大丈夫？」

「話題を変えようとしたってだめだからね」ヘイリーは大きなスープ用スプーンを手にすると、それでカウンターを叩き、それからセオドシアのほうに振ってみせた。「セオ。充分気をつけてよ」

「いつだって気をつけているでしょ」セオドシアはさりげない口調をよそおった。

「ううん、そんなことない。あなたってば、天使も足を踏み入れるのを恐れるような場所に平気で突っこんでいくんだもん」

「ヘイリー、そんなことしてないじゃない」

「してるってば！」

ティールームに逃げこむと、ドレイトンが湯気のたつお茶のポットを三個、カウンターに置いているところだった。

「ちょうどよかった」ドレイトンは言った。「ブラウン・ベティー型のティーポットに入っているシルバーチップスは二番テーブルに、中国の白地に青の柄のポットに入ったラプサン・スーチョンは五番テーブル、それから……ええっと……そうそう、小ぶりの白いティーポットに入った台湾産烏龍茶（ウーロン）は七番テーブルに頼む」

たちまちセオドシアは〝ティールームのバレエ〟を踊りはじめた。お茶の入ったポットを届け、くるりとまわってお客を出迎えてテーブルに案内し、ランチの注文を取り、またもくるりと向きを変えて厨房に駆けこみ、ヘイリーに注文を伝えた。

これまで数え切れないほどこなしてきたことだから、一糸乱れぬ連携プレーとあいなった。ドレイトンはお茶を淹れてテイクアウトの注文をこなし、ヘイリーはひたすらランチの料理を作りつづけ、セオドシアはというと……店内の空気にどっぷり浸かっていた。なんといっても、インディゴ・ティーショップは彼女にとってわが子も同然。愛犬のアール・グレイ、おばのリビー、かけがえのない仲間であるドレイトンとヘイリーをべつにすれば、世界でいちばん大切な存在だ。イギリスのヴィクトリア朝らしい雰囲気がちょっぴり感じられる居心地のいい小さな店には、木釘でとめた木の床、梁の見える天井、暖炉、鉛枠の窓、チンツのカーテン、頑丈そうなテーブルと椅子がそなわっている。それにくわえ、アンティークの木のハイボーイ型チェストには、缶入りのお茶、瓶入りの蜂蜜、茶漉し、カップとソーサー、ポットカバー、ティーポット、スイートグラスで編んだバスケットなどがところ狭しと置かれている。

なんて幸せなんだろう。とにもかくにもこれだけのものを手に入れた。夢がかなったのだ。

「セオドシア。セオドシア……」

ドレイトンが呼んでいた。

「なあに?」セオドシアは首を左右に振って頭をすっきりさせ、カウンターに急いだ。

「悪いが、きみのオフィスから藍色の紙袋をいくらか取ってきてもらえないか? この先のチャールストン図書館協会から電話でスコーンの注文があったのだよ。急に昼下がりのパーティをやることになったと思われる」

「お茶の注文もあったの？」

「ああ。レモン風味の緑茶を缶でほしいそうだ。自分たちで淹れるらしい」

「すばらしいわ」

ドレイトンはあきれたような顔をした。「だが、淹れ方の正しい手順を書いてやらなくてはな。蒸らしすぎてお茶の繊細な風味を台なしにされてはかなわん」

「そうよね、ドレイトン」

一時間後、セオドシアは手をとめてひと息ついていた。正確に言うなら、ひと息どころではなかった。奥のオフィスでデスクに着き、平水珠茶（ガンパウダー・グリーン）を飲みながら、クリームスコーンを食べていた。業務用カタログをぱらぱらめくり、お茶とお茶のグッズの注文書を書くかたわら、ティモシー・ネヴィルから渡された招待客のリストに目をとおしていた。全部で二十人あまりと短いリストだったが、少なからぬ数のセレブの名前が書かれていた。つまり、由緒ある名前やチャールストンの創始者たちの名前を持ち、歴史地区にある半端でない大きさのお屋敷に住んでいる人たちだ。エイケン、マニゴールト、ラトリッジという名前で、ミーティング・ストリート、チャーチ・ストリート、イースト・ベイ・ストリートに住所がある人たち。

この人たちの家を一軒一軒訪ねてまわるわけ？　とんでもない。使用人に勝手口にまわるよう言われるだけで、ベルを押したって誰も出てこないに決まっている。

「どんな具合だね？」ドレイトンがオフィスのドアのところに立っていた。背筋をぴんとのばし、両方の眉をあげた姿は、どこかのエチケット講座の講師を思わせる。

「ティモシーのリストをざっと見てたところ」セオドシアは言った。

ドレイトンはドアから離れ、セオドシアのデスクに歩み寄った。「見てもかまわないかね？」

セオドシアは紙の向きを逆にした。「どうぞ」

ドレイトンはリストに目を走らせた。「こいつは名士録そのものだな」

「つまり、わたしたちが聞き込みなり調査なりをするにしても、そうとうむずかしいということよね」

「むずかしいどころではない」ドレイトンは言った。「ほとんど不可能だ」

「やっぱりね。意見が一致してよかった」セオドシアはひと呼吸おいた。「ティモシーが事件の調査を望んでいるのなら、と言っても、べつにわたしたちが調べるいわれはないけど……でも、やるとしたら、ある程度の絞り込みは必要でしょうね」

「言い換えるなら、調査対象となる容疑者を具体的に決めなくてはならないということだな」ドレイトンは言った。

セオドシアはうなずいた。「カーソン・ラニアーさんの交友関係のなかで、彼の死を望んでいた可能性がある人を割り出さなくては」

「そうとうな範囲におよぶのではないかな」

「だったらその範囲をせばめるのよ」

「デレインによれば、ラニアーは泥沼の離婚騒動を繰り広げていた」ドレイトンは言った。

「また、ジャッド・ハーカーなる人物が銃の蒐集を趣味としているという理由でラニアーを嫌っていたとティモシーは考えている」

「だったら、まずはそこを調べないと」セオドシアは言った。「そしてそこから進めていく。あくまでそうしたいならば、だけど」彼女はおそるおそるドレイトンの顔をうかがった。

「どう？」

「わたしとしても、ティモシーの力になってやりたい気持ちはある」ドレイトンは言った。

「だが、ティドウェル刑事の感情を害するようなまねもしたくない」

「ドレイトン、あの人のテリトリーにほんのちょっと足を踏み入れるのも、この件についてなにか洩らすのもだめよ」

「わかっているとも」

「トン、トン」ヘイリーの声がした。「ちょっといい？」

セオドシアとドレイトンはドアに目を向けた。ヘイリーが、いつもは明るくて屈託のない顔にとまどったような表情を浮かべて立っていた。

「店は誰がみているのだね？」ドレイトンが訊いた。

ヘイリーは手をひと振りした。「さっきまであたしがみてた。でも、心配しなくて大丈夫。

すべてうまくいってるから。お茶を注いだり、スコーンをいくつか出したりするついでに、店内をぐるっと一周しておいた。だいいち、一分もかからないもん」

「なにが一分もかからないのだね?」

「話があるんだ」ヘイリーは落ちつきなく青いチェックのエプロンに両手を突っこんだ。

「いとこのジェイミー・ウェストンがグース・クリークに住んでるラベルおばさんを訪ねることになってたんだけど、ラベルおばさんは足をこそげてもらうとかで、入院しなくちゃならなくなったの」彼女は長々と息を吐いてから、セオドシアたちをじっと見つめた。

「ふむ……それはなにかの治療なのかな?」ドレイトンは訊いた。「足をこそげるとかいうのは」

ヘイリーは肩をすくめた。「さあ。そうだと思うけど」

ドレイトンは顔をゆがめた。「痛そうだ」

「ねえ、ヘイリー」セオドシアは言った。「それで、なにを言おうとしてるの?」

「だから、ジェイミーはあたしのところに泊まることになったわけ……ここの二階のあたしの部屋にね」ヘイリーは言った。「それで、二日ほど、彼に働いてもらったらどうかなと思って。ほら、片づけ係としてティーショップの仕事を手伝ってもらうの」

「待ちたまえ」ドレイトンの表情に不審の念が刻まれた。「世界一辛い唐辛子のゴーストペッパーを食べすぎたあとの悪夢のようによみがえってきたよ。例のいとこのジェイミーなのだね?」

「そうよ」

「傍若無人でえらそうな態度の、あの若者だな？」

「ドレイトンが小公子と呼んだ、あの子ね？」セオドシアは思い出し笑いをしながら訊いた。

「この前、この店に来たときに」

「たしかにちょっとお高くとまってるところはあるけど」ヘイリーは正直に認めた。「でも、ずっと私立の寄宿学校にいたせいだと思う」

「だが、いくつかの有名校から追い出された経験もあるではないか」ドレイトンが言った。

「エクセター、チョート……いくらでもあげられるぞ」

「さすがのジェイミーもずいぶんとおとなしくなったってば」ヘイリーは言った。「いまは美術を学んでいて、ちゃんと薬も飲んでるんだから」

「そいつはよかった」ドレイトンは言った。「それで、彼は二階のきみの部屋に泊まると言ったね？　セオが以前住んでいた部屋に」

「うん、そう」ヘイリーは言った。「そのつもり。でも、ジェイミーは店の手伝いをしたがると思うんだ。そもそも、そういうの得意だし」

「かまわないわよ、ヘイリー」セオドシアは言った。「ティーショップを手伝ってくれるのは大歓迎」厨房のことに関してはいろいろやかましいヘイリーのことだ、うまくジェイミーの手綱をさばいてくれるだろう。そう信じたい。

「ところで、いつ小公子さまのお姿を拝見できるのかね？」ドレイトンが訊いた。

「ジェイミーは今夜来るから、明日の朝いちばんから働いてもらうつもり」ヘイリーは言った。

「いやはや、ヘイリー。きみときたら、わたしの仕事を邪魔するツボをよく心得ているな」

「足を引っ張るようなことにはならないって約束する」

ドレイトンは人差し指を立てると、ぴかぴかに磨きあげた革靴のかかとでくるりとまわった。

「それはどうだろうな」

6

そのあともセオドシアは注文書を記入する時間が取れなかった。五分後、ティドウェル刑事がオフィスに入ってきたからだ。片手に食べかけのスコーン、もう片方の手にお茶のカップを持っている。景気づけになるものがほしくて、入り口近くのカウンターに寄ってきたにちがいない。

「入ってもかまいませんか？」ティドウェル刑事は訊いた。「なにか大変なお仕事の真っ最中ですかな？」

「どうぞ」セオドシアはデスクの前にある張りぐるみの椅子をしめした。

刑事が深々と腰をおろし、セオドシアの耳にはスプリングがうめく声が聞こえた気がした。

「もうドレイトンにアフタヌーン・ティーを出してもらったようね」

ティドウェル刑事がスコーンをひと口かじって満足そうにうなずくと、ぴちぴちのジャケットの上をスコーンのくずがぽろぽろと落ちていった。「うまいですな」彼は言った。もっとも、口のなかがいっぱいで〝ふふぁひへふふぁ〟としか聞こえない。

「どんなご用件かしら？」セオドシアは愛想よく尋ねた。心のなかではこう言い聞かせつづ

けた。この人に油断は禁物。おそろしく勘のいい人なんだから。

ティドウェル刑事は耳障りな音をさせながらもぐもぐ口を動かしていたが、ごくりとのみこんでから口をひらいた。「なにをごらんになっているのですかな？」

セオドシアはティモシーから預かったリストを雑誌で隠した。「べつに」

「自分でもばかばかしいとは思いますが」ティドウェル刑事は不機嫌な声で言った。「どうやら、突如として読心術が身についたようでして、とにかく、あなたが生意気にもわたしの捜査に首を突っこんでいるような気がしてならないのですよ」

「そんなことしてないわ」セオドシアはもごもごと言った。

「でしたら、昨夜、〈スタッグウッド・イン〉のまわりでこそこそしていたのは、いったいどういうわけですかな？」

「それはもう説明したでしょ。だいいち、こそこそなんかしてなかった。怯えたウサギのように走っていただけ」

ティドウェル刑事はセオドシアのほうに頭を傾けた。「ああいうのを首を突っこんでいたというんです。あなたはいつもそうだ」

「大事な話があるんじゃないの？　謎めいた忠告をするんじゃなくて」セオドシアは椅子の背にもたれた。「警察が作った容疑者リストを見せてくれるとか？」

「ティモシー・ネヴィルがすでに特定の人物を名指ししたのはご存じでしょうな」

「ええ、ハーカーという男の人だとティモシーから聞いた。そのハーカーさんとはもう話したの？　事情聴取はしたの？」

「居場所がわかりしだいやります」

「どこにいるかわからないということ？」

「それも時間の問題でしょう」

「〈スタッグウッド・イン〉の三階はどうなってるの？　鑑識の人たちはもう調べたの？」

「徹底的に」

「なにか見つかった？」

「証拠になりそうなものという意味ですかな？　それは結果が出るのを待つしかないでしょう、ちがいますか？」

　セオドシアは刑事ののらりくらりとした物言いにいらいらするまいとがまんした。この人の持って生まれた性格なのだから。「三階の部屋に宿泊していたお客さんは？」

　ティドウェル刑事はばかにしたように笑った。「支配人のミッチェル・クーパーから聞いたところによれば、昨夜は二部屋とも空室だったそうです」

「だとしても、たしかに誰かがいたのよ」

「あなたがそうおっしゃっているだけでしょう」

「いいえ、絶対にいたわ」セオドシアは自信満々で言った。「わたしが遊びで階段をのぼったりおりたりするとでも思ってるの？　ヘビと梯子（はしご）ゲームのリアル版にはまってるわけじゃあるまいし」

「捜査はまだ初期段階でしてね」ティドウェル刑事は言った。「われわれとしてはあらゆる可能性を検討しなくてはならないんです」

「ずいぶんあいまいなのね」

ティドウェル刑事のぎょろりとした目が光った。「わざとそういう言い方をしているんです」

「これからも調査はつづけるわ」

刑事は唇をとがらせ、たるんだ顎をゆさゆさと揺らした。

「なぜそんなことをするんです？」

「わたしにも関係あることだもの」セオドシアは言った。「ラニアーさんがすさまじい落ち方をするのをこの目で見たし、おそろしいくらいとがった錬鉄のフェンスに突き刺さっているのを見つけたから」そこですばやく息を吸って先をつづけた。「それに、〈スタッグウッド・イン〉の三階のカーテンの前を人影がよぎるのをこの目で見たからよ」

ティドウェル刑事の口が、ほほえんだとも、顔をしかめたとも取れる動きをした。

「それに、ライリー刑事が関係しているからですかな？」

「事件に興味を持っていることとライリー刑事とはなんの関係もないわ」

「ライリーはわたしの部下のなかでもかなり優秀なのはわかっていますね？」

「ええ」

「彼があなたに骨抜きにされていることも？」

「え？」いま、骨抜きにされてるって言った？　聞き間違いじゃなく？　セオドシアは喜ぶべきか腹をたてるべきかわからなかった。

「しらを切るのはおやめなさい。あなたがライリー刑事とつき合っているのはわかっているんですから。今度の事件では彼もわたしとともに捜査にあたりますので、首を突っこまないでもらえるとありがたいですな」ティドウェル刑事はかなりの大男のわりにはすばやい動きで立ちあがった。「いまのは警告とお考えください」そう言って、ドアの向こうに消えた。


ティドウェル刑事の忠告はものの十分で無視された。

三時をまわって店に落ち着きが戻りはじめると、セオドシアは裏口からこっそり外に出て路地を急いだ。目的はただひとつ——昼間の〈スタッグウッド・イン〉を訪れることだ。さすがにもう鑑識の作業は終わっているだろうから、心おきなく歩きまわって、じっくり観察できるはずだ。なにを見つけようとしているのか自分でもわからない。あそこでなにかがおこなわれたと確認したいだけかもしれない。

宿の支配人のミッチェル・クーパーは長身で眼鏡をかけていて、いくらか猫背ぎみだった。四十代なかばと思われるが、実際よりは老けて見えるし、あらゆる仕事が面倒くさいらしく、やる気のなさそうな雰囲気をただよわせていた。宿の経営者にしてはなんとも奇妙な態度だ。しかも、チャールストンでも観光客に人気の高いエリアで働いているというのに。

セオドシアは名を名乗り、昨夜の騒動で自分が演じたささやかな役割について説明したのち、上に行って、少し見てまわってもいいかとクーパーに尋ねた。

「かまいませんよ」クーパーは言った。中央階段の下に押しこまれた小さなオフィスでデスクに向かっていたクーパーは、ムンクの有名な絵の人物のように目尻と口角がさがっていた。「ひどい話だ。ネヴィルさんのところのルーフバルコニーから人が落ちたなんて」

「警察とCSIみたいな連中の仕事は数時間前に終わっていますから」彼は首を振った。「ひどい話だ。」

「ラニアーさんは矢で射られたと見られるという話は警察からお聞きになりましたか？　それが原因で落ちたということも？」

「ああ、警官がそんなことを言ってましたね。しかし、うちの宿泊客が犯人だなんてことはありませんよ。警察も本気でそう思っているわけじゃないようですが」

「こちらの宿は狩猟小屋をイメージしているような気がしてならないんですけど」セオドシアは言った。「なにか武器を飾っていませんか？　決闘用のピストルとか、クロスボウのたぐいとか」

「いえ、ありません。以前は朝食室に決闘用のピストルを一挺飾っていましたが、何年か前に盗まれてしまいまして」

「クーパーさん、あなたは昨夜、こちらにはいらっしゃらなかったように思うんですが」セオドシアは訊いた。

「同じ敷地内にいましたよ」クーパーはちょっとむっとしたように言った。「ガレージの近くに小さなアパートメントがあるんです」

「でも、こちらで騒ぎがあったのには気づかなかったんですね？」

クーパーはうなずいた。「ええ……まあ。九時頃、警官がドアをノックしてはじめて知りました。大きな音でテレビを見ていたんです」彼は自分の右耳に軽く触れた。「耳が悪くてね。耳のなかでキーンという音がするんですよ。耳鳴というらしいですが。ときどき、頭がどうかなりそうになります」

「つまり、昨夜は受付に若い女性がひとりいただけなんですね？　ほかに勤務していたスタッフはいないんですか？」

「客室清掃のスタッフがふたり、いたかもしれません。ご理解いただきたいのですが、日曜の夜はあまり忙しくないんです。宿泊客の大半はそれまでにチェックアウトしてますからね。水曜までは本格稼働していないんですよ」

「そう」セオドシアは言った。「じゃあ、上にあがってもかまわないのね？　三階の部屋のドアは施錠してないの？」

「警察が引きあげて以降、誰も上にあがっていません」クーパーは言った。「清掃係に片づけさせないといけないな。警察がどれだけ散らかしてくれたか、わかったもんじゃありませんから」

三階の部屋は両室とも入り口のところに黒と黄色の犯罪現場保存テープが張りわたしてあった。べつにいいわよね。セオドシアはテープをくぐった。とくに見たいのはティモシー・

ネヴィルの屋敷に面している部屋だった。昨夜忍びこんだときには、闇に包まれていた部屋。

午後の陽射しが降り注ぐなかで見ると、恐ろしげな感じはほとんどしない。ベッドには濃い赤紫色の羽毛の上掛けがかけられ、ふかふかしたフェイクファーの枕が三個置いてある。寝室の調度はチャールストン風のアンティークではなく、ヘップルホワイト様式やシェラトン様式の家具はひとつもなかったが、それでも近隣のマウント・プレザントやサマーヴィルのアンティークショップに置いてあるようなものが使われていて、悪くはなかった。壁には暗色の地に花柄の壁紙が貼られ、馬と猟犬を題材にした版画や、ヨーロッパの狩猟小屋を描いた油彩画が二枚飾られていた。整理箪笥と小さな木のナイトテーブルに残っている指紋検出用の粉の跡だけが、警察がここを捜索したことをしめしていた。

セオドシアは室内を見まわしたが、ひらめきをあたえてくれそうなものはひとつもなかった。

でも、とにかく、まずはカーテンのかかった窓を調べなくては。

窓に近づき、薄いカーテンを少しずつあけた。それから窓をあけて小さなバルコニーに出る。陽の光が降り注いでくる。チャールストン港のほうから吹きつける塩気を含んだ風が空気をかきまわすのを感じながら、路地をはさんで反対側のティモシー宅の屋根に目をこらした。ルーフバルコニー、手すり、宙に突き出ている凝ったつくりのフィニアルは、めまいがするほど不気味な感じで、見ていると心臓がとまりそうになる。ヒッチコックの映画かなにかのモノクロのワンシーンを思い出したせいだ。

セオドシアは一階に戻り、クーパーのオフィスに顔を出してお礼を言った。

クーパーはろくに顔をあげなかった。「ん?」と言ってから、「いや、どういたしまして。好奇心が満足したのならいいのですが」

セオドシアはロビーを半分ほど来たところで、もうひとつ思いついた。引き返し、もう一度、クーパーのオフィスをのぞきこんだ。

「妙なことを訊くと思われるかもしれませんが」セオドシアはそう前置きした。「警察からハーカーという名前の男性について質問がありましたか?」

クーパーはペンを置き、手もとの書類をけわしい目で見つめた。

「ハーカーですか? ジャッド・ハーカーのことでしょうか? いいえ、ありません」

セオドシアはオフィスに足を踏み入れ、肘掛けのない椅子の背をつかんだ。

「ご存じなんですか?」

クーパーはセオドシアを見あげた。「もちろん、知っていますよ。この界隈で雑用係をやっている男です」

「警察が彼の名前を口にしていないのはたしかですか?」

「していたら絶対に覚えています」

「いま、ハーカーさんは雑用係をしているとおっしゃいましたね。ここでも働いてるんでしょうか?」

「やってもらいたいことがあるときだけですが」クーパーは言った。「たとえば、配水管に異常があるとか樹木の剪定をしてもらいたいとか。部屋の修理が必要な場合もです」彼は首を左右に振った。「ご存じないかもしれないが、ものを壊すお客さんがけっこういるんですよ。二、三杯飲んだところで暴れはじめ、次の瞬間にはカーテンレールを引きはがしているという具合にね。もっとひどいのもありますよ。抽斗の前面パネルを全部はがしたカップルもいました」

セオドシアの心臓の鼓動が少し速くなった。「では、ハーカーさんはこの宿に自由に出入りできるんですね？」

「そう言っていいでしょう」

「ハーカーさんはいまこちらに？」ティドウェル刑事はハーカーがここで働いているのを知っているのかしら？

「さあ」クーパーは答えた。「きょうは見かけていませんが」

身をひそめているのかもしれないわ。

「ハーカーさんは昨夜はこちらにいらしたでしょうか？」

「さあ。ジェニファーに訊かないとわかりませんね。受付にいたのは彼女なので」クーパーは黄色い鉛筆の頭を噛みながら、怪訝な表情でセオドシアを見た。「いったいどうして……どうしてジャッドのことをあれこれ訊くんです？　なにか問題でも？」

「そうでないことを祈ります」セオドシアは言った。「心の底から」

「ティドウェル刑事は知らないと思うわ」セオドシアはドレイトンに言った。彼女が無人となったティーショップに駆けこんだとき、彼はカウンターのうしろのフックにエプロンをかけようとしているところだった。店内にはまだお茶のいい香りがただよい、暖炉では消えかけた薪が何本か赤く輝いていた。

「なにを知らないというのだね？」ドレイトンは振り返って尋ねた。

「ティモシーがあやしいと名指ししたジャッド・ハーカーは、近所に住む便利屋なの。〈スタッグウッド・イン〉の手伝いもしているんですって」

ドレイトンはぎょっとしたように目をむいた。「あの宿で働いているだと？　〈めずらしい武器展〉を中止しろとティモシーに圧力をかけてきた、あのジャッド・ハーカーが？」

「そういうこと」

「そんな興味深い情報をどうやって手に入れたのだね？」

「宿を経営しているミッチェル・クーパーと話したの」

ドレイトンは蝶ネクタイに手をやった。「では、ティモシーの第六感は正しかったわけか。けっきょく、ハーカーが犯人かもしれないのだな」

「かもね」

「ティドウェル刑事に教えてやるのかね？　こいつはむやみにかかわらないほうがいいと思うが」

セオドシアはドレイトンの質問に考えこんだ。昨夜ハーカーが現場近くにいたかもしれないという情報は、ティモシーのために事件を調査する場合、強みになるのは確実だ。だとすると……ティドウェル刑事に話すべき？　それとも、できるかぎり秘密にしておいたほうがいい？　そのほうがこっそり調査できるだろう。

「それで？」ドレイトンがせっつくような顔で見つめていた。「刑事さんに伝えるつもりなのかね？」

セオドシアは淡々と彼の視線を受けとめた。「わからない。まだ決めかねてる」

お茶の交換会

アムステルダムでおこなわれている有名なお茶の競り市をご存じですか？　お茶の交換会はそれを簡略化したものです。お友だちをお茶会に招き、いちばん好きなお茶をひと缶ずつ持ってきてもらいます。モスリン地か紙の茶袋をたっぷり用意し、それぞれが持参した好みのお茶をそれに入れて交換します。交換会が終わったら、席に着いて簡単ながらすてきなクリーム・ティーをいただきましょう。メニューはクロテッド・クリームを添えたクランベリーまたはチョコチップのスコーン、チキンサラダをはさんだ小ぶりのサンドイッチ、デザートにはピーナッツバター・クッキーを。淹れたてのお茶の香りを楽しんで！

7

ハイク・ギャラリーはセオドシアにとって夢のような場所だった。パーティの招待客でびっしり埋まっているこの場所には、以前から関心があったとても美しい日本の美術品や骨董品が並んでいた。日本の版画、色彩豊かな織部焼、かごや漆器、きらびやかな屏風絵、蝶の羽を思わせるセクシーなキモノ。あちこちに置かれた大きなアンティークの丹波焼の水差しには花のついたプラムの枝が斬新にいけられ、店内にただようその甘い香りが夢のような効果を醸している。おまけに、ちゃんと寿司職人のいるスシ・バーまで用意されていた。

しかし、セオドシアがすばらしいアンティークの数々を堪能しているあいだにも、隣にいるドレイトンからジャッド・ハーカーについてもっと教えろとせっつかれていた。

「ハーカーはこのあたりで雑用係として働いているという話だったな」ドレイトンは言った。

「だとすると、ティモシーが疑いをかけたことがいっそう不気味に思えてくるよ」

「そうね」セオドシアは言った。「それに、ハーカーさんには〈スタッグウッド・イン〉の三階の部屋に出入りする手段があったわけだし」

「彼は昨夜そこで働いていたのかね？」

「それなのよねえ。どうやら、ハーカーさんという人は好き勝手に出入りしていたみたいなの。クーパーさんも、ハーカーさんがいつやってくるのか把握してないんですって」

「つまり、ハーカーは自分のペースで都合のいいように働いていたわけか」ドレイトンは水玉模様の蝶ネクタイに手をやった。「あきれたものだ。それでは効率的な仕事環境とは言えないではないか」

「誰もがあなたみたいに、なにもかもきちんとしているわけじゃないのよ、ドレイトン」セオドシアはうっすらと笑みを浮かべて言った。

「みんな、そうするべきだ。勤務時間をきちんと守るのは大事なことだ」

「ハロー、ハロー！」デレインの甲高い声が突如として響きわたった。いきおいよく手を振りながら、人混みを強引にかきわけてくる。オフショルダーの黒いカクテルドレスがあでやかで、髪をゆるいお団子に結いあげていた。

「こんばんは、デレイン」セオドシアは目の前で急停止したデレインに声をかけた。シンプルな黒いシルクのドレスにクリーム色のパールのネックレスを合わせた、黒髪の美人が一緒だった。

「アレクシス・ジェイムズとは初対面？」デレインが訊いた。

「まあ」セオドシアは言うと、女性の手を握った。「このすばらしいお店のオーナーの方ね」

「こちらはセオドシア」デレインは話の主導権を握ろうと急いで割って入った。「それとドレイトン・コナリー。さっき、このふたりのことを話したでしょう？　この先のインディゴ・ティーショップっていうお店の」

「おたくのティーショップは、ぜひ行こうと思っているお店のひとつなの」アレクシスはそう言ったとたん、よく響く声でおかしそうに笑い出し、両手をあげた。「でも、見てのとおり、とても忙しくて」

「ゆうべ、ティモシーの家であった物騒な出来事をアレクシスに話してたの」デレインは押し殺した声で言った。楽しい普通の会話にいやなニュースをはさんでおもしろがっているようだ。

「幸いにして、こちらのグランドオープンの出足は鈍らなかったみたいね」セオドシアはカーソン・ラニアー殺害の件から話をそらそうとして言った。「こんなに大勢集まっているもの」

「すてきなお店だ」ドレイトンも話にくわわった。「品揃えもすばらしい」

「ありがとう」アレクシスは言った。「そう言ってもらえてうれしい。好きだからこそ、ここまでやれたんだと思う」アレクシスは三十代なかばで、黒い髪をショートにしている。チャーミングで、ざっくばらんな人柄だ。ドレイトンにほめられてうれしく思うと同時に、くすぐったいような気持ちでもあるらしい。

「美しい日本のキッチンキャビネットに鉢がひとつ置いてあったが、あれは濱田庄司の作品では？」ドレイトンは訊いた。

アレクシスはぱっと顔を輝かせた。「すばらしい鑑識眼をお持ちなのね」

ドレイトンは小さくおじぎをした。「美しい芸術品に目がないものでして」

「だったら、ぜひゆっくりお話ししたいわ」アレクシスは言った。「ほかにも数点、すばらしい作品が倉庫にあるの」

「アレクシスとあたしはもうすっかり大の仲良しなのよ」デレインが唐突に大声で割りこんだ。「ついさっき会ったばかりだけど」

「ひとつ教えてもらいたいのだが」ドレイトンはデレインの横槍（よこやり）を無視してアレクシスに言った。「お店をハイク・ギャラリーという名前にしたのは、なにか特別な理由でも？　日本の詩に由来するという以外に、ということだが」

「たぶん、あまり耳慣れない方が多いでしょうね」アレクシスは言った。「わたしは芭蕉という日本の俳人がとても好きなの。だから彼に敬意を表してこの名前をつけたの」

ドレイトンは首を少し傾け、そらんじた。

鐘消えて
花の香は撞く
夕べかな

「まあ、すてき」アレクシスは拍手した。「芭蕉の句をそらんじるなんて」彼女はドレイトンにすり寄った。「ねえ、日本のお酒もお好き？」

「わたしは名うての酒飲みとして知られていてね」ドレイトンは言った。

「だったら、どうぞこちらへ。バーの奥に男山というお酒があって、はやくあけたくてうずうずしていたの」

「ふん、だ」デレインは目を細くして口をとがらせ、遠ざかっていくアレクシスとドレイトンをにらんだ。「あたしをなんだと思ってんのよ。仲間はずれにする気？　いまさっき、うちのファッションショーでは最前列にすわってねと誘ってあげたのに、プレミアムなお酒なんか勧めてくれなかったじゃない」

「アレクシスは芸術にくわしい人と話す機会が少ないんだと思うわ」セオドシアはデレインの怒りを鎮めようとして言った。

「あたしだって芸術くらいわかるわよ」デレインは言った。「芸術は大好きだもの。そ……それが証拠に、バスルームにアンディ・ウォーホルの版画を飾ってるんだから」

セオドシアはそろそろとデレインのそばを離れ、人混みにまぎれた。寿司をいくつかもらい、キャベッジ・パッチ・ギフトショップのリー・キャロルやハーツ・ディザイア宝飾店のブルック・カーター・クロケットとおしゃべりをした。

店内を見てまわり、近所の人たちと雑談していると、招かれざる客がいるのに気がついた。《シューティング・スター》という、地元のゴシップ新聞の発行人兼編集人のビル・グラスがセオドシアに向かって乱暴に歩いてくる。だぼっとしたカーゴパンツにカーキのカメラマンジャケットという恰好で、首には青いスカーフを巻き、ニコンのカメラを数台、無造作にかけている。戦争で破壊されたアフガニスタンから帰国したばかりといういでたちだが、彼にとってのアフガニスタンはCNNのニュースで見る程度の存在だ。

「よお」グラスはセオドシアの姿を認めるなり声をかけた。「あんたに話がある」

セオドシアは唇を噛んだ。グラスはいつだって面倒を引き起こす。

「なんの用？」彼女は訊いた。つんけんしたくはないが、いい顔をする気にもなれない。

「ゆうべはどえらいパーティに居合わせたんだってな。キャピタル銀行のおえらいさんが高いところから落っこちたと聞いたぜ」

「あなたの露骨な言い方を借りるけど、落っこちたというのはちょっとちがう。あの人は――」セオドシアはそこでふいに黙りこんだ。もう充分、しゃべりすぎた気がする。

「ん？」グラスは媚びるような、いぶかしげな顔をぐっと近づけてきた。「なにを言おうとしたんだ？」

セオドシアは首を振った。「なんでもない」

「おいおい、パンドラの箱をあけたのはそっちじゃないか」グラスは内緒話をするように声を落とした。「カーソン・ラニアーは撃たれたんだろ？　だが、致命傷を負わせたのは、最初の通報とはちがって、大砲の流れ弾じゃなかった。大砲から発射されてたのは空砲だったからな。おれの聞いた話じゃ、矢のようなものってことだ」

「どこでその話を聞きつけたの？」

「おれだってマスコミの人間だぜ。知るのが仕事だ」

「あなたはマスコミなんかじゃない。質の悪い紙にくだらないゴシップを印刷したものを、週に一度出してるだけ。わずか数百人しかいない読者に向けてね。いまのは好意的に見積もった数字よ」

「そんなことをねちねち言わなくたっていいだろうが」グラスはため息交じりに言った。

「残念なことに……いまはお粗末なブロガーやインスタグラマーですらマスコミを名乗れる時代だ」グラスはひどく浮かない顔をした。地域社会からの賞賛を受けているみずからの地位が、テクノロジーおたくのミレニアル世代によって強奪されたとでも言いたげだ。「そういうわけで、なにがあったか教えてくれよ。具体的に」

「しつこいわね、ビル。そもそも、このパーティにあなたがいること自体がおかしいわ。招待されてないんでしょ」

「だったらどうするっていうんだ？　大騒ぎしておれをおっぽり出すか？」彼は首にぶらさげているニコンのうち一台をかまえた。「ほら、ポーズを取ってみな。あんたはべっぴんさんだから、うちの新聞にぜひ写真をのせるべきだ」

「けっこうよ」セオドシアはグラスをかわすと、人混みを縫うようにしてコロマンデル屏風の前を過ぎ、ドレイトンと合流した。「お酒はどうだった？」

「絶品だったよ」ドレイトンは言った。「口当たりがよくて、さわやかな味だ」

「アレクシスは感じのいい人ね。近所に来てくれてうれしいわ。そう思うでしょ？」

「まったくだ」ドレイトンは言った。「しかも、とても知識が豊富だ。北斎や歌麿の版画に関する話は本当にためになった。わたしはその方面について、とんとうとくてね」

「でも、ほかの方面の知識はあなただって豊富だわ。専門はアーリーアメリカンの家具とお茶の道具とスターリングシルバーの食器でしょ。それに油絵も」

ドレイトンはうなずいた。「うむ、その手のものについては少々、知識がある」

「この木版画を見て」セオドシアはついさっき、自宅の暖炉の上という特等席を飾るのにぴったりな広重の版画を見つけていた。月の光を浴びた富士山がピンクとブルーで描かれている。値札をちらっと見た、六千ドル。それもそうね。本物の広重なら、いまはこのくらいして当然だもの。

「ハイク・ギャラリーはめざましいスタートを切ったと言える」ドレイトンは言った。「まだ初日だというのに」

「売れ行きがいいの？」

「すでにいくつか売り上げをレジに打っていたよ」

「すごいわ」

「そうそう、さきほど、すばらしいアンティークの陶器のティーポットを見つけてね」ドレイトンは言葉を切り、肩ごしにうしろを見やった。「値札を確認してこようと思っている。わたしのコレクションにくわえたら、さぞかし見映えがするだろう」

「少し考えてからにしたほうがいいわ」セオドシアは言った。「もう百個もティーポットを持ってるじゃない」

「きみに言われたくはないな」ドレイトンは言い返した。

セオドシアは店の手前側に向かってぶらぶら歩いていき、紫檀の着物かけに展示された真っ赤な着物に見入った。現代風の家の壁にかければ……言葉では表現できないほどすばらしい現代芸術の作品になりそうだ。

「セオドシア」聞きなれた声がした。

顔をあげると、ピート・ライリー刑事の涼しげなブルーの瞳が目の前にあった。彼は長身で、ものうげと言ってもいい物腰で、貴族を思わせる鼻と頬骨の持ち主だ。刑事だと知らなければ、由緒ある家庭に育った南部の弁護士と言ってもとおるだろう。

「あら」セオドシアはうれしさを声ににじませて言った。「ここでなにをしているの？」まったくの不意打ちだった。デートするようになって二カ月になるが、今夜は約束していないはずだ。それとも、していたかしら？ひょっとしてわたし、すっぽかしちゃった？

ライリーはアピールしようと両手をあげた。「正式には招待されてないんだ。つまり、勝手にもぐりこんだと言われても文句は言えない」

「そんな細かいことは気にしないわ」セオドシアは言った。「だって今夜は、招待客が連れてきた人もたくさんいるもの。でも、どうして、わたしがここにいるとわかったの？」ライリーがひょっこり現われてくれたのもまんざら悪くはない。それどころか、小躍りするほどうれしかった。

「ぼくは刑事だよ」ライリーは人差し指で側頭部を軽く叩いた。「推理したに決まっているじゃないか」

セオドシアは苦笑しながら、少し鷹揚にほほえんだ。「そんな答えで納得するもんですか。本当はどうやってわたしの居場所を突きとめたの？」

「うん、すっかり迷惑をかけちゃったよ」ライリーは言った。「きみのティーショップの裏口のドアをばんばん叩いたら、若いシェフの子が大急ぎでおりてきて静かにしてよと怒られてね。そこでぼくの魅力を総動員して、うまいことおだててきみの居場所を聞き出したんだ」

セオドシアは苦笑した。「ヘイリーったらもう、口のうまい男の人には甘いんだから」

「彼女がつくる極上のスコーンに心の底から夢中なんだと言っただけだよ」

「極上のスコーン？」セオドシアはうなずいた。「ヘイリーの心をつかむには充分すぎるわ」そこで少し迷った。ライリー刑事にハーカーのことを話すべき？　言わないほうがいい？　セオドシアは彼の袖をさっとつかみ、竹の衝立（ついたて）のうしろまで引っ張っていった。

「ん、内緒話でもあるのかな？」ライリー刑事は顔を近づけ、セオドシアにキスをした。

セオドシアはしばらくキスされたままでいたが、やがて両手を彼の肩に置いて数インチほどそっと押しやった。

ライリー刑事の片方の眉がくいっとあがった。「なにか問題でも？」

「まあね」

「ぼくたちのこと？」

「まさか、そんなんじゃないわ。昨夜の殺人事件のこと」

ライリー刑事は不安なおももちで、セオドシアをじっと見つめた。

「ふうん。きみが現場にいたのは聞いているけど」

「ティドウェル刑事によれば、あなたが捜査をまかされたそうね」

「そうなんだ。ん、なんか妙だな。二十の質問ゲームをしている気になってきた」

「まさか」セオドシアは言った。「でも、聞いて、ちょっとわかったことがあるの。とても……耳よりな情報と言っていいと思う」

「どのくらい耳よりなのかな？」ライリー刑事は少し落ち着かない表情になった。「のらりくらりと質問をかわされてばかりじゃ、頭がどうかなりそうだ。さっさと言ってくれないか、セオ。いったいなにに首を突っこんでるんだ？」

「カーソン・ラニアーさんはジャッド・ハーカーという男の人とかなり揉めていたらしいの」セオドシアは言った。ライリー刑事がうながすような目で見つめているので、先をつづけた。「それから、〈スタッグウッド・イン〉の経営者の人から聞いたんだけど、ジャッド・ハーカーさんは宿でパートタイムの雑用係をしているんですって」

ライリー刑事は一歩うしろにさがった。「なんだって？」

「だから、〈スタッグウッド・イン〉の――」

彼は片手をあげて制した。「いや、話はちゃんと理解してる。なんだって、と言ったのは……なにを言おうとしたのか自分でもわからなくなっちゃったな」顎がこわばった。「ハーカーがあの宿で働いているって？」

「そうよ」セオドシアは言った。「これって重要な情報かしら？　わたしはそうだと信じてるけど」

「重要に決まってるじゃないか。ラニアー事件については、まだすべて把握しているとは言えないけど、ティモシー・ネヴィルがハーカーを容疑者と名指ししたことは知っているからね」

「つまり、ハーカーさんを調べてくれるのね？」ライリー刑事がついているなら心強い。地道な聞き込みをして、その結果をセオドシアにも教えてくれるだろう。希望的観測だけど。

「明日の朝いちばんに取りかかるよ。居場所がわかれば今夜のうちにもやりたいところだ」

セオドシアは彼の背広の折り返しに指を這わせてほほえんだ。

「あら、今夜じゃなくたっていいのよ」

ライリー刑事もほほえんだ。「そうだね」

「あら、まあ。あたし、まずいところに来ちゃった？」デレインの甘ったるい声がした。いつの間にかふたりの前まで来ていて、シエラ・マドレの失われた財宝を見つけたみたいに満面の笑みを浮かべている。「ライリー刑事。意外なところでお会いしたわね。ところで、あなたたち仲良しさんはなにをしてるのかしら？」

「デレイン」セオドシアはたしなめるような響きを声ににじませた。

デレインは黒板に書いた文字を消すように、顔の前で片手を振った。

「いいのよ、あたしのことならおかまいなく。どれもこれもすてきで、舞いあがってるだけだから」

「おいしい日本酒を一、二杯いただいたみたいね」セオドシアは言った。

「そうなのよ」デレインは言った。「そうそう、忘れる前にっと……」彼女はピンク色の葉書をセオドシアの手に押しつけた。「サンプルセールがあるって何週間か前に言ったでしょ、覚えてる？」

セオドシアは首を横に振った。

「でね、それが明日なの」

「ちょっと待って……あなたのお店でセールをするの？」セオドシアは訊いた。

「いやだ、ちがうわよ」デレインはくすくす笑った。「あたしじゃないわ。お友だちのタニア・ブレイクリーが〈レディ・グッドウッド・イン〉で盛大なサンプルセールを開催するの。先月ニューヨークでマーケットウィークに参加したときに、デザイナーズブランドの服を山のように買ってきたんですって。もちろん、どれもちっちゃなサイズばかりよ。〇とか二とか四とか……」デレインはそこでセオドシアをしげしげとながめた。「あなたでも無理すれば入るかしら。だって、あなたってば炭水化物が大好きじゃない」

「セオドシアはいまのままで充分すてきだよ」ライリー刑事が言った。「強靱なランナーのような、よく鍛えぬかれた体をしてる」

「あなたたちがわたしの体のパーツを国際市場でオークションにかけはじめる前に」セオドシアは言った。「わたしはお寿司のおかわりをもらってくるわ」デレインから逃げられるなら、なんでもよかった。

「いいね」ライリー刑事は言った。「ぼくも一緒に行くよ」

けれどもデレインはそんな作戦にはだまされず、オードブルが並ぶテーブルまでついてきた。

セオドシアとピート・ライリーがサーモンの寿司をふたつつまむのを横目に、デレインはカリフォルニア・ロールをひとつ取り、そこからご飯をよりわけはじめた。もちろん、炭水化物を摂らないためだ。

「おふたりにもうひとつ、お知らせしておかなきゃいけないことがあるのよ」デレインは海藻をもぐもぐ食べながら言った。「金曜の夜からカロライナ・キャット・ショーが始まるの」

「キャット・ショー?」ライリー刑事は興味を惹かれた口ぶりで言った。

「猫のためのりっぱなショーなの」デレインが急にまじめな顔になったのは、猫をこよなく愛しているからだ。「〈キャッツ・ポウ・シェルター〉という団体のための資金集めイベントで、オークションとフォーマルな舞踏会がおこなわれるの」そう言ってバッグに手を入れ、しゃれた招待状を一枚出した。しっかりとしたクリーム色の紙で紫と金色の縁取りがある。

「ライリー刑事、あなたも舞踏会に来てくれるでしょ?」デレインはセオドシアのほうに首を傾けた。「お相手と一緒に」

「なんだかおもしろそうだな」ライリー刑事は言った。「フォーマルなドレスコードのイベントには、いままで出たことがないんだ。しかも、飼い主のいない猫を助けるための舞踏会だなんて」彼は招待状にざっと目をとおした。「おやおや、毛玉(ヘアボール)の舞踏会だってさ」

デレインはいたずらっぽく笑った。「だって、ほかにもっといい名前なんてある？」

8

「ゆうべ、例のキュートな刑事さんとは会えた？」ヘイリーが訊いた。彼女はティールームのなかをせかせかと動きまわり、ほうきをせわしなく動かして、テーブルの下に隠れている焼き菓子のくずをひとつ残らず掃き出していた。インディゴ・ティーショップは火曜の朝を迎え、セオドシアもドレイトンも午前の準備で右往左往していた。

「ええ、会えたわ」セオドシアは全部のテーブルに白いリネンのクロスをかけ終え、きょうのカップはシェリーのチンツにしようか、コールポートにしようか悩んでいるところだった。

「ライリー刑事って本当にイケメンよね」ヘイリーは言った。「あたしの見るところ、ふたりは真剣につき合ってるみたいなんだけど」

「そんなことより、いますぐやらなくてはならないことを教えてあげよう」ドレイトンがカウンターから声をかけた。「ティーウォーマーを出して、キャンドルに火をつけたら、大急ぎで厨房に引っこんで、真っ黒に焦げる前にスコーンをオーブンから出したまえ」

ヘイリーは半眼ぎみの目でドレイトンをねめつけた。「あたしがいつスコーンを黒焦げにしたっていうの、ドレイトン？　なに言ってるんだか、まったく」

「じゃあ、厨房のほうは問題なし？」セオドシアは訊き、ヘイリーからほうきを受け取った。

「ほら、あとはわたしがやっておくから」

「スコーンはおいしくできてる」ヘイリーは言った。「バナナブレッドもおいしくできてる。そんなことより、ゆうべ、ハイク・ギャラリーのオープニング・パーティでなにがあったかくわしく知りたいわ」彼女は両手を腰にあてた。「ちゃんと説明してくれてもいいじゃない」

「すてきなパーティだったよ」ドレイトンは言った。「めずらしい日本の版画、陶磁器、家具など、目をみはるような品がたくさん展示されていたし、出された料理は一流のものばかりだった。寿司や天ぷらなど、おいしいものが揃っていたよ」そこで彼はセオドシアのほうに目を向けた。「そうだ、セオ、昨夜、アレクシスに話したところ、金曜日のプラムの花のお茶会に何点か貸してくれるそうだ」

「よかった！」セオドシアは喜んだ。「ますますイベントが楽しみになってきたわ」

「ところで、その、なんだ、ジャッド・ハーカーの件は友だちのライリー刑事に話したのかね？」

「話したわ。すぐに調べると約束してくれた」

「よかった。つまり、きみはこの騒動にかかわらずにすむというわけだ」ドレイトンの顔がぱっと輝いた。「いやはや、おかげで気分よくきょうの仕事に取り組めそうだ。プラムの花のお茶会がいまから待ち遠しいよ」

「じゃあ、あたしは絶品もののメニューを考えなきゃね」ヘイリーが言った。

「全面的に信頼してるわ、ヘイリー」セオドシアは言った。「うちのお茶会でがっかりさせられたことは一度もないもの」

「これから先もないわよ。というか、あたしは——あら」ヘイリーが急に口をつぐんだのは、奥の廊下から若い男性がのっそり入ってくるのが見えたからだ。起き抜けなのか、眠たそうだし、恰好もだらしがない。

「やっと起きてきた」ヘイリーの声にはあからさまなとげがこめられていた。

「ジェイミーなの？」セオドシアは言った。会うのは数年ぶりだが、ヘイリーのいとこで、上の部屋に滞在中のジェイミー・ウェストンにちがいない。ドレイトンが以前、小公子と呼んだ彼だ。もっとも、ジーンズにヒップホップ・ミュージシャンのフェティ・ワップのTシャツという恰好なので、カジュアルすぎる小公子だけれど。

ジェイミーはティールーム全体に手を振った。「こんちは」それからセオドシアをじっと見つめた。「セオドシアさんだよね。ここのオーナーの」

「ええ、また会えてうれしいわ、ジェイミー」セオドシアは言った。「インディゴ・ティーショップにようこそ。ドレイトンは覚えてるでしょ？　入り口近くのカウンターで、台座にのった像のように立っている紳士のことよ」

ジェイミーは大きなあくびをひとつすると、ドレイトンがいるほうに手を振った。

「やあ、おじさん」ジェイミーは二十歳、身長は六フィートと高く、ひょろっとした体形で、ブロンドの髪はふさふさと豊か、快活でいいところのお坊ちゃん風の風貌は、まるでラルフ・ローレンの広告から抜け出したかのようだ。

ドレイトンは〝おじさん〟と呼ばれたことに愕然とし、その表情にセオドシアはこみあげる笑いを噛み殺さなくてはならなかった。

「仕事を手伝ってくれるということでいいの？」ジェイミーは視線をヘイリーに移した。それから身を乗り出すようにすると、湖からあがったばかりのラブラドールレトリーバーのようにブロンドの髪をいきおいよく振った。

「さて、と」ドレイトンはいつも以上に堅苦しいそぶりで言った。「もう少し、見てくれをよくしてもらわないといかん。二階に戻って、そのぼさぼさ頭をなでつけ、きれいな白いシャツを着てきたまえ。戻ってきたら、きみに合うパリのウェイター風の黒いエプロンを探してあげよう」

ジェイミーは怪訝そうな顔をした。「お茶を出すくらいでめかしこまなきゃいけないの？」

「そうではない」ドレイトンは少しばかり冷ややかな口調で言った。「というのも、きみにやってもらうのはお茶を出すことではないからだ。きみの仕事はテーブルの片づけだ」

「むちゃくちゃつまらなそうな仕事だ」

「誰でも一から始めなくてはいかんのだよ」ドレイトンは言った。

五分後、お客がぽつりぽつりと店に入ってきた。ドレイトンは見事な仕事ぶりでひとりひとり出迎え、中国の銀峰緑茶といぶした香りのラプサン・スーチョンをポットで淹れ、セオドシアは小さなガラスのボウルにイチゴのジャムやクロテッド・クリームをこんもり盛りつけていた。

けれどもカウンターににじり寄ってきたジェイミーに縄張りを侵されると、ドレイトンの気分は一変した。

「ここで働くつもりなら、簡単なレクチャーを受けてもらおう」

「いいよ、おじさん」ジェイミーは言った。

「レッスンその一、わたしはおじさんではない。ミスタ・コナリー、サー、あるいはドレイトンと呼ぶのはかまわない。だが、どうかわたしを〝おじさん〟と呼ぶのだけはやめてもらいたい」

ジェイミーはドレイトンに向かって親指を立てた。「うん、わかった」

「では、よく見ていてくれたまえよ」ドレイトンはハーニー&サンズのヴェトナム紅茶のオレンジ・ペコの缶を手に取り、ジェイミーに見えるよう傾けた。「ここにあるブラウン・ベティ型のティーポットで蒸らしているのがこのお茶だ。香りがわかるかね？　口当たりのいい味わい深いお茶で、かすかな甘みがある。まさに朝食にぴったりのお茶と言える」彼はべつのお茶の缶を手に取り、もうひとつのティーポットをしめした。「こっちのポットにはヘイゼルナッツとオレンジの風味が楽しめる、より特徴ある朝食用の紅茶が入っている。それぞれのお茶を小さなカップに注いであげるから、違いを味わってみたまえ」

ドレイトンはお茶を注ぎ、ジェイミーは両方を味見した。

「どうだ、わかったかね？」ドレイトンは訊いた。

ジェイミーは首を振った。

「わからないのか？」ドレイトンは言った。

「わかんないよ」

「長い一日になりそうだ」ドレイトンはぼやいた。

「ぼくがここにいるのは一週間だけど」

「ならば、きみの仕事は……食器をさげて洗うだけにしたほうがよさそうだ」


けれども、五分後、アレクシス・ジェイムズが顔を出したとたん、ティーショップの雰囲気は格段によくなった。昨夜のパーティの成功の余韻にひたっているのだろう、彼女ははじけるような笑みを浮かべていた。

「ミス・ジェイムズ」ドレイトンは彼女の姿を認めるなり、顔をほころばせた。「インディゴ・ティーショップへようこそ」

「どうか、アレクシスと呼んで」彼女は言った。「ティーポットと丹波焼が縁で親しくなれたせいか、わたしたちは心の友だという気がするの」

「たしかに」ドレイトンは言った。

アレクシスはセオドシアのほうに手を振った。「あら、ミス・セオドシア」

「いらっしゃい」セオドシアはアレクシスとドレイトンがいるカウンターに向かった。「これからはちょくちょくうちの店に顔を出してくれるとうれしいわ。だって、おたくのすてきなギャラリーとは同じ通りにあるんだもの」

アレクシスは目を輝かせて店内をあちこち見まわした。

「うわあ。こんなにすてきで居心地がいいティーショップがあるなんてうそみたい。ええ、これはもう、ちょくちょく寄らせてもらうしかないわね。イギリスの田舎から魔法の力で運ばれて、ここチャールストンのど真ん中に舞いおりたみたいなお店なんだもの」

「当店は本物ならではの魅力が自慢でね」ドレイトンがひかえめに言った。

「あらためて、グランドオープンおめでとう」セオドシアは言った。「ゆうべのパーティは本当に楽しかった」

「でも、わたしがいちばん楽しんでいたんだけどね」アレクシスはそこで声をひそめた。「ねえ、信じられる？　すでに四万五千ドルもの売り上げがあったのよ。おまけに歌麿の版画を二点と漆塗りの箱を手に入れたの」

「もうそんなに売れたのかね？」ドレイトンは言った。「すごいじゃないか」

「おめでとう」セオドシアは言った。地元の小規模ビジネスがうまくいくのは喜ばしい。どこかが繁盛すれば、近くの店にも波及することが多いからだ。

「チャールストンに芸術の愛好家や蒐集家が大勢いるのはわかってた」アレクシスは言った。「でも、こんなにお金をじゃんじゃん使ってくれるなんて思ってもいなかった」

「この街にはそうとうな数のお金持ちがいると、いずれわかると思うよ」ドレイトンが言った。

「テーブルに案内しましょうか？」セオドシアはアレクシスに訊いた。「おいしいお茶を一杯、飲んでいく？　それともきょうはテイクアウトで寄っただけ？」

「残念だけど、お店に戻らないといけないの。でも、緑茶をテイクアウトできたらうれしいわ」

「一緒にリンゴとシナモンのスコーンもいかが？」

「おすすめ上手なんだから」

ドレイトンが手早く日本の煎茶をポットで淹れ、セオドシアは藍色のテイクアウト用の袋にスコーンを入れた。

アレクシスは眉根を寄せ、セオドシアをじっと見つめた。「ところで、昨夜のパーティでおかしな噂を聞きつけたの。二日前に殺人事件があったというのは本当？　このお店の話じゃなくて、何ブロックか離れた場所らしいけど」

「ええ、本当よ」セオドシアは言った。「ティモシー・ネヴィルの自宅でね」

アレクシスはマニキュアを塗った指でカウンターを軽く叩いた。

「グランドオープンの準備で忙しかったから、全然新聞を読んでなくて。それで……強盗事件のさなかのことだったの？」

「ううん」セオドシアは言った。「そうじゃないの」アレクシスは自分の店が武装強盗に襲われるのではと心配なのだろう。実際、チャーチ・ストリートでも強盗事件はあったわけだし。「事件はプライベートなパーティの会場で起こったの。被害者は銀行家の人だから、仕事関係でなにか確執があったのかもしれないわね」

アレクシスはまだ不安な顔をしていた。

「でも、警察がちゃんと捜査しているから」安心させるようにそう言いながら、セオドシアはライリー刑事のことをぼんやり考えていた。「刑事さんたちのことは心から信頼しているわ」

ドレイトンが顔をあげた。「心配はいらないよ。一日か二日もすればケリがつくはずだ」テイクアウト用のカップにふたをかぶせ、アレクシスに差し出した。「お待たせ――きみのために特別にブレンドしたお茶だ」

「うわあ、うれしい」アレクシスは一瞬にしてほがらかな彼女に戻った。「朝は必ずここに顔を出すことにするわ」

「いつでも歓迎よ」セオドシアは言った。「そうそう、あなたに訊こうと思ってたことがあるの。あんなにも見事な日本のコレクターズアイテムをどうやって集めたの？　何年もかけて世界じゅうを旅してまわり、貴重なお宝の数々を集めたとしか思えないんだけど」

「本当に運がよかったの」アレクシスは言った。「数カ月前、ウォルターボロ近郊にあるお店が売りに出されていて、それに飛びついたのよ。リドルという名前のものすごく高齢のオーナーが亡くなって、甥御さんが在庫の大半を売りに出したの。わたしは絶好のタイミングでそこを訪れたものだから、在庫のなかでも質のいいものをていねいに選ぶことができたというわけ」

「リドル」セオドシアは言った。「聞いたことのある名前ね。ジョージ・リドルという男性が、ラトレッジ・ロード沿いにあるおばの家の近くに広大なプランテーションを所有しているわ」

アレクシスはうなずいた。「たぶん、同じ一族だと思う。リドル一族は、チャールストンとその近郊に何世代にもわたって住んでいるから」

「きょうのランチはどんなメニューにしたの、ヘイリー？」セオドシアは狭い厨房の入り口に立って、ヘイリーがちょこまか動きながら、コンロから流し、それからカウンターへとめまぐるしく居場所を変えるのを見ていた。

「最近ようやく暑くなってきたから、メインの料理をさっぱりしたものにしてみたの」ヘイリーは言った。

「いいわね」

「というわけで選んだのは……スモークゴーダチーズとマッシュルームのタルトレット、リンゴとヨーグルトとチキンのキャセロール、それに天然キノコのスープ」

「すばらしいわ」セオドシアは言った。「ところでデザートは？」

「ブラッドオレンジがひと箱、安く手に入ったから、いまパフェを作ってるところ。あとは、えっとねえ……ひと口ブラウニーをオーブンで焼いてるし、それに――」

どしん、どすん、ばたん。

ヘイリーは穴から顔を出したホリネズミみたいに背筋をのばした。

「びっくりしたー！　いまのはなんの音？」

「シタデル大学のフットボール・チームが入り口のドアを踏みつぶしたみたいな音だったわね」セオドシアはまわれ右をすると、ティールームと店の奥とを隔てる灰緑色のビロードのカーテンをくぐり、ティールームの真ん中できゅっと停止した。「いったい何事？」と大声を出した。

作業着姿――オリーブグリーンのスラックスに淡いグリーンのシャツ――の男性が、入り口近くのカウンターの前に立っていた。腰の低い位置で革の道具ベルトを締め、パンフレットをひとつかみ掲げている。それを振りまわし、なんとドレイトンに食ってかかった！

「おれはていねいに頼んだだろ」男性は怒鳴った。「なのにあんたらは耳を貸そうともしない。上等じゃないか。だからその理由も――いちおう言っとくが、どれもまともな理由ばかりだからな――全部書き出してきた。ここにな。だからちゃんと読め」男性は持っていたパンフレットの束から一枚抜いて、カウンターに叩きつけた。

「申し訳ないが――」ドレイトンが言いかけたが、相手はそれを無視してしゃべりつづけた。

「おれは単なる思いつきでこんなことをしてるんじゃない。こいつはたいへんな問題だから、ちゃんと説明しなきゃいけないと感じてるんだよ」男性の声はますます大きくなり、店にいた客が何事かと椅子にすわったまま振り向いた。

「そこまでよ！」セオドシアは言った。「いますぐ怒鳴るのをやめないなら、警察を呼ぶわ」彼女は男性に歩み寄ると、相手の腕に手を置いて押さえこもうとした。「いったい何様のつもり？」

男性が振り返り、セオドシアと向かい合った。細長い顔に、ごま塩のひげ、少し出っ張った茶色の目が熱狂的な信者のようにぎらついている。無造作にまとめたポニーテールが老いた薬物依存症者を思わせた。

「だったらさっさと警察を呼べばいい」男性は言った。「だが、おれには言論の自由ってやつがある」

セオドシアは一歩も引かないかまえで首を横に振った。「わたしのティーショップではそんな理屈は通用しないわ。ずかずかと押しかけてきたあげく、お客さまの迷惑になっているならなおさらよ」

男性ははっとしたようにあたりを見まわし、五、六人ほどの顔が好奇心もあらわに見つめているのに気づくと、とっさの判断で怒鳴り声をほんの少しだけ小さくした。

「おれはただ配りたいと思っただけなんだよ、こいつを——」

「どうでもいいけど、あなたは誰なの？」セオドシアは問いかけた。

「ジャッド・ハーカーだ」男性はこぶしを振りあげ、またドレイトンをしめした。「このおれが——」

「〈めずらしい武器展〉を中止させようとしている人ね」セオドシアはわずかに息をはずませながら、相手の言葉を締めくくった。胸のなかで心臓がどきんと高鳴った。ヘリテッジ協会の理事の多くを脅していたのはこの人だ。その人物がいま、ここに、わたしのティーショップにいて、熱に浮かされたシマリスみたいにわめき散らしている。ティモシーがカーソン・ラニアー殺害の犯人だと名指ししたのもうなずける。ハーカーは礼儀知らずで、血の気が多く、しかもあきらかに衝動をコントロールできていない。

「あの展示会はなにがなんでも中止しなきゃいけないんだ」ハーカーはふたたび声を張りあげ、パンフレットをセオドシアの手に押しつけた。

セオドシアはいちおう受け取ったものの、ろくに見もせずにスラックスのポケットに突っこんだ。「悪いけど帰ってちょうだい」と抑揚のない声で言った。こっちが引きさがるいわれはない。そんなたちではないのだ。

「帰れだと?」ハーカーはにらみをきかせようと、セオドシアのほうに足をゆっくり踏み出した。「お断りだね」

「あなたのせいで店の雰囲気が悪くなってるのよ」

ハーカーは目をぎろりと光らせた。「まだおれはなんにも――」

「あのさ」ハーカーのすぐそばで小さな声がした。「ちょっと落ち着こうよ」

セオドシアは目をしばたたいた。いつの間にかジェイミーが現われ、ハーカーを諭していた。ただし、言い方はひかえめで、どやしつけるようなものではなかった。意外だわ。ジェイミーもこういう対応ができるほど大人になったということ？　それともわたしが断固たる態度で、このおかしな人を追い払うべき？

「勝手に入ってきて、誰彼なしに文句を言うのはよくないよ」ジェイミーは言った。「そんなことをしたって、言いたいことは伝わらないんだからさ」

「はあ？」ハーカーはトランス状態から目覚めたみたいに、ジェイミーをじっと見つめている。

「いまこの店ではすてきな女性たちがランチを楽しんでるんだ」ジェイミーの顔に子どもっぽい笑みが浮かんだ。「だからさ、ここは分別ある大人として、おとなしく帰ってくれないかな」

ハーカーは拍子抜けしたような顔をした。「このパンフレットを一枚、もらってくれるか？」

「いいよ」ハーカーよりもたっぷり四インチは背が高いジェイミーは、相手の二の腕に手をかけ、出口のほうを向かせると、さりげなく力をこめて外へと追いやった。次の瞬間、ハーカーは外の歩道でしおらしくジェイミーに軽く会釈していた。ジェイミーは店内に戻るなり、ドアを閉め、鍵をかけた。

しばらく、誰もひとことも発しなかった。ピンが落ちる音さえ聞こえそうな静寂がつづいたのち、ドレイトンが口をひらいた。「ずいぶんと株をあげたな、お若いの」

ジェイミーはまじめくさった顔でドレイトンにうなずいた。「まあね、ミスタ・D」

五分後、セオドシアは新しく入ってきたお客を出迎え、注文を取り、ランチプレートを出し、あちこちのテーブルに湯気のたつお茶の入ったポットを運び、大忙しだった。カウンターのなかではやかんがピーピーと陽気にさえずり、ドレイトンが徐々にいつもの調子を取り戻していた(そう、彼のきちょうめんで少々仕切りたがりの性格に若干のダメージはあったものの、どうやら立ち直りつつあるようだ)。

せわしなく立ち働いているセオドシアだが、頭の大半はいまもジャッド・ハーカーの突然の出現が占めていた。ライリー刑事はもう、約束どおり、ハーカーから話を聞いたのだろうか。それが引き金になってハーカーはあんな行動に出たのかもしれない。あるいは、ティドウェル刑事がハーカーを見つけて脅すようなことを言ったとも考えられる。あの人のことだ、恫喝とも取れる態度で問いつめるにちがいない。警察でなにがあったかはわからないが、とにかくそのせいでハーカーは逆上したのだろう。時間ができしだい、ピート・ライリー刑事に電話をして、一部始終を話してもらわなくては。

そのいっぽうで、ハーカーは情緒がかなり不安定な印象だった。彼が強硬な銃規制派の活動家ならば——見たところ、それはほぼ確実だ——銀行家のラニアーを殺害した可能性はあるだろうか。もしかしたら、殺すつもりはなかったのかもしれない。威嚇しようと思って一発撃ったのが、とんでもないことになってしまったということも考えられる。

セオドシアは眉根を寄せて考えこんだ。あるいは、ハーカーは単なる近所の変人というだけの存在なのかも。孤独で、公民権を剝奪され、まともな職にもついていないなか、自分にも理解できる運動に出会っただけの男。単に面倒くさい人というだけで――たしかにいらいらさせられはするけれど――その程度にすぎないのかもしれない。

「セオ？」ドレイトンの声がした。

レモンを反対側が透けて見えるくらい薄くスライスしていたセオドシアは、カウンターから顔をあげた。「うん？」

「今夜、ヘリテッジ協会の理事会があるのだが、一緒に行ってもらえないだろうか」

「どうしてわたしが？」セオドシアは訊いた。ずいぶんとめずらしいことを頼んでくるものだ。「わたしの記憶が正しければ、理事はわたしじゃなくて、あなたのはずだけど」

「事情を説明しよう」ドレイトンは言った。「第一に、きみにも出席してもらうよう説得してくれないかと、ティモシーが頼んできたのだよ」

「ふうん、それだけでもかなり妙だわ。わたしの同席を希望する理由はあるんでしょうね？」

「あるに決まっている」

「でも、どんな理由か、あなたは知らないのね？」

ドレイトンはうなずいた。「具体的なことはなにも」

「じゃあ、ふたつめの事情はなんなの？」セオドシアは訊いた。「待って――ふたつめの事情もあるのよね？」

「ああ。カーソン・ラニアーの後釜になる予定の新理事が出席するらしい」

「こんなに早く？　ずいぶんと急じゃない？」あいたポストを埋めるのをティモシーがこんなにあせるなんて、とセオドシアは意外に思った。「それってちょっと普通じゃないわよね。理事の候補は身元を念入りに調査されるものなんでしょう？」

「たしかに通常とは異なっている」ドレイトンは言った。「しかし、ラニアーはすべてを署名捺印のうえ公証してもらい、ひとつにきちんとまとめておく主義だったらしい。なので、後任も似たようなタイプの人物だと思う。それにティモシーとしては、ああいうことがあったあとだけに、後任候補と直接会うことに乗り気なのだよ。ああいうことというのはつまり、あれだ……」

「殺人事件ね」セオドシアは言った。

「そうだ」ドレイトンは落ち着かなそうに唇をなめた。「とにかく、こういう事情だから、ティモシーとしてはラニアーの同僚を選出すれば、ヘリテッジ協会に対する彼の長年の貢献をたたえることになると考えているようだ。つまり、後任候補も今夜の会合に出席するということだ」

「それで、そのなかでわたしの役割はなんなの？」セオドシアは訊いた。「超能力で占ってほしいとか？　タロットカードを並べて、あたらしい人がワンドの王で、りっぱな理事となるべく運命づけられているかどうかを占ってほしいの？」

「神秘の力は不要だよ」ドレイトンは笑いを噛み殺しながら言った。「ティモシーもわたしも、いつもの魅力的なきみでいてくれればいいと考えている」

「それだけ？」

「そして、すぐれた眼力で人柄を見抜いてもらいたい」ドレイトンは言葉を切った。

「力になってもらえるかね？　われわれを助けてくれないか？」

「わかったわ、ドレイトン。今夜あなたと一緒に行く」だって、あなたのせいで興味がむくむくとわいてきちゃったんだもの、と心のなかでつけくわえた。

9

ランチタイムが終わり、午後のティータイムが軌道に乗ると、セオドシアはオフィスに駆けこんでピート・ライリー刑事に電話をかけた。けれども彼は署内にはおらず、どうしたわけか、携帯電話にかけても出なかった。

しかたないわね。応答した留守番電話に吹きこんだ。「わたしよ。ジャッド・ハーカーさんがお昼前にうちのお店に突撃してきて、鳴きわめくオマキザルみたいにわけのわからないことを怒鳴りちらしていったの。それで知りたいんだけど、警察はなにかしたか言ったかしたんじゃないの？　だから電話して。お願い」

セオドシアは電話を切って、しばらく考えた。急いで店に出るとドレイトンに小声であることを告げ、彼がいいようとうなずくのを待った。それから裏口から外に出て、〈レディ・グッドウッド・イン〉を目指して数ブロックの距離を車で走った。

サンプルセールに来るつもりはなかったけれど、金曜日の夜にチャリティ舞踏会があるのを思い出したのだ。デレインがうまいこと〝毛玉の舞踏会〟と名づけたあれだ。本気で行くつもりなら——すでにピート・ライリー刑事は行く気満々だ——舞踏会用の衣装を調達しな

いといけない。せめて、きらきらのトップスに合わせるロングスカートくらいは必要だろう。だから、もう覚悟を決めるしかない。

張りぐるみの椅子と鉢植えの植物が置かれたロビーに足を踏み入れたところ、そこがサンプルセールの会場のように見えた。あちこちにテーブルが置かれ、若い人がセオドシアを出迎えるように笑顔を向けてきた。でも、ちがった。テーブルのひとつに近づいてみると、医薬品展示会の受付だと教えられた。サンプルセールがおこなわれているのはマグノリア・ルームだった。

マグノリア・ルームへの入り口をふさぐように置かれたテーブルには、華奢な体形をした十代の少女がふたり着いていた。片方はブロンドの髪で、もうひとりは黒髪。ふたりとも自分の携帯電話を食い入るように見つめ、画面をせわしなくタッチしている。メールを打っているのだろう。

「こちらはサンプルセールの会場ですか？」セオドシアは愛想よく尋ねた。このふたりはきっと受付係にちがいない。でなければ、研修中の受付か。

華奢なブロンドの少女は携帯電話を操作しつづけていたが、やがてしかたなさそうに顔をあげた。「サンプルセールのお客さん？」うんざりしているのがはっきりわかる声だった。

「ううん、こちらでG7の首脳会議が開催されているとばかり」セオドシアは言った。

「はあ？」ブロンドが言った。

「あたしたちは出迎え係なんです」黒髪の少女が言った。チューイングガムを嚙んでいて、数秒ごとにふくらませてはぱちんと鳴らしている。

「ふたりともミンディのいとこ」ブロンドが言った。

黒髪のほうはまた自分の携帯電話に目を戻した。「サヴァナから来たんだ」

「そう、お邪魔したわね」セオドシアはふたりのわきを通りすぎ、ファッションのカオス、またはダンテの小売り地獄の第一圏域とでも呼べそうな場所と化した部屋に足を踏み入れた。色とりどりの服でぱんぱんになった巨大な金属のラックがそこかしこに置かれ、どこになにがあるかわからないジグザグの迷路をつくっていた。サイズがはっきり表示された整然とした列も、危なくないように端っこに置かれたラックもない。それどころか、働き蜂が何十というラックをマグノリア・ルームに押しこんだだけで、とっとと逃げてしまったようなありさまだった。

とりあえず適当なところから手をつけるしかないと決め、セオドシアは目についた最初のラックに取りかかった。

スカート。ほしいのは丈の長い豪華な感じがするスカートだ。でも、残念ながら、このラックにはウールのドレスしかかかっていない。セオドシアは歩を進めた。まともな頭の持ち主なら、チャールストンが猛烈な暑さと湿気の夏に向かっているこの時期に、ウールのドレスなんかほしいと思わない。蒸し暑さのおかげでやわらかくてうるおいのある肌が保てるけれど、その反面、髪がひどくうねって、七月になる頃にはよれよれのより糸の束のようになってしまう。

室内を見まわすと、何十人という小柄で華奢な女性がラックの服を片っ端から品定めしている。みんなウェストが細くてヒップはぺったんこ、全身びしょ濡れになっても体重は百ポンドにも満たないだろう。このイベントはサンプル品のセールという触れ込みだから、展示されているのは小さめのサイズばかりだ。それにしたって、まったく、あの人たちはいったいなにを食べて生きてるの？　霞（かすみ）？　掛け合わせでできた新種の低カロリーのケール？　ビブレタスのカクテル？

セオドシアがまわれ右をしてマンチキン人ばかりの世界を逃げ出そうとしたとき、服のかかったラックのうしろから、ファッショナブルなびっくり箱よろしくデレインが顔を出した。

「セオ！　やっぱり来たのね！」デレインはセオドシアの腕をぎゅっとつかんで、真っ赤に塗った爪を食いこませた。「あちこち探しちゃったじゃない。よさそうなものは見つかった？」

セオドシアは首を横に振って、つかまれた腕を引いた。「いま来たばかりだから」

デレインは顔をしかめた。「掘り出し物がまだ売れてないといいけど」

「売れてないといいけどって、三十もラックがあるわよ」

「でも、大半は昨シーズンのものなの」デレインは小声で言った。

「それじゃだめなの？」

デレインはまたもセオドシアの腕をどうにかつかんで引っ張った。「だめに決まってるじゃない。こっちに来て。ロングスカートがほしいって言ってたわね？」

「ええ、まあ」なぜだかセオドシアはそんな気分になれなかった。それどころか、少し体調が悪くなっていた。

デレインはラックにかかった服をあさりはじめ、スカートを出しては、よくわからないファッション用語をぶつぶつつぶやいた。「黒のシルクは、アレクサンダー・マックイーンもどきね。光沢のあるビロード……冬のコレクションだわ。このシフォンなんかどうかしら？」彼女は高くかかげてながめ、すぐに首を横に振った。「だめ、カジュアルすぎる。もっとまともなものがあるはずよ」

「デレイン」セオドシアは言った。「自分の着るものくらい、自分でちゃんと選べるわ」

デレインは慢性の消化不良が急に悪化したみたいに、顔をしかめた。

「だめよ、ハニー、これこそあたしが本領を発揮できる仕事なんだから、まかせてちょうだい」

「それってどんな仕事？」

「あなたのスタイリストよ、もちろん。慎重で趣味のいい判断をくだす人が必要でしょ」

「ねえ、ちょっと、わたしが自分のスタイルを確立してないって言いたいわけ？」セオドシアがデレインにからめるチャンスはそうめったにない。いい気分だ。

「とんでもない」デレインは甘ったるい声で言った。「あたしはファッションのプロだけど、あなたは素人だってだけの話」彼女は熱っぽい目でセオドシアを見つめた。「セオ、あなたにも見えるでしょ。あたしのお店に思いがけなくやってくる、かわいそうな仔羊のような女性たちが。そのほとんどは、頭のてっぺんからつま先まで、トータルなイメチェンを切望してる」デレインはキリスト教を広める伝道者のような目になって、両手を優雅に動かし、宙に絵を描くまねをした。「そういう女の人たちに必要なのはね、体にフィットするように仕立てられたジャケット。神様からあたえられたものがよくわかるブラウス。アクセサリーは……」そこまで言うと、デレインはもうだめとばかりに両手をあげた。「アクセサリーの話をしろなんて言わないでよ」

「言わない」

「あとはハンドバッグね」デレインは言った。気持ちが高ぶって、アクセサリーについての持論を展開する気満々だった。「それこそ、どんな服装をするにしてもおろそかにしちゃいけないものなの」そう言って、セオドシアに向かって人差し指を振った。「なのに、みんな、カジュアルなショルダーバッグじゃなく、クラッチバッグを持つほうがふさわしいってことを理解してないんだから」

「バッグの危機が起こりそうね」

「それに女性はパールのネックレス、カラフルなシルクのスカーフ、それに大きなサングラスを持ってると絶対に便利」デレインはもったいぶったように間をおいた。「そういう小物使いひとつが服をぐっとよく見せもすれば、ぶち壊しもするの」

「あなたがアクセサリーにそこまでこだわりを持ってるなんて知らなかった」セオドシアは、フェンディのショルダーバッグをかれこれ二年も使いつづけているのをいやでも意識した。

そろそろ新しいのに買い換えなきゃだめかしら？　昨今のデザイナーズブランドのバッグの値段を考えれば、やめておいたほうがいいかもしれない。

デレインは三着のスカートを選ぶと、セオドシアを試着室の前まで連れていき、なかに押しこんだ。セオドシアが銀色のクレープ地のスカートに着替えて出ていくと、デレインは言った。「すてきよ。生地がお尻をうまくカバーしてる」

セオドシアはおそるおそる三面鏡をのぞきこんだ。「わたしのお尻ってこと？」

「着る人みんなのお尻よ。ボディサイズがどうでも、気になるところをカモフラージュすればいいの」

「カモフラージュするのがはやりなら、アーミージャケットでもはおろうかしら」

デレインはくすくすと笑った。「アーミールックがはやったのは去年のことでしょ、まったくもう」そう言ってべつのスカートを出そうと背中を向けたとたん、片手を宙に突き出したまま声を張りあげた。「シシー！」と同時に、真っ赤な革のジャケットを着た、長身で派手な感じのブロンド女性がセオドシアたちに向かって突進してきた。

「デレイン！」女性も大声で呼びかけた。

「セオ」シシーが激突せんばかりのいきおいでやってくるとデレインが紹介した。「こちらはあたしの大事なお友だち、シシー・ラニアー」

「はじめまして、よろしく」

シシーはほがらかに言った。片手を差し出し、セオドシアの手を握りながら、口をゆがめてにんまりと笑った。

シシーに腕を上下にいきおいよく振られるうち、セオドシアはこの女性がカーソン・ラニアーの元妻になるはずだった人だと思い出した。あるいは、亡くなった男性の妻であると。

「こちらこそよろしく」

セオドシアは言いながら、品定めするような目でシシーを見やった。革のジャケットを着ているほか、黒い革のスラックスを穿き、表面に銀色のスタッズをちりばめた黒いハンドバッグを手にしている。しかも、とんでもなく厚化粧で、唇は整形したのかタラコのようにぶ厚いし、髪はこれでもかというほど盛っていた。まじめな話、雲のように大きくふくらませているものだから、そこだけべつの天気になってもおかしくない。

セオドシアはシシーに握られていた手をようやく振りほどき、意識してあらたまった声を出した。

「このたびのこと、お悔やみ申しあげます」

「いいのよ、気にしないで」シシーは南部特有のゆったりした口調で言った。肩をすくめ、髪に手をやって、さらにふくらませる。「おかげで得したんだから」

「そうよね」デレインが言った。

「どういうことでしょう？」シシーの言葉を聞きまちがえた気がする。いったいこの人はなんの話をしているの？

「カーソンとわたしはけっきょく離婚届を出さなかったの」シシーはわざとらしくひそめた

声で言った。「あの人ったら、のばしのばしにしてたのよ。なにしろキャピタル銀行でもすごくえらい地位にある重役の仕事が忙しくて、わたしの弁護士の事務所に立ち寄って書類にサインする時間もないくらいだったんだから」

「男の人って本当に自分のことしか考えないのよね」デレインは口紅が落ちていないか、鏡で確認しながら言った。

「その結果がこれよ」シシーの声はしだいに大きくなった。「もう時間切れ。だってカーソンは死んじゃったんだもの！　かくしてわたしは、夫に先立たれた妻としてすべてを相続するというわけ」彼女は甲高い笑い声をあげた。「おまけにもっと傑作なことがあるの」

「もっと傑作なこと？」セオドシアは訊いた。シシーはいまの状況を異常なほど喜んでいるようだった。

「ええ、そう」シシーは言った。「カーソンには結婚するつもりでいたガールフレンドがいたんだけどね、そのばか女には遺産がわずかなりとも行かないの。一セントたりともね」

デレインが顔をぱっと輝かせ、舌なめずりするように身を乗り出した。

「ご主人にガールフレンドがいたですって？」

シシーは口をゆがめた。「ええ、いたの。もっとも愛人というのが正確なんでしょうけど」

「びっくりしたわ」セオドシアは言った。これで話がますますややこしくなってきた気がする。

「そこは、最低って言わなきゃだめじゃない」デレインは興味津々で目を大きく見ひらいていた。「そのガールフレンドって誰だったか知ってるの？　誰だか、って言うべきかもしれないけど」

「知ってるに決まってるじゃない」シシーは言った。「チャールストンはそんな大きな町じゃないもの。あのふたりみたいに〈ペニンシュラ・グリル〉で鼻の下をのばしてランチをしたり、クーソー・クリーク・カントリークラブで一日ゴルフをするようなお熱い関係が隠しとおせるはずないでしょ」

「それで、いったい誰なのよ？」デレインは訊いた。相手の女性の名前が知りたい気持ちが強すぎて、言葉が喉に詰まりかけた。

シシーは片手をひらひらさせた。「カーソンと同じ銀行に勤めてる女」

「窓口にいる誰かね、きっと」デレインは言った。

「カーソンはわたしにはばれてないつもりだったんでしょうけどね。でも、わたしはあの人が思ってたような、おつむの弱い妻なんかじゃないの。彼がベティ・ベイツと浮気してることくらい、ちゃんとわかってたんだから」

その名前を聞いても、セオドシアはぴんとこなかった。それでも、記憶にしまっておいた。念のために。

「サンプルセールでなにも買わなかったの？」ティーショップの裏口から入ってきたセオドシアに、ヘイリーが訊いた。

「ええ、思ってたのとちがう展開になっちゃって」

「デレインがいたから?」

「しかもいろいろとぶち壊してくれたのよ」

「わかる、そういう人だもん」ヘイリーは言った。「ちょっと普通じゃないよね」

「留守中になにかあった?」セオドシアはバッグをデスクにぽんと置き、スエードのジャケットを脱いだ。

「色男が立ち寄った」

「ピート・ライリー刑事が来たの?」セオドシアはたちまちそわそわし出した。と同時に、ライリー刑事はどうして携帯電話に連絡をくれなかったのかと不思議に思った。もしかしたら、連絡をくれたのに、わたしのほうがぼんやりしていて気づかなかっただけかもしれない。

「セオに会うのが目的か、あたしのスコーンを食べるのが目的かはわかんないけど」ヘイリーはまつげをぱちぱちさせ、束ねたブロンドのロングヘアをねじった。「たぶん、両方だよね」

「なんの用だったの?」セオドシアは訊いた。「なんて言ってた?」

「ドレイトンに訊いて」ヘイリーは言った。「答えは全部、彼が知ってる」

けれども、セオドシアがライリー刑事の訪問について尋ねると、ドレイトンは浮かない顔になった。

「ライリー刑事はジャッド・ハーカーからちゃんと話を聞いたそうだ。しかし、ハーカーがここにやってきたあとのことだ」

「そう」セオドシアはいつもとちがうなにかが煮立っている感じを受けたけれど、そのなにかとは、新しいブレンドのお茶ではない。

「どうやら、ハーカーは実際に起こったこととはまったく異なる話をライリー刑事に聞かせたようだ」

「どういうこと？」

「きみにこっぴどくとっちめられたと言ったらしい」

セオドシアは驚いて反り返った。「わたしがあの人をとっちめたですって？」

「どうやら、きみに怒鳴りちらされ、心が傷つくようなことを言われたあげく、ほっぽり出されたと涙ながらに訴えたようだ」

「ちょっと待って」セオドシアは信じられない思いで手をひと振りした。「事実関係をはっきりさせてちょうだい。ハーカーさんのほうが入ってくるなり頭のおかしなフェレットよろしくわめきちらしたことは、ライリー刑事に伝えた？　ヒートアップしすぎて、うちのお客さまの迷惑になっていたことも？」

「ちゃんと伝えたとも」ドレイトンは言った。

「そしたらライリー刑事はなんて？」

ドレイトンはしばらく考えこんだ。「ハーカーは自分は無実だと思わせるために、話をでっちあげたんだろうということだった」

「でも、ハーカーさんは無実じゃないかもしれないでしょ。というか、どう見ても真っ黒よ！」

ドレイトンは落ち着き払った顔でセオドシアを見つめた。

「それについて異論はないね」

「まったく、もう」セオドシアは首を左右に振ると、両肘をカウンターについて、身を乗り出した。「とんでもない一日だわ。最初はシシー・ラニアーで、今度はこれだなんて」

「ちょっと待ちたまえ」ドレイトンは言った。「いまなんと……？」

「シシー・ラニアーと会ったの。サンプルセールの会場でデレインに紹介されたんだけど、そしたらシシーがとんでもない話を始めちゃって」

「亡くなったご主人のことかね？」ドレイトンは同情するような表情を浮かべた。「きっとやさしい言葉をかけてもらいたかったのだよ」

「わたしとしては悪魔祓いをしてやりたいわ。ご主人がけっきょく離婚届に署名しなかったおかげで、全財産を相続することになったなんて、得意そうにしゃべるんだもの」

「そいつはなんとも奥ゆかしいことだ」

「奥ゆかしいところなんかこれっぽっちもない人だわ」

セオドシアはカーソン・ラニアーが不倫していたことも話してしまおうかと思ったが、それはちょっと下品すぎるし、ここで言うべきことではない。それに、カーソン・ラニアーは不倫などしていなかったかもしれないのだ。シシー・ラニアーが憶測でものを言ったか、でっちあげたとも考えられる。シシーも自分は事件と無関係だとほのめかしていたのかも。

セオドシアはドレイトンがレモン風味の平水珠茶(ガンパウダーグリーン)をポットで淹れる様子をじっと見ていた。

そして思った。あの鷹揚な態度のシシーが、突然、いかにも容疑者らしく見えてきたと。

10

「今夜は走りに行けないって、さっき言ったでしょ」

いまセオドシアは、インディゴ・ティーショップから数ブロックのところに建つ小さな自宅コテージの居間にいた。そして愛犬のアール・グレイと話しこんでいるところだった。

「ヘリテッジ協会の理事会に出るのは急に決まったことなのよ」

アール・グレイは澄んだ茶色の瞳で彼女を見つめ、ゆっくりと首をかしげた。

「お願いだから、そんな責めるような目をしないで。少しくらい大目に見てよ、ね？　わたしだって理事会なんか退屈だから行きたくないの。ドレイトンに頼まれたんだから仕方ないじゃない」

するとアール・グレイはあからさまにため息をついた。

「埋め合わせをするってことで手を打たない？　明日の夜はいつもより長く走ろうか？」

「ウー？」アール・グレイは二度、尻尾を打ちつけた。

「今夜、わたしが帰ってきてからのほうがいい？　でも、どうかしら——うんと遅くなるかもしれないし。そうね、臨機応変でいきましょう」

アール・グレイもそれで納得したようだ。首を縦に振ると、のんびりした足取りで暖炉の前まで行き、お気に入りのオービュッソンの敷物の上で丸くなった。

セオドシアはチンツのソファにすわったまま、長々と息を吐いた。自宅はいい。歴史地区に建つ小さなコテージにいるとゆったりくつろげる。たしかにドレイトンとは約束したけれど、このまま家から出ずにアール・グレイを相手に楽しく遊んでいたい。だって、この子は何年も前、インディゴ・ティーショップの路地裏で縮こまっているところを見つけたときには、ひどく怯えて餓死寸前だったのに、その後大変身をとげた奇跡の犬なんだもの。あれからアール・グレイは成長し、いまではぶち毛（だから、セオドシアはダルメシアンとラブラドールのミックスでダルブラドールだと思っている）と表情豊かな目と、貴族を思わせる上品な鼻をしたすばらしい犬になった。

セオドシアはソファの背にもたれ、居間を見まわした。梁天井も寄せ木の床も両側に作りつけの家具を配した煉瓦の暖炉も、みんなすてきだ。数年前に引っ越してきたとき、それまで住んでいたアパートメントにあったチンツとダマスク織の家具も、アンティークのハイボーイ型チェストも、情緒ある油彩画も見事に調和したのには感激した。最初からそこにあったとしか思えなかった。そこに置く運命だったとしか思えなかった。

腕時計に目をやった。七時二十分前。しょうがない、もう行かなくては。でも、その前にピート・ライリー刑事にもう一度電話をしてみよう。呼び出し音がしばらく鳴ったのち、留守番電話につながった。どこにいるのかしら？　捜査にあらたな展開があって引っ張り出されたとか？　そう考えたとたん、力がわいて、全身に震えが走った。けれども、いまは次から次へと仮定の話を繰り出している余裕はない。いますぐスコーンが入ったバスケットを持って、ドレイトンを迎えに行かなくてはならないのだから。

ドレイトンは数ブロック先の自宅の外で待っていた。とめた車の助手席によじのぼるようにして乗りこんだドレイトンにセオドシアは言った。「あなたがいるの、よく見えなかったわ」

「新月の闇に空が覆われているせいだ」ドレイトンは言った。

「ずいぶんと不吉な言い方をするのね」セオドシアは車を発進させた。

「このところの出来事がことごとく異様で常軌を逸しているからだよ」

セオドシアは左に折れ、トラッド・ストリートに入った。「理事会で出そうと思って、残りもののスコーンを持ってきたわ」

「そいつはいい。ラニアーの後任を決める手続きを妨害しようとする者がいたら、そいつを投げつけてやろう」

「反対する人がいそうなの？」セオドシアは訊いた。

ドレイトンは走る車のサイドウィンドウから外を見やった。「なにを決議あるいは議論するにしても、反対する者は必ずいる。数年前はそこまで理事会で揉めることはなかった。だが、いまは……」

「ヘリテッジ協会の最近の財政問題と関係あるのかしら？」セオドシアは寄付がかつてほど集まっていないことを知っている。残念なことに、このところ裕福な寄付者が何人か亡くなり、そのため、協会は乏しい予算での運営を強いられている。だから、ティモシー・ネヴィルはあらたな支援者を呼びこむべく、あの手この手のイベントをおこなっているのだ。

「財政に余裕がないのも一因だろう」ドレイトンは言った。「それとはべつに、最近は怒りっぽい人がずいぶんと増えてきたように思う。なにが原因かはわからんが。この国の政治、世界を取り巻く問題、インターネット……」

セオドシアはまた左に曲がった。「インターネット？」愉快そうに言った。「ぶしつけな態度はテクノロジーのせいってわけ？」

「みんなインターネットばかりやっているではないか」ドレイトンは言った。

セオドシアは小さく笑った。「あなたはちがう。インターネットをやってないでしょ。お店のほうで用意してあげたメールアカウントだっていらないっていうし」

「わたしは大のテクノロジー嫌いなのだよ。メールやツイートなどしなくとも、生きていくのになんの支障もない。わたしはテクノロジーの恩恵など受けずにこの世に生まれてきた。消えるときもそうするつもりだ」

「お年寄りみたいな口をきかないで」セオドシアは車線を変更しながら言った。ヘリテッジ協会の正面玄関まであと少しのところまで来ていた。

「少しずつ老いてきているのは事実だ」

セオドシアは車を縁石に寄せてとめた。愛車のジープの真っ暗な車内をすかしてドレイトンを見つめた。「老いているんじゃなく、味が出てきているだけよ」

ドレイトンはうっすらとほほえんだ。「そうだな、そのほうがいい響きだ」


ヘリテッジ協会の中央廊下をドレイトンと並んで歩きながら、セオドシアはいつものことながら、やっぱりここは本当にすてきだと心から思った。灰色の石を積みあげた建物はお城かと思うほど大きく、壁にはつづれ織や油彩画が飾られ、天井からは途方もなく大きなシャンデリアがいくつも吊りさげられている。革装の本が並び、革張りの椅子が置かれた図書室。枝付き燭台とステンドグラスの窓が印象的な会議室。それに芸術品や骨董品でいっぱいのギャラリーがいくつもある。さらにすごいのは地下の巨大な保管庫だ。あのなかをあてどもなく歩いていると、ローマかパリの街の地下にひろがる迷路にさまよいこんだように錯覚してしまう。そして、思ってもいなかった貴重な財宝に——薄気味悪いもののこともあるけれど——遭遇するのだ。

ティモシーがちょうどオフィスを出ようとしているところをつかまえた。

「よかった」ティモシーはセオドシアの姿を認めるなり言った。「やはり来てくれたのだな。恩に着る」

「ドレイトンがどうしてもと言うものだから」セオドシアは言った。

「手みやげを持ってきたよ」ドレイトンがスコーンをたっぷり詰めたバスケットをかかげた。

「ありがたい」ティモシーは言い、三人は歩き出した。「事務のシルヴィアが淹れてくれたお茶によく合うだろう。パルメット・ステートというオリジナルのブレンド・ティーをひと缶送ってもらってすまなかった」

「たいしたことではないよ」ドレイトンは言った。「それで……あたらしい理事候補はもう来ているのかね？」

「いまこっちに向かっているところだ。万事、とどこおりなく運ぶといいが」

三人の足が大会議室の前でとまり、セオドシアは話すのはいましかないと判断した。

「会議室に入るまえに、けさあった、おかしな出来事について話しておきたいの」

「うちの店でのことだ」ドレイトンが言った。

ぱらぱらと書類をめくるティモシーのつるりとした額で眉がくねくねと動いた。

「ん？　なんだ？」

「こちらで開催される〈めずらしい武器展〉に強硬に反対している例の人が——」セオドシアは切り出した。

「ジャッド・ハーカーだな」ティモシーは虫を叩き落とすようにその名前を口にした。

「ハーカーさんは〈スタッグウッド・イン〉で非常勤で働いているんですって。ほら、あなたの家のすぐ隣にあるB&B」

ティモシーは口をあんぐりとあけ、驚いて目をぱちぱちさせた。

「本当か？」セオドシアとドレイトンがうなずいたのを見て、こう言った。「そいつは驚いた……思ってもいなかったよ」そう言うと表情をこわばらせ、まるまる二秒たってからようやく先をつづけた。「では、ハーカーは日曜日の夜、あの界隈にひそんでいたかもしれないのだな。宿の三階から死の矢を放ったかもしれないわけだ」

「その可能性は否定できないわ」セオドシアは言った。「ハーカーさんはすでに警察から話を聞かれたけど、全面的に否定したそうなの。でも警察もそれでおしまいにするつもりはないと思う。今後も目を光らせるだろうし、場合によっては尾行をつけるかもしれないわ」

「警察がさらなる情報を求めて、ふたたびきみのところへ話を聞きにくるかもしれんな」ドレイトンが言った。「そのときは驚かないでくれたまえよ」

「きみも知ってのとおり、ハーカーとかいう者からはこれまで、怒りの手紙や電話が来ているだけだ」ティモシーは片手をドアノブにかけた。「本人がこの部屋に入ってきたとしても、わたしには彼だとわかる自信がない」

「なるほど……あなたにもハーカーさんの人相風体を知っておいてもらわないといけないわね」セオドシアは言った。「彼があなたにじかに接触してきたときのために。だってあの人、完全に頭が変だったもの」

　男性六人と女性四人の理事がヨットの主甲板ほどもありそうなマホガニーのテーブルを囲んだところで、ティモシーが理事会を開会した。書記が先月の議事録を読みあげたのち、賛成または反対と意思表示すればいいだけのいくつかの議題をこなした。

それが終わるとティモシーは、招集をかけた本当の理由を説明するため、椅子を引いて立ちあがった。

「諸君もすでにご承知のことと思うが、当理事会のメンバーのひとりが悲惨な死をとげた」気まずい沈黙が流れるなか、そわそわと足を動かし、書類をめくる音だけが響いた。それでも、全員の目がティモシーに注がれたままだ。「カーソン・ラニアーが矢で射られ、死亡した」力強い声だったが、肩がしだいに落ちてきた。「しかも、このむごたらしい事件が起こったのは、彼がわたしの家に客として来ていたときのことだった」

理事のひとり、ニコラス・クレイトンという名の男性が咳払いした。「では、ラニアー氏は事故で亡くなったのではないんだな？」彼はテーブルに集った面々を見まわした。「われわれとしては、マスコミの報道が間違いであってほしかったのだが」

「冷酷無残な殺人だと思われる」ティモシーは言った。「だから、警察が総力をあげて捜査しているところだ」

「では、わたしたち全員が話を聞かれることになるんですか？」べつの理事が尋ねた。

「それについてはなんとも言えんのだ」ティモシーは言った。「きみたち全員から話を聞きたいと言うかもしれないし、事件の夜、わたしの家にいた者だけに限定するかもしれない」

「わたしたちになにかできることはあるの？」女性理事のひとりが訊いた。たしか、大金持ちで、社交界の大御所、ルーエラ・レイバーンだ。

ティモシーはなにか言おうと口をひらいたものの、自分が置かれた状況にがっくりきたのか、言葉が出てこなかった。

「祈りましょう」セオドシアは小さな声で呼びかけた。「そして、この問題は早急に解決すると、前向きに考えるんです」

「アーメン」ドレイトンが言った。

ティモシーは咳払いをした。「わたしとしては責任を痛感していると、ここではっきり言っておく」いくらか落ち着きを取り戻したようだった。「そして、事態の解決にひと役かうつもりであると」

「具体的にはどういうことです？」クレイトンが訊いた。

「いささか異例に思われるのはよくわかっている」ティモシーは言った。「しかし、後任に名乗りをあげてくれた者がいる。カーソン・ラニアーとひじょうに近しく、彼の後任としてふさわしいと思われる人物だ」

ティモシーは紙の束を手に取って、テーブルを囲むメンバーにまわした。セオドシアのところにもまわってきたが、取らずに次にまわした。

「いま配ったのは簡単なプロフィールだ。言うなれば履歴書だな」ティモシーは言った。

「この候補を受け入れてはどうかとおっしゃるんですね？」ルーエラ・レイバーンが尋ねた。

「この方を信任しろと」異議を申し立てているのではなく、ティモシーの意図をはっきりさせようとしただけだった。

「そういうことだ。みんなで検討してもらいたい」

「その新人くんにはいつ会えるのだね？」ドレイトンが訊いた。

「いますぐだ」ティモシーはテーブルを離れ、ドアを引きあけた。「やあ」廊下に身を乗り出して声をかけた。「なかに入りなさい。理事たちに紹介しよう」

全員の目が会議室に入ってきた女性に注がれた。女性は長身で、黒髪をページボーイカットにし、細面で細身の黒いメタルフレームの眼鏡をかけている。着ているピンク色のツイードのスカートスーツは、上等で高そうだ。

「おや」ドレイトンはひとりつぶやいた。「新人くん、くんではなかったか」

「諸君」ティモシーが言った。「こちらはミズ・ベティ・ベイツだ」

11

その名前が突然、鋭い不協和音となってただよった。

「ミズ・ベイツもキャピタル銀行の重役でね」ティモシーが言った。「彼女のひじょうにりっぱな経歴書を見ればわかるように、カーソン・ラニアーの頼れる同僚だったそうだ」

「同僚？」セオドシアは小声でつぶやいた。肘でドレイトンの肋骨(ろっこつ)のあたりをぐいっと突いた。例の件を話しておかなくては！

肋骨を突かれたドレイトンは体をくの字に折って、怪訝な表情をセオドシアに向けた。「なんだね？」と小声で尋ねた。

セオドシアは首を縮め、手をお椀の形にして口を覆った。カーソン・ラニアーとベティ・ベイツが不倫関係にあったらしいと告げるのに、六十秒もかからなかった。セオドシアの話とティモシーの紹介に耳を傾けながら、ドレイトンの目はしだいに大きくなっていった。やがて彼はうなずいた。事情を理解したのだ。

ドレイトンは片手をさっとあげ、ベティ・ベイツとルーエラ・レイバーンが楽しそうにおしゃべりしているのをさえぎった。「ひとつ提案があるのだが、よろしいですか？」

ティモシーはにこやかにほほえみかけた。「なんだね、ドレイトン？」

「現時点での採決は見送るよう提案いたします。各人が候補者をよく知るための充分な時間が必要と考えるからです」

ティモシーは啞然とした。「わたしとしてはてっきり、この場で――」

そこへルーエラ・レイバーンが割って入った。「わたしもドレイトンを支持するわ。ミズ・ベイツと話し合ったり、とてもすばらしいと思われる経歴書にしっかり目をとおしたりする時間が必要ですもの。と同時に、もちろん、彼女のほうもわたしたちや理事の仕事についてくわしく知りたいでしょうし」

「よろしい」ティモシーは言った。「提案がなされ、それを支持する意見が出た。ミズ・ベイツをもっとよく知るために一定の猶予期間――二週間としようか――をとることに賛成の者は、〝賛成〟と言ってもらいたい」

七人が〝賛成〟と言った。

「反対の者は？」

三人が反対の声をあげるなか、ベティ・ベイツがテーブルの反対側から怖い顔でドレイトンをにらんだ。

「賛成多数」ティモシーは言った。「わたしからの提案だが、今度の土曜の夜、〈めずらしい武器展〉の開催前にミズ・ベイツと理事が集まっての、ささやかなカクテルパーティをひらいてはどうだろう。おたがいをよく知るための、いい第一歩になると思うのだが」

「名案だ」ドレイトンが言った。

それをもって、ティモシーは休会とした。


けれども、理事会が終わったからといって、問題が沈静化したわけではなかった。ティモシー以下、理事たちが会議室をぞろぞろ出ていきはじめると、ベティ・ベイツがテーブルの反対側から飛ぶようにやってきて、セオドシアとドレイトンをつかまえた。

「採決をやめさせたのはあなたね」ベティはセオドシアに嚙みついた。プロらしい物腰は完全に崩れ、怒りに燃え、獰猛さを剝き出しにしていた。

セオドシアは首を振った。「わたしじゃありません――投票権がないもの。そもそも、理事会の一員でもないし。今夜は単なるオブザーバーとして参加しただけです」

「単なるオブザーバーね」ベティはばかにしたようにまねをした。「でも、そこにいるお友だちのドレイトンとやらは……」彼女は怒りのこもった目で彼をにらみつけた。「あなた、ドレイトンっていうんでしょ？」ベティはセオドシアに向き直った。「あなたが彼になにやら耳打ちしたとたん、採決が延期になったじゃない。先送りされたわ」

「申し訳ないが」ドレイトンが言った。「あれは理事会に認められている特権なのだよ」

ベティは口を真一文字に引き結び、黒い目をぎらつかせた。「でも、どうして採決を遅らせることにしたの？　提出した経歴書には、過去に経験した理事の職や実務に必要な能力が列挙してあるのに」彼女は視線をセオドシアに移した。「なにかにおうのよね」

「ドレイトンも言ったように」セオドシアは言った。「あくまで形式的なことにすぎないんです。時間をおくことで、おたがいをよく知ることができるわけですし」

ベティはなおも食いさがった。「あやしいだけじゃないわ、これは屈辱よ」彼女は目を細め、そこに答えが書いてあるとでもいうように、セオドシアの顔をのぞきこんだ。「あなた、性悪女のシシー・ラニアーの話を真に受けているんじゃないでしょうね？」

セオドシアはびくりとした。ベティ・ベイツはそれを見逃さなかった。非難するようにセオドシアを指差し、突っかかってきた。「思ったとおりだわ。やっぱり、あの女の卑劣な真っ赤なうそを真に受けているのね」

セオドシアは首を横に振った。「世間の注目を集めるような殺人事件が起これば、どうしたって根拠のないデマがいろいろと飛び交うものです。だからと言って、それを全部信じているわけじゃありません」セオドシアはシシーから聞いた不愉快な噂を本気にしたのがばれて、さらし者にされた気分だった。もしかしたら、あれはうそだったのかも？　でも、そうだと断言できる根拠はあるの？

セオドシアがなにを言おうが、なにをしようが関係なかった。ベティ・ベイツは全面的な対決姿勢に入っていた。

「ちょっと」ベティは言った。「まさか、わたしがカーソン・ラニアー殺害に関与していると思ってるの？」

セオドシアは相手を見つめることしかできなかった。頭のなかでまさにその考えが浮かんできたところだった。

「あなたたちときたら、どうかしてるんじゃないの？」ベティは大声を出した。「このわたしがラニアーをつけまわしてたと思ってるわけ？　このわたしが、彼に向かって弓を引いたと思ってるわけ？」彼女は息を継ぎ、唾をごくりとのみこんだ。「わたしたちは一緒に仕事をしていた仲間なのよ、まったくもう」

「おふたりは友だち同士だったということ？」セオドシアは訊いた。

ベティは片方の肩をあげた。「それなりに仲はよかったと思ってる」

けれどもどっちつかずの答えを聞いて、ふたりはどの程度親しかったのだろうとセオドシアはいぶかった。

「われわれにしても、根も葉もない噂を本気にしているわけではない」ドレイトンはそう反論したが、本当はかなり本気にしていた。蝶ネクタイに触れ、どうしたものかという顔をセオドシアを向け、会話に戻ってほしいとせがんだ。

けれどもセオドシアが次のひとことを発するより先に、ベティが口をひらいた。

「容疑者を求めて嗅ぎまわってるんなら、調べるべき人を教えてあげましょうか？」頬を紅潮させ、歯を剝き出すようにしている。「ボブ・ガーヴァーを調べることね！」

ベティの大仰な物言いに苛立ってきたセオドシアは、この人だって犯人像にぴったりマッチしていると心のなかで思った。膨大な怒りと憎悪をためこんでいるような人は、深刻な問題を抱えているはずだ。ベティが同僚に対して嫉妬していたか、なにかで揉めていたなら、ラニアーを殺したとしてもおかしくない。セオドシアが不審に思うもうひとつの理由は、ベティが見当違いの方向に目を向けさせようとしたことだ。いきなり、ガーヴァーとかいう人の話を持ち出したことだ。

「ボブ・ガーヴァーさんはどういう方なんですか?」セオドシアは訊いた。

「ガーヴァーはラニアーの仕事上のパートナーだったの」ベティは一歩うしろにさがり、両手をわざとらしくあげた。「うそでしょ、あなたたち、なんにも知らないの?」

「警察はボブ・ガーヴァーさんの存在を知っているの?」セオドシアは言った。

「そのはずよ。そうでなきゃ困るわ。でも、あの手際の悪さからすると、なにもつかんでないのかもね」ベティは口を閉じて、得意そうにほくそえんだ。「捜査員たちはみんな、たいして頭がよくなさそうだし」

「ラニアーさんとガーヴァーさんは、具体的になんのビジネスのパートナーだったんですか?」セオドシアは訊いた。ラニアーがキャピタル銀行の副頭取だったのは知っている。けれども、それ以外のビジネスにかかわっていたという話は聞いていない。おそらく、ドレイトンも知らないはずだ。それに、警察も。

ベティ・ベイツは短気な猫のように不機嫌な声で言った。

「ボブ・ガーヴァーはどこにでもいるチンピラで、ラニアーとは数カ月前からつるんでた。ボーフェイン・ストリート沿いに建っている間口の狭いシングルハウスを何軒か、修復しようとしていたの」彼女はそこでばかにしたように笑った。「ほら、さっさとボブ・ガーヴァーの居場所を突きとめて、市の再開発資金からうまいことせしめた低金利ローンについて質問しなさいよ。そのお金をちゃんと有効利用したのか、それとも私腹を肥やすのに使ったのか確認することね！」

「つまり、ラニアーさんも詐欺に荷担していたということ？」セオドシアは訊いた。

「それはなんとも言えないわ」ベティは言った。「でもよく考えてごらんなさいな。三百九十万ドルをめぐる対立が殺人に結びつくのはよくあることでしょ」彼女は言いたいことを強調するように、ふたりの顔の前で人差し指を振ると、そそくさと出ていった。

「なんだったんだ、いまのは」ドレイトンはいまにも気を失いそうな顔をしていた。「不愉快きわまりない」

「ごめんなさい」セオドシアは言った。「あなたがいざこざを嫌っているのは知ってるけど、いますぐティモシーと話をしなくては」彼女はドレイトンの袖をつかんで、引っ張った。「ベティ・ベイツが理事会にとってどれほどやっかいな存在になるか、わかってもらわないと」


「今夜の採決を延期するよう、あんなにも強硬に迫ったのはどういうわけか、理由を説明してもらえんか？」

セオドシアとドレイトンがオフィスに入るなりティモシーが無愛想に尋ねた。彼は腹立たしげにこぶしでデスクを叩いた。ふたりを問いつめるつもりで待っていたのだろう。

「しかも、なぜ理事候補に非礼な態度をとるよう仕向けたのだ？」

ティモシーはいらだち、少し疲れた様子で卓球台ほどの大きさがあるデスクを前に、大きな革椅子にすわっていた。

ドレイトンがすかさずセオドシアに手で合図した。「きみから説明したまえ、セオ」

「説明とな？」ティモシーはかすれた声で言った。「まともな説明でなければ承知せんぞ」

「今夜、わたしが同席を頼まれたのは、人を見抜く力がそなわっているのを見込まれてのことなんでしょ」セオドシアは切り出した。「ちがう？」

ティモシーは頭をセオドシアのほうに少し傾けた。「そのとおりだ」

「そういうことなら、実はきょう、いやな噂を耳にしたの。証拠はないけど、それでもちょっとやっかいな話なのはたしか」

「噂の出所は誰だ？」

「シシー・ラニアー」セオドシアは答えた。

ティモシーは眉根を寄せた。「カーソンの別居中の妻か」

「そう。シシーが言うには、ご主人はベティ・ベイツと不倫していたらしいの」

ティモシーは身をこわばらせた。「なんだと？」顔から色が少し消えた。「それはまた……たしかにそうとうやっかいな話だ」彼はデスクチェアに背中をあずけ、この新事実にはついていけないとばかりに、がっくりうなだれた。「それはたしかなんだろうね？」

「さっきも言ったように、シシーから聞いた話よ。彼女はふたりが不倫関係にあったと強く信じてる」

「たまげたな。たいへん破廉恥と思われる状況について、ミズ・ベイツに説明を求める必要がありそうだ。理事の職にある者は、わずかなりとも不適切な行動があってはならない。しかもいまは、財政困難をどうにか切り抜け、足もとを固め直したばかりだ」

「同感。ミズ・ベイツの言い分を聞いたほうがいいわ」

「そうしよう」ティモシーは言った。

「それだけじゃないの」セオドシアは言った。

ティモシーはため息をついた。「またか」

「ベティが犯人の可能性もある」

「なんと！」

「ベティはわたしたちに不倫を指摘されたときに鼻であしらっただけじゃなく、自分は犯人じゃないという印象をあたえようと必死だった。あそこまで自分は無関係だと声高に反論してこなかったら、容疑者と見なすなんて頭をよぎりもしなかったのに」

「なんたることだ」ティモシーは言った。「ベティ・ベイツがラニアーを殺した可能性があるということか？　愛人の線はないにしても、勤め先の銀行でライバル関係にあったとか？」

「可能性は常にあるわ」セオドシアは言った。「でも、その前に聞いて。ベティはボブ・ガーヴァーという人がカーソン・ラニアーを殺害したと断言したの」

「シシー・ラニアーはベティだと名指しし、そのベティはべつの人物を名指ししたと？　いったい容疑者は何人いるんだ？」ティモシーは頭のなかが真っ白になっているようだった。

「それに、ボブ・ガーヴァーとは何者だ？　その名前にはまったく聞き覚えがないが」

「わたしもだ」ドレイトンが言った。

「わたしもわからない」セオドシアは言った。「でも、ベティ・ベイツに関する噂については、ティドウェル刑事とライリー刑事に訊いてみる必要があるわね。それに、彼女がボブ・ガーヴァーを名指しした件も調べなくては」

ティモシーはデスクに手をのばし、大理石のペン立てに挿してあった古いカルティエのペンをまさぐった。「この件についてはきみのほうで警察に知らせてもらいたい。そしてわたしにも逐一報告してくれるね？」

「もちろん」セオドシアは答えた。


十分後、セオドシアはドレイトンの自宅前で車をとめた。あたりはすっかり暗く、細い路地一帯に光るビーズのロザリオのように吊りさげられたアンティークの街灯が、わずかな光を放っていた。ジャスミンの甘やかな香りがほんのりただよっていた。

「カモミール・ティーでも一杯飲んでいくかね？」ドレイトンが訊いた。「今夜の顚末(てんまつ)について、じっくり話し合おうか」

セオドシアは首を横に振った。「ううん、ありがとう」

「アルコールの入ったものならどうだ？　シェリーとか」

「いまはとにかく家に帰りたくて」いちばんしたいのは、ピート・ライリー刑事に連絡をとることだった。電話をかけ、頭のなかでくすぶりつづけている、答えの出ていない百万もの質問を浴びせたかった。ジャッド・ハーカー、ベティ・ベイツ、さらにはあらたに登場した正体不明のボブ・ガーヴァーについて。もしかしたら、ライリー刑事はおぞましいほど混沌としつつある事態に、光明をあたえてくれるかもしれない。あくまで希望的観測だけど。

数分後、セオドシアは自宅界隈にたどり着き、ヘイゼルハーストという愛称のついた、こぢんまりした自宅の前を通りすぎた。木造の切妻屋根をのせたチューダー様式のコテージはわずかに左右非対称で、屋根は茅葺(かやぶ)きを模したざらざらのシーダー材のタイルで覆われ、二階分の高さがある小塔が目を惹く。煉瓦と化粧漆喰の壁にはツタが這うようにのびていた。

自宅のあるブロックの終点で右に折れ、やや大きな家の裏を走る玉石敷きの路地をがたごとと進み、自宅の駐車スペースに乗り入れた。木の門を抜けて裏庭に出たところで、安堵のため息が洩れた。

やっと家に着いた。

生い茂った緑に街灯からの細い光が射していると、裏庭はまるで魔法がかかったように見える。低木やマグノリアの木に囲まれた小さなパティオ、軽やかな水音をたてながら飛沫をあげる小さな噴水が、木々を吹き抜ける風に音色を添えている。

裏口のドアをあけてキッチンに足を踏み入れると、アール・グレイが待ちかまえていた。

しっぽを振り、耳をぴんと立て、目を油滴のようにきらきらさせている。

「少し外に出る？」セオドシアは訊いた。「アライグマが池を襲撃していないか確認したいでしょ？」裏庭の池では小さな金魚が五匹、楽しそうに泳ぎまわっている。そしてアール・グレイはその金魚たちを何時間でも楽しそうにながめていられる。

「ワン！」

「わかった、ちょっと待ってて。ルイボス・ティーを淹れて、一本だけ電話をかけるから」

セオドシアはドアを閉めると、靴を蹴るようにして脱ぎ、急いでお茶を淹れた。それから、ピート・ライリー刑事に電話をかけた。彼が出ると、ろくにあいさつもせずにすぐに本題に入った。

「きょう何度も電話したのよ。どこにいたの？　さっき、とても気がかりな噂を聞いたの。ボブ・ガーヴァーという男の人なんだけど」

「いきなり質問攻めかい？」ライリー刑事は言った。「いまは自宅なんだ。ところで、どうしてまた、聞きおぼえのない男について尋ねたんだい？　せっかく安楽椅子にのんびりすわって、ラジオでリバードッグスの試合中継を聴きながら、ホーリーシティ・ピルスナーを飲んでるというときに、どこの誰だかわからない男のことをどうして気にしなきゃいけないのかな？」

「ホーリーシティなんとかってなんのこと？」

「クラフト・ビールの名前」

「そう」

セオドシアは気持ちを落ち着け、数分かけてライリー刑事に事情を説明した。シシー・ラニアーが夫とベティ・ベイツが熱烈な不倫関係にあったと声高に非難したこと。さらに、ベティ・ベイツがラニアーの後任としてヘリテッジ協会の理事に名を連ねようとねらっている話もした。そして最後に、ベティ・ベイツが自分はラニアーを殺した犯人ではなく、ボブ・ガーヴァーという男性が不正に市の低金利ローンを受けた件でラニアーを殺害した、と金切り声でわめいた話で締めくくった。

セオドシアが話し終えても、ライリー刑事は黙ったままだった。

「それで？　あなたはどう思う？」電話の向こうからアナウンサーが試合を実況する声がかすかに聞こえてくる。ときおり、観客の歓声があがる。ファインプレイがあったんだわ。そう思ったものの、さほど野球が好きなわけではない。

「どうしてきみがこんなおかしなことに巻きこまれたのか不思議でならないよ」ライリー刑事は言った。「自分が情けなくなってきた。ぼくなんかきょう一日じゅう、模範的な刑事よろしく悪戦苦闘の連続で、わずかな情報を求めて目撃者から話を聞き、つぶさにメモを取り、三枚綴りの複写用紙で報告書を作成していたんだよ。なのにきみは容疑者候補をいともあっさりふたりも見つけてくるとはね」

「本当にふたりとも容疑者だと思う？　ベティ・ベイツもガーヴァーも？」セオドシアの背筋をぞくぞくしたものが駆け抜けた。ライリー刑事が自分の話をまじめに聞いてくれている。

それとも、単に調子を合わせているだけ？

「なんとも言えないな。もっとくわしく話を聞かないと」

よかった、調子を合わせているわけじゃないみたい。

セオドシアは細かいところまで説明することにした。シシー・ラニアーと偶然出会ったこと、ヘリテッジ協会の理事会でのやりとりと険悪な雰囲気、ベティ・ベイツによる自分とドレイトンへの非難について細部にわたって説明した。

「いやはや」ライリー刑事は言った。「たった一日でずいぶんいろいろあったんだね」

「ベティ・ベイツがラニアーさんを殺した可能性はあるかしら？」

「なんとも言えないが、日曜の夜のアリバイを確認しておきたいね」

「つまり、彼女から話を聞くということ？」ベティはライリー刑事に対しても、セオドシアやドレイトンのときと同じようにヒステリックな対応をするだろうか？

「べつに害はないだろうし」

「ボブ・ガーヴァーという人はどうなの？」

「どうなのとは？」

「その人が不正によってチャールストン市から三百九十万ドルの低金利融資を受けていたのが本当なら……だから、そういうあくどい人なら共犯者をあっさり殺しかねないんじゃないかと思って」

「ありうるな。もっとも、ホワイトカラー犯罪に手を染めるような連中は殺人をおかさないのが普通だ。自己中心的で策略にたけているが、自分の手は汚さずにすまそうとする連中が多い」

「この人はちがうのかも」

「うん、そうだね」

「じゃあ、市の住宅ローンについても調べてくれるのね？」セオドシアがそう言うと同時に、裏口からどん、と大きな音がした。アール・グレイが足でドアを叩いて、なかに入れてと訴えている。彼女は送話口を手で覆い、ライリー刑事の言葉に耳を傾けた。

「明日の朝いちばんに、何本か電話をしてみるよ。市役所に何人か知り合いがいるから、情報を手に入れるのはそうむずかしくないと思う」

「シシー・ラニアーのことでも質問があるの」セオドシアは言った。答えが得られるかどうかは五分五分だ。「シシーはご主人が殺された事件の容疑者なの？」

「うーん、なんでそんなことを訊くんだい？」

「さっきも言ったけど、きょうシシーと会ったの」セオドシアは言った。さっきよりもじれた様子でアール・グレイがまたもドアを叩いた。「そのときの感じが……なんかすごく、無関心というか、変に落ち着いていたのよね。ご主人がむごたらしい最期をとげたというのに」

「なるほど」

「そしたら、ラニアーさんがけっきょく離婚届にサインしなかったおかげで、全財産を相続できるなんて言い出して」セオドシアは間を置いた。「たぶん、彼女のことはもう調べたんでしょ？　警察はいのいちばんに配偶者を調べるものなんでしょ？」

「そんなのはテレビドラマのなかだけだよ」

「そうなの？」電話の向こうから聞こえる歓声と雑音が、アール・グレイの執拗なノックと交じり合う。頭がどうにかなりそうだ。

「冗談だ、冗談だって」ライリー刑事は言った。「もちろん、配偶者はいちばんに調べる。なにしろ、二十五パーセントは配偶者の犯行だから」

「そう、わかったわ」セオドシアは言った。「もうひとつ知りたいことがあって……検死についてなの。カーソン・ラニアーさんの」

「おいおい、セオ、なんでそんなことを知りたがるんだ？」

「大事なことだからよ」

「それは捜査上の秘密なんだ」

「いいじゃない、教えてくれても。ほかに聞いている人がいるわけじゃなし。それに、わたしはもう、ラニアーさんのむごたらしい姿を見ているのよ」

「彼は矢で射られて死んだわけじゃなかった」

「わたしもそう思ってた」セオドシアは言った。「現場にはおびただしい量の血があった。だから、フェンスに落ちたときにはまだ心臓が動いていたことになる」

「うん、そのとおりだ」

「本当に恐ろしいわ。検死報告書にはほかになんて書いてあったの？」

「数カ所の骨折と無数の裂傷を負っていた」

「それ以外には？」

「あとは——ひゃっほう！」

「どうしたの？」

「やったよ、カズマルスキーがホームランを打ったんだ！」

「ねえ、なにが不満なの？」セオドシアは裏口のドアをあけ、アール・グレイを入れてやった。「電話してたんだからしょうがないでしょ」

「グルル」アール・グレイは怖い目でセオドシアをじっと見つめた。

「いま？　いますぐ走りに行きたいの？」

愛犬はまだ彼女を見つめている。

「もうずいぶん遅い時間だけど……まあ、行けなくもないわね。そうしようか？」

〝走る〟はベルを鳴らし、レモンやサクランボを独楽のようにまわす魔法の言葉。セオドシアはパーカとレギンスに着替え、アール・グレイの首輪にリードを取りつけ、出発した。

夜の十時ともなると、自宅周辺は墓場のように静まり返っている。周囲に立ち並ぶジョージ王朝様式、ヴィクトリア朝様式、イタリア様式の住宅の二階には、明かりがいくつか灯っている。けれども、通りには誰もいなかった。車も通らなければ、歩行者もいないし、のら猫一匹いなかった。

「本当に行くのね？」セオドシアは訊いた。けれどもアール・グレイはいきおいよく歩きはじめ、吹きだまった雪をかき分けて進むそり犬のように、セオドシアを路地へと引っ張った。ふたりはウォーミングアップがわりにチャーマーズ・ストリートを二ブロック走って炭水化物を燃焼させた。それから、チャーチ・ストリートに折れ、インディゴ・ティーショップ、キャベッジ・パッチ・ギフトショップ、稀覯書店、その他、きちんと夜の戸締まりをしている近隣の小売店の前をするすると走り抜けた。聖ピリポ教会を通りすぎたところで、フィラデルフィア・アレーに折れた。

百年以上前は家畜を檻(おり)に入れるのに使われていたことから、かつては牛横町(カウ・アレー)と呼ばれていたこの細い通路だが、歴史を知る地元民は決闘の路地という意味でドゥエラーズ・アレーと呼んでいる。植民船が運んできた玉石を敷きつめた路地は、何軒かの大きくてりっぱなお屋敷のあいだを縫うように通っていて、両側に高い壁がそびえているせいで、かぎられた出入り口しかない。昔、チャールストンで決闘（武器は剣、拳銃、その他もろもろ）が頻繁におこなわれていた頃は、自分の名誉を守る、あるいは議論をおさめるための場所とされていた。

歩く程度にまでスピードをゆるめ、ドゥエラーズ・アレーを半分ほど来たところで、このルートを選んだのはまずかったかもしれないと思いはじめた。港のほうから忍びこむ霧のせいで、大通りから洩れてくる街灯のわずかな明かりが黄色いおぼろなものと化している。暗さが増し、霧が濃くなるにつれ、セオドシアはこの路地にまつわる伝説や言い伝えをいやでも思い出した。

この路地に化けて出るという、陽気な口笛吹きの医師にまつわる膨大な数の幽霊話を。

「でも、わたしたちは幽霊の存在なんか信じてないわよね？」セオドシアはアール・グレイにそう声をかけたものの、この手の話の多くが本当にあったことだと見なされているのも事実だ。

その質問に答えるように、犬はしっぽを下に向け、背中をまるめた。

「ここを出たらすぐ、家までダッシュするわよ。ウォーミングアップしておいてね」湿った冷気がじわじわ忍び寄ってきていた。わざと大きな声を出したのは、虚勢を張ることで好ましくない現象を追い払おうと思ってのことだ。

だが、うまくいかなかった。

暗い路地を半分ほど進んだとき、玉石で革靴がきゅっきゅっと鳴るのが聞こえた。

なにかしら？　うしろに誰かいるの？

心臓の鼓動が急に速まり、喉の奥がぜえぜえいいはじめた。

エクトプラズムだか幽霊だかの仕業じゃない。たしかに聞こえた。

うしろは振り返らなかった。アール・グレイのリードをぴんと張って、歩くスピードをあげた。わき目も振らずに歩いた。

すぐうしろを歩いてくる人物も同じようにした。

セオドシアは路地の終点に向かって一目散に走った。ウサイン・ボルトも舌を巻くほど、持てる力をすべて出し、がむしゃらないきおいで。その間ずっと、ジャッド・ハーカー、シシー・ラニアー、ベティ・ベイツの名前が、映画館の看板を縁取る点滅照明みたいに頭のなかを流れていった。ひょっとして、突っこむべきでない首を突っこんだせいで、そのなかのひとりにあとをつけられているの？　ちょっと調べるだけのつもりだったのに、それが思った以上に危険を招いてしまったの？

路地からステート・ストリートに出ると、セオドシアとアール・グレイは走る速度をさらにあげた。自宅に無事戻るまで、猛烈なスピードで走りつづけた。

妖精のお茶会

テーブルにあざやかな緑色をしたひも状の苔を飾り、そこに落ち葉、どんぐり、手芸品店で調達したシルク製の蝶々を散らします。テーブルの真ん中に花を飾るなら、キンギョソウ、デイリリーなど、ちょっと奇抜な花を使って。天井から白い電飾を吊りさげ、集められるかぎりのピンクと緑のお皿を使いましょう。最初のひと品はイチゴジャムとクロテッド・クリームを添えたクリームスコーン。ハムとチーズのキッシュならりっぱなメインディッシュになりますし、デザートにレッドベルベット・カップケーキを出せば完璧です。

12

「きょうの午前中は忙しくなりそうだ」

ドレイトンが歌うように言い、床から天井までびっしり並んだお茶のコレクションからアッサム・ティーの缶を手に取った。

「忙しいのはいつものことでしょ」セオドシアは言った。きょう水曜日はジェイミーの助けを借り、ふたりでテーブルに皿、銀器、ティーカップを並べ、ティーキャンドルを添え、すべてを完璧に整えた。いま、ジェイミーはアンティークのミルクガラスの花瓶にスイセンをいけ、セオドシアは床に両手両足をついて、ハイボーイ型チェストに瓶入り蜂蜜、マーマレード、レモン・ジャム、〈T・バス〉製品各種を補充していた。

「花瓶一個に何本いければいいのかな?」ジェイミーが訊いた。

「きみは数学を学んだことがないのかね?」ドレイトンが声をかけた。「割り算を筆算や暗算でやるくらいできるだろうに」

ジェイミーはうなずいた。「できると思うけど」

「だったら、きみの前に並んだ花瓶の数を数え、それで花の総数を割ればすむことだ」

「うん、たしかにそれで計算できそうだ」

「私立学校はいつからあんなにレベルがさがったのだ、まったく」ドレイトンはぼやいた。

セオドシアは立ちあがって、両手を払った。「ドレイトンの言うことなんか気にしちゃだめよ」とジェイミーに声をかけた。「朝いちばんのイングリッシュ・ブレックファスト・ティーを飲む前は、いつもちょっと不機嫌なの」

「べつに気にしてなんかいないよ。だいいち、ドレイトンさんはむちゃくちゃおもしろい人だしね」

ドレイトンはぎょっとした顔をした。「なにがどうおもしろいのだね?」

「いろんな顔を持ってるから」ジェイミーは言った。「中国南部で育って、ロンドンで働いた経験があって、すごい盆栽をたくさん育てていて、お茶にも芸術にもクラシック音楽にもくわしくて」

「そんなことを言ったらドレイトンはうぬぼれるわよ」セオドシアはジェイミーに言った。

ドレイトンは指を一本立てた。「いや、その若者は実に鋭い」


開店の五分前、ライリー刑事から電話があった。

「セオドシア」ドレイトンが呼んだ。高くかかげた受話器を振っている。「きみにだ」

彼女は奪うように受話器を取った。「もしもし?」

「さっそく用件に入るけど」ライリー刑事は言った。「きみから教わったボブ・ガーヴァーなる人物について調べてみた」

「どんなことがわかったの？」

「たいしたことはなにも。商業施設の開発を手がけていて、直近の事業はゲイトウェイ・ゲイブルズという複合ビルの建設だ」

「具体的にそのビルはどういうものなの？」複合ビルが意味するところはちゃんと理解しているが、正確な定義を聞いても害はない。

紙がさがさいう音が聞こえた。「ゲイトウェイ・ゲイブルズは一階が商業スペース、上のふたつの階は賃貸マンションになっている」

「でも、ガーヴァーさん本人についてはなにかわかった？」

「なにも」ライリー刑事は言った。「賃借人から月々の家賃を回収していることくらいだね」

入り口に目をやると、ドレイトンがきょう最初のお客を迎え入れているところだった。

「そう、またなにかわかったら教えてね」

ライリー刑事は鋭く息を吸った。「セオドシア、そうするわけにはいかないことくらいわかっているだろう？」

「あら、いったいどうして？」

「ヒントをもらったことには感謝しているが、警察の極秘情報をきみに話すのは無理だ」

「ばかなこと言わないで。だって、わたしたちはすでに、いろんなことを話し合ってきたじゃない。検死結果しかり……シシー・ラニアーとベティ・ベイツの件もしかり」

「これ以上は本当に無理なんだ」ライリー刑事は言った。「上司に殺されちゃうよ。きみに捜査内容をほんのちょっとでも洩らしたと知れたら、突き上げをくらって押しぼうきで叩かれるに決まってる」

「ティドウェル刑事ね」セオドシアはその名前を長いため息とともに吐き出した。

「そう、ティドウェル刑事だ。あの人が熊のように恐ろしいのはきみも知っているじゃないか」

セオドシアはむしろ、バート・ティドウェル刑事はぬいぐるみの熊だと思っているが、ライリー刑事には言わなかった。「わかった。じゃあ、ラニアーさんに当たった矢について最新情報はある？　クロスボウの矢だったわよね？」いままでは容疑者にばかり目を向けていたが、犯行に使われた凶器も調べる意味はあるだろう。

「当然のことながら、矢が監察医のオフィスから届くとすぐ、署の有能な弾道技術者に調べさせた」

「その人たちの見解は？」セオドシアは訊いた。

「それが……まだ正式な報告書はあがってきてないんだ」

「でも、なにか聞いてることはあるんでしょ」

「きみに話せることはなにもないよ」ライリー刑事の声には苦悩がにじんでいた。洗いざらい話してしまいたい気持ちはあるものの、それが捜査のさまたげになるかもしれないと恐れているのだ。

「わかってると思うけど」セオドシアは言った。「最初に気がついたのはわたしよ。わたしがクロスボウの矢だと断定したの」

「わかってる」

「それと、ぱっと見たところ、矢はとても古いものに見えたわ。おそらく骨董品じゃないかしら」セオドシアはいったん言葉を切った。「おたくの専門家も同じ意見？」

「セオドシア……」ライリーの声がますますうわずった。「うん、弾道分析の連中も骨董品ではないかと見ている。いまぼくの口から言えるのはそれだけだ」

セオドシアは鼻歌を歌いながらカウンターに歩み寄り、お茶の入ったポット二個を手に取った。

「ずいぶんとご機嫌じゃないか」ドレイトンが声をかけた。「デレインがきょう開催する、シルクロードのファッションショーが待ちきれないようだな」

「それだけじゃないけど」セオドシアは言った。「ねえ、ドレイトン、ラニアーさんの体に短い矢が刺さっていたのを覚えてるでしょ？」

ドレイトンは大げさに身震いした。「あの光景が脳裏に焼きついて離れんよ」

「ライリー刑事の話では、あれは骨董品じゃないかということだけど」

「わたしもそうではないかと思っていた」ドレイトンはゆっくりと言った。「あらためて思い返すと、いかにもヨーロッパの職人が手がけたという感じがしたな」

「古い時代のクロスボウと専用の矢を買いたい場合、どこに行けばいいの？」

ドレイトンはセオドシアをじっと見つめた。「ひじょうに危険なことになるかもしれんぞ」

「ただ訊いてみただけよ」

「いや、なにかねらいがあるに決まっている。だが……ちょっと考えさせてくれたまえ」ドレイトンは白地に青い柄のティーポットに熱湯を注ぎ入れ、なかをゆすいでポットを温めてから捨てた。「わたしがそういうアンティークの武器を探すとしたら、ビー・ストリートにある〈チェイセンズ・ミリタリー・レリックス〉を訪れるかもしれんな」

セオドシアはこぼれんばかりの笑みを浮かべた。「いいことを教わった。ありがとう」

「ふたりとも、今度はなにをたくらんでるの？」いつの間にかヘイリーがメープルのスコーンをのせた大きなトレイを手に、入り口近くのカウンターに来ていた。彼女は自分で質問したことを忘れて、こうつづけた。「これをパイケースに入れようと思って。きょうはいつも以上に忙しくなるような気がする」

「そう感じるのも当然だ」ドレイトンが言った。「なにしろランチタイムの時間帯にセオドシアが不在になるのだからな」

「ジェイミーをアシスタントにしてもかまわないかしら」セオドシアはヘイリーに訊いた。

「一緒にデレインの店まで行って設営を手伝ってほしいの」

「短い時間ならドレイトンとふたりでも対応できるんじゃないかな」ヘイリーが言った。

「いままでずっと、彼なしでやってきたではないか」ドレイトンがもごもご言った。

ヘイリーはドレイトンをきつい目でにらんだ。「いじわるなこと言わないでよ。ジェイミーは本当にドレイトンにあこがれてるんだから」彼女はガラスのパイケースのふたを取って、スコーンを並べはじめた。「ところで、きのうの理事会はどうだった？」

ドレイトンの表情がくもった。「お決まりのすったもんだがあっただけだ」

「へええ」ヘイリーの目がぱっと輝いた。「なにがあったの？」

ドレイトンはセオドシアにうなずいた。「ヘイリーにざっと説明してやってくれんか」

「わかった」セオドシアは言った。「ティモシーが現在の理事に新理事候補を紹介したところ、それがなんとカーソン・ラニアーさんと不倫関係にあったとかなかったとか言われている、キャピタル銀行勤務の女性だったの」

ヘイリーは呆気にとられた顔をした。「死んだ人と親密な関係にあったの？」

「彼がまだ存命だったときの話だ」ドレイトンは言った。「あくまで推測だがね」

ヘイリーは好奇心もあらわに訊いた。「同じ職場でいちゃいちゃしてたわけ？」

「そうらしいわ」セオドシアは言った。「あくまで推測だけど」

「信じられない」ヘイリーは言った。「ところで、その銀行勤めの娘っ子って何者？」

「そういう言葉は聞きたくないわ」セオドシアは言った。「名前はベティ・ベイツ」

ヘイリーは指で宙に絵を描いた。「あたしがなにを考えてるか知りたい？」

「いや、べつに」ドレイトンが言った。

けれどもヘイリーは意に介さなかった。「ラニアーさんとベイツさんは不倫関係が泥沼化したんじゃないかな」

ドレイトンは鼻で笑った。

ヘイリーはその反応にかちんときた。「そんなばかにしたような目をしなくてもいいでしょ。恋愛の多くは初めのうちこそロマンチックだけど、悲惨な終わりを迎えるものなんだから」

「シェイクスピアかバイロン卿が書いた話ならばな」ドレイトンは言った。

「でも、そういういさかいがどうなるか知ってる?」ヘイリーは皮肉を言われてもまったくめげることなく訊いた。

ドレイトンは思いきり顔をしかめた。「ならば、ご教示いただこうか、ヘイリー」

「果たし合いになるの。昔は、ふたりの男の人がひとりの女性をめぐって闘ったじゃない。ふたりの人間がみずからの手で決着をつけたでしょ」

「ドゥエラーズ・アレーにまつわる伝説を鵜呑みにしすぎだ」ドレイトンは言った。

けれどもセオドシアはふといやな予感に襲われた。ドレイトンがドゥエラーズ・アレーの名前を持ち出したせいだけではなかった。「ヘイリーはいいところを突いてると思う。ラニアーさんとベティは不倫関係が泥沼化していたのかもしれない。昔からよく言うでしょ、振られた女の恨みほど恐ろしいものはないって」

ヘイリーは思案顔になった。「ラニアーさんもベイツさんもキャピタル銀行で働いてたんだよね?」

「そこの役員だったの」セオドシアは言った。「というか、ベティはいまもそうだと思う」

「ふうん。実はその銀行に勤めてる知り合いがいるんだ」

「誰?」

「リンダ・ピカレル」

「知らないわ」セオドシアは言った。

「ううん、知ってるはずよ。イースト・ベイ・ストリートのビストロでウェイトレスをやってた赤みがかったブロンドの美人。お店の名前はたしか……そうそう、〈テンプテーションズ〉だったと思う」

「ああ、あのリンダか」ドレイトンが言った。「思い出した。いいお嬢さんだ」

「その彼女がいまキャピタル銀行に勤めているの?」セオドシアの頭のなかで、ある考えがまとまりはじめた。

ヘイリーはうなずいた。「うん。二週間くらい前、青物市場でばったり会ったんだけど、そのときに、その銀行で働きはじめたって言ってたんだ。いまは住宅ローンの研修を受けてるところじゃないかな」

「リンダから話を聞けるかしら」セオドシアは訊いた。「内部情報を教えてもらいたいの」

「ラニアーさんと愛人に関する情報?」

「彼女にはベティ・ベイツというれっきとした名前があるのだぞ」ドレイトンがたしなめた。

「なんでもいいけど」ヘイリーは肩をすくめた。それからセオドシアに向き直った。「でも、リンダはなにも知らないんじゃないかな」

「セオドシアが訊いたのはそういうことではない」ドレイトンは言った。「きみの友だちのリンダから話が聞けるかどうか尋ねただけだ。なにしろ従業員というのはおしゃべりだからな」彼の唇がぴくっと動いた。「噂話をひろめてまわっているにひとしい」

ヘイリーは顔をわずかに赤らめた。「うん、まあね」そう言ってセオドシアに目を向けた。「よければリンダに電話して、セオと話をする気があるか訊いてみるけど」

セオドシアはほほえんだ。「頼むわ。お願いできる?」


セオドシアはさらに何人かのお客を席に案内し、お茶とスコーンを運び、ジェイミーに声をかけ、〈コットン・ダック〉でランチビュッフェの準備をするから手伝ってほしいと告げた。ジェイミーは喜んで同行すると言った。

「ヘイリーを呼んできてくれる?」セオドシアはジェイミーに頼んだ。「持っていくものを詰め終わるのはいつ頃になるか知っておきたいの」

けれどもヘイリーの準備はすっかり終わっていた。

彼女は厨房から顔を出すなり言った。「料理は全部詰めてある。いつでも持っていっていいわよ。そっちさえよければ」

「お友だちのリンダとはもう話した?」セオドシアは訊いた。

ヘイリーは首を縦に振った。「話した。そしたらあなたと話してもいいって」

「いつ?」

「いつでもいいみたい。きょうでもね。あなたから電話して、時間と場所を決めて」

「ありがとう、ヘイリー」セオドシアは言った。「助かったわ」

「どういたしまして」ヘイリーは両手を腰にあてた。「さてと。軽食類は準備できてるから、いつでも持っていってね。そうそう、保温トレイを積みこむのを忘れずに」

「アップスとな?」ドレイトンが口をはさんだ。「きみの電話に入っているアプリとやらのことかね?」

ヘイリーは口もとをゆがめて笑った。

「なんでドレイトンがそんなことを知ってるの?」

ドレイトンはつむじを曲げたふりをした。

「言っておくが、ヘイリー、わたしだってその手のことにまったくうといというわけではないのだよ。世捨て人ではないのだから」

「そうよね」ヘイリーは言った。「ドレイトンはのんきなテクノロジー嫌いだってだけだもん」

13

セオドシアとジェイミーとで料理が詰まったバスケットを運びこんでみると、〈コットン・ダック〉はすでにすったもんだの大騒ぎだった。服のラックも、スカーフ、バッグ、アクセサリーがあふれんばかりに並ぶ陳列棚も片側に寄せられ、作業員がランウェイに最後の仕上げをほどこしていた。工具とおがくずが散らばったなかに折りたたみ椅子が並べてあった。着替え途中のモデルたちがそこらじゅうを走りまわっている。そしてデレインは完全にヒステリー状態だった。

「ちがう、ちがう、ちがーう！」デレインは疲弊しきったアシスタントのジャニーンにわめきちらした。「特別なお客さまは最前列にすわっていただくんだってば。あたしが書いた座席表をちゃんと見てよ！」彼女は振り返り、顔にかかった髪を払った。そこでセオドシアがいるのに気がついた。「来てくれたのね。軽食を持って」

「正確には、中国の飲茶（ヤムチャ）だけど」セオドシアは言った。「シルクロードというきょうのテーマに合わせてみたの」

「そういうことはどうだっていいから」デレインはぴしゃりと言った。着ているクリーム色のシルクのジャンプスーツのファスナーをおろして胸の谷間をチラ見せし、片手で巻きの仕種をした。「全部ここに持ってきて。テーブルがあるから。それと、お願いだから、料理のにおいが服のラックのほうに流れていかないようにしてちょうだい」

「ランチなのよ、デレイン。いいにおいがするのは当然じゃないの」

デレインは足で床をこつこつ叩いた。「いいにおいはショーのあとでさせて。わかった？」

「わかった」セオドシアは言った。デレインに逆らうよりも、言うとおりにしたほうがずっと楽なのを、ずいぶん昔に学んでいた。それに、二秒もすればデレインはべつのことでかりかりしはじめるに決まっている。

けれども、デレインはまだその場を動かなかった。「あなた、誰？」いぶかしそうな目でジェイミーを見やった。

彼女の少しとげとげしい目でぎろりとにらまれ、彼は答えた。「ジ、ジェイミーです」

「じゃあ、ジ、ジェイミーくん、急いでちょうだい。もたもたしてたら日が暮れちゃうわ」

「わかりました、マアム」

「〝マアム〟なんて呼ぶのはやめて。このあたしがあなたのお母さんくらいの歳に見える？」

ジェイミーが答えを絞り出すより先に、デレインはつづけた。「見えるわけないでしょ」そう言うと、試着室のほうに駆けていった。

セオドシアとジェイミーはデレインが用意してくれたテーブルまでバスケットを運び、保温器をコンセントにつなぎ、ほぼ準備完了という状態にまでもっていった。そうこうするうち、ジャニーンと手伝いの人たちが服のラックを定位置に戻し、お客が到着しはじめた。セオドシアはジェイミーに手伝ってくれてありがとうとお礼を言って、ティーショップに帰らせた。

店内がふたたび見られる状態になると、ジャニーンが戦場からほうほうの体で離脱してきたような顔でやってきた。

「大丈夫なの、ジャニーン？」セオドシアは訊いた。ジャニーンはデレインが雇っている辛抱強いアシスタントで、茶色の髪と茶色の目をした女性だ。いつ見ても、世の中の重荷を一身に背負っているような顔をしている。ジャニーンが生き生きして見えるのはほほえんでいるときだけだ。とてもすてきな笑顔をしているのに、デレインにがみがみ言われているせいで、それを見せることはめったにない。

ジャニーンは首を振った。「ショーの前はいつもこうなんです。デレインさんはちょっとぴりぴりするんですよ」

「でも、見た感じ、すばらしいショーになりそう。入ってくるときにシルクの服がちらっと見えたけど、どれもみんなすてきだったもの」

「そのシルクのワンピースやロングドレスなんかをモデルさんが着るのを楽しみにしててください」ジャニーンは言った。そこでようやく、ほほえみが洩れた。「それはそれはすてきなんですから」

ファッションショーが終わるまではたいしてやることもないので、セオドシアは店内をぶにらぶらした。次々と入ってくるお客は、ランウェイ近くの椅子にすわる前に目を皿のようにして店内を見てまわっては、一点もののおすすめファッションを買い求めていく。サングラスを試着し、まばゆく光る真珠のネックレスに触れ、舞踏会用の豪華なロングドレスをうっとりとながめる。

「こんにちは」そばにいた誰かに声をかけられた。「夏のワードローブにくわえる、特別な一品をお探しかしら」

振り向くと、ハイク・ギャラリーのオーナー、アレクシス・ジェイムズがほほえんでいた。

「実を言うと、きょうはケータリングで来ているの」

「あら、すてき」アレクシスは言った。「なにかお手伝いすることがあったら、遠慮なく言ってね」

「とてもありがたいけど、あなたはデレインにとって特別なお客さまでしょ。だって、最前列の椅子にあなたの名前があったもの」

アレクシスは手を振った。「あら、もうお洋服はだいたい品定めしちゃったの。だってほら、デレインはとても……」

「押しが強いものね」セオドシアはにんまりとした。

「熱心なのはたしかね。でも、無理もないんじゃない？　きょう披露される春物のシルクは本当にすばらしいもの」アレクシスはビュッフェテーブルに戻るセオドシアのあとを追いながら、人なつこくおしゃべりをつづけた。「シルクのスラックスを二着ほど買うことになりそう」彼女はシルバーの保温器に目を向けた。「でも、あなたが用意してくれたものも、すっごく楽しみ」そう言って、保温器のふたをずらし、なかをのぞきこんだ。「うわあ、これはエッグロール？」彼女は忍び笑いを洩らした。「あんまりおいしそうで、いますぐ食べちゃいたいくらい！」

「揚げ春巻とシュリンプトーストと肉まん。それから、おいしい中国産の紅茶も出すわ。みなさんが席に着いてショーが始まったら、保温器のスイッチを入れていつでも食べられるよう準備するつもり」

「ヒートしてイートするのね」アレクシスは言った。「いい響き」

「アレクシス！」デレインが部屋の奥から大声で呼んだ。「あなたの席はいちばん前よ。お願いだからはやくすわってちょうだい」

「もう行かなきゃ」アレクシスはあわてて走り去った。

それからセオドシアは忙しく働いた。十五リットル入る業務用給湯器に水を満たしてスイッチを入れ、大きなティーポットを二個出した。数十個ほどある小さな磁器のティーカップの梱包を解いていると、シシー・ラニアーがテーブルのところにいきなり現われた。きょうはホットピンクのジャケットに黒いレギンスを合わせ、ビジューをあしらったピンヒールを履いている。

「こんにちは」シシーは言った。「きょうはあなたが軽食のケータリングをするってデレインに聞いたものだから」

「また会えてうれしいわ」セオドシアはシシーにボブ・ガーヴァーのことを訊いてみようか迷ったのち、決断した。べつにかまわないわよね？

「ねえ、シシー。ボブ・ガーヴァーという名前の開発業者とは知り合いなの？」

ガーヴァーという名前を出しただけで、シシーの目の色が変わった。「あの盗人のこと？」

彼女はさげすむように口をゆがめた。「彼がカーソンのパートナーだったのは知ってるんでしょ？　ゲイトウェイ・ゲイブルズという開発事業の」

「そんな話を聞いたような気がするけど。それで、あの……ガーヴァーさんのことはどの程度知っているの？」

「実際に会ったことはないわ」シシーは言った。「彼がどうしようもないろくでなしだってことはいろんな人から聞いてるけど」

「でも、ガーヴァーさんはあなたのご主人とごく最近も一緒に事業をやっていたという話よね、チャールストンのシングルハウスを修復するとかいう事業を」

シシーは首を横に傾けたが、セオドシアにはそれが少々わざとらしい仕種に見えた。

「そう？　そんな事業のことはなにも聞いてないわ」

シシーはなにを隠そうとしているのだろう、とセオドシアはいぶかった。

「ガーヴァーさんは市から低金利の融資を受けていたらしいけど、それについてはなにも知らない？」

シシーは首を横に振った。「知らないわ。なんにも」

「三百九十万ドルもの融資なのに？」シシーは絶対になにか知っている。セオドシアの目にはそう映った。やけにほがらかすぎて、それがかえってしらじらしい。

セオドシアの問いにシシーはそっけなく肩をすくめた。

「悪いわね。その事業自体、初耳なものだから」

セオドシアはさらに数秒ほど相手の様子をうかがった。「そう、変な話をしてごめんなさい。悪気はなかったの」

「ええ、わかってる」

「あなたが変な顔をしたものだから」

「血糖値が低いせいよ」シシーは言った。「朝食を抜くといつも頭がぼうっとしちゃって」

「なにか差しあげましょうか？　ランチの時間まで乗り切れるように」

「わあ、うれしい」たちまち、もとのはしゃいだシシーに戻った。

セオドシアは春巻を二個つまんでアルミホイルでくるみ、シシーに差し出した。「はい、どうぞ」ＤＪがオープニングの音楽を流しはじめていたし、みんなすでに席に着いていた。

「あなたもすわってショーを観たほうがいいわ」

「ありがとう、そうする」シシーはくるりと向きを変え、その場をあとにした。春巻をひとくち食べようとしたそのとき、入り口から駆けこんできた女性といきおいよくぶつかった。

「ちょっと！」シシーにまともにぶつかられ、女性が甲高い声をあげた。シシーが持っていた揚げ春巻が二本とも女性の胸に飛び、着ていた黄色い服の前を転がり落ちて盛大に油の染みをつけた。女性は一歩飛びすさると、あきれたようにシシーを見つめ、それから叫んだ。

「そこのあなた！」

「大変！」セオドシアは言った。シシーがぶつかった相手が誰か、ようやくわかった。ベティ・ベイツだ！

次の瞬間、デレインが事態を収拾すべく駆け寄り、DJは音楽のボリュームをあげ、長い手足をした二十二歳のモデルたちがランウェイを練り歩きはじめた。

三つの舞台で同時に演技をするスリーリング・サーカスを見ているみたい、とセオドシアは思った。デレインはウェットティッシュでベティの服をぬぐい、ベティはシシーがおぞましい伝染病に感染しているといわんばかりにひたすら突き飛ばし、お客はすばらしいファッションに歓声をあげ、ビースティ・ボーイズの曲「ガールズ」が音響システムから派手に鳴り響く。

モデルたちはくるりと向きを変え、シシーはベティを乱暴に押しやり（絶対に小声で悪態をついているはずだ）、ベティはデレインの手を払いのけ、ビースティ・ボーイズはひたすらわめきつづけている。

するとそこへ、へんてこなケーキに仕上げのバタークリームを塗るように、首から何台もカメラをさげたビル・グラスがぶらりと店内に入ってきて、写真を撮りはじめた。

セオドシアは、目の前で繰り広げられる愉快なアトラクションがこのあとどう展開するのか見ようとつま先立ちになった。しばらくすると騒動はいくぶんおさまった。シシーは退却してどこかの席に腰をおろし、デレインはベティ・ベイツを最前列の特等席に案内しながら、ベティの怒りを鎮めようと手をつくしていた。

まあ、デレインの幸運を祈るばかりだ。

その一方、ファッションショーが進行するのを見ながら、自分の幸運に感謝した。高慢ちきなお客を相手に悪戦苦闘したことなどないからだ。たしかにわたしは恵まれている。お客はおおむねマナーがいいし、店内にただようお茶のすばらしい香りに安らぎを感じて、心のリフレッシュにつとめる人が多い。まさに究極のアロマテラピーだ。

やがてセオドシアは本格的に忙しくなった。保温トレイの設定温度をあげ、ティーカップを並べ、ドレイトンがきっちり量ってくれた茶葉を給湯器に入れた。注文に応じてポットで淹れるのと同じというわけにはいかないが、きょうはこれで充分だろう。

数分おきに顔をあげ、ショーをちらちら盗み見た。うれしいことに、デレインのファッションショーはとことん、お客を楽しませているようだ。色彩豊かで、派手で、はつらつとしていて、にぎやかで、見ていてわくわくしてくる。

よかった。これなら、中国の飲茶を食べる頃には、みんな気分があがっていることだろう。

やがてファッションショーはフィナーレを迎えた。中国製のシルクのワンピースやロングドレス、優雅な装いに身を包んだ十人のモデルがランウェイを歩いてくる。全員が長い持ち手のついた中国の赤いランタンを持ち、豪華な扇子を顔の前であおいでいる。ため息が出るほどすてきだ。そして終了を告げる真鍮の銅鑼（どら）が鳴り響いた。

観客席から割れんばかりの拍手がわき起こった。当然ながら、モデルたちは全員、ふたたび登場し、最後にもう一度、ランウェイをしゃなりしゃなりと歩いた。それからデレインが登場し、涙ぐみながらも観客席に向かって投げキッスをした。

ファッションショーが終了すると、セオドシアは二カ所のネズミの穴を同時に見張る片目の猫よりも忙しくなった。飲茶を出し、お茶を注ぎ、ビュッフェテーブルのまわりに集まった女性たちと愛想よくおしゃべりをした。

けれども、ツキは長くつづかなかった。

ベティ・ベイツがテーブルにつかつかと歩み寄ってお茶のカップをつかんだとき、シシー・ラニアーがポーク焼売をひとつ、自分の皿に取り分けていた。湯気があがっているのは焼売だけではなかった。

さきほどやり合ったことをまだ根に持つシシーは、軽蔑するようにベティをひとにらみした。「聞いた話だと、あなた、ヘリテッジ協会の理事会で主人の後釜にすわるつもりなんですってね」

「わたしがなにをしようが、あなたには関係ないでしょうが」ベティは言い返した。その声には怒りがにじみ、服はいまも熱い油をかけられたみたいなありさまだ。実際、そうされたわけだけれど。

シシーの目がすごむようにぎらりと光った。「ああら、そう。理事の椅子はわたしにあたえられるべきじゃないかしら」

「わたしが調べたかぎりでは、ヘリテッジ協会は人殺しを理事に迎えたりしないわ」ベティは言い返した。

「ばかなことを言うんじゃないわよ」シシーは顔をゆがめ、さげすむように笑った。「カーソンと不倫してたあなたが殺したに決まってるじゃない。おおかた、ずっと彼の後釜をねらってたんでしょ。だとしたら、この世のなかで誰よりも、彼の死を望む大きな理由があったってことじゃない」

周囲の人たちはみな黙りこみ、ふたりの女性を息を殺して食い入るように見つめている。ベティの顔が怒りでくもった。「よくもわたしを人殺しだと非難できるわね、このうそつき女」

「あなたが殺したのよ」シシーはあらんかぎりの大声を張りあげた。「あなたがわたしの夫を殺したの！」

「そんなこと、するもんですか」ベティも怒鳴り返した。持っていたお茶のカップを見おろし、口を決然と真一文字に結ぶと、カップの熱い中身をシシーの顔にまともにぶちまけた。

「あっつー！」シシーは悲鳴をあげながら、うしろによろけた。高いドの音にも届きそうな耳障りで情けない声が、しだいに大きくなった。

「ひどい」セオドシアは小さくつぶやいた。「ひどいわ」たったいま目にした仕打ちは信じがたいし、正気の沙汰ではなかった。次はどんな恐ろしいことが起こるの？

答えはそう長く待たずに得られた。

シシーは両手をこぶしに握ると、びしょ濡れのまま低くうめきながら、右のパンチを繰り出した。パンチはベティの顎にもろに当たり、つけていた真珠のイヤリングの片方が飛んだ。取っ組み合いの喧嘩に自信のあるベティは前にぴょんぴょんとジャンプし、アニメのカンガルーみたいに両のこぶしをかまえた。次の瞬間、ふたりの女性は怒りを一気に爆発させ、殴り合い、ひっぱたき合い、威嚇し合った。パンチを受けすぎてふらふらになったボクサーのように、体をのけぞらせたり右へ左へとかわしたりしながら相手のまわりをまわった。ほかのお客にぶつかりながら罵倒し合ううち、奇妙なバトルはますますヒートアップし、服のラックを倒してしまった。すでにその場にいたすべてのお客がふたりを遠巻きにし、驚きで目をまるくし、ショックのあまり口をあんぐりあけていた。

シシーとベティがビュッフェテーブルのほうによろけてきたのを見て、セオドシアはティーポットを両手でしっかり抱えた。巻き添えをくって熱いお茶をそこらじゅうにまき散らされてはたまらない。

「やめて！」デレインがキンキンした声を張りあげた。大立ち回りで騒然とするなか、彼女は金切り声でわめきながら、輪のなかに入ってふたりの女性を引き離そうと手を出した。

けれどもシシーもベティも頭に血がのぼりすぎ、デレインの制止の声には耳を貸さなかった。それどころか、ベティはシシーの両肩をつかんで激しく揺さぶり、力いっぱい押しやって火に油を注いだ。シシーは両腕をやみくもに振りまわし、ハイヒールを履いた足をあぶなつかしくふらつかせながらあとずさった。けれども、うしろざまに倒れる直前、シシーはどうにかベティのベルトに指を引っかけて道連れにした。

どたん！

シシーとベティはサーカスの猿のように転がっていき、服のラックにぶつかって、かかっていたものを全部床にぶちまけた。シルクのブラウスとスカーフの山の上に倒れこんでもなお、ふたりは蹴ったりはたいたりしつづけた。

「信じられない」セオドシアが頭を抱えている横で、ビル・グラスがよりよい写真を撮ろうと近づいていく。まるで大規模な列車事故のようだ。

「セオ！」呆気にとられた野次馬ががやがや騒ぐなか、デレインの甲高い声が響いた。「なんとかして！」

セオドシアはあきれた顔でデレインのほうを向いた。「あそこに割って入って喧嘩をやめさせろというの？」

「お願い、あなたじゃなきゃ無理」デレインは訴えた。「ふたりとも頭に血がのぼってるんだもの。なにもかもめちゃくちゃにされちゃうわ」デレインの目に涙が光った。「服も、見込み注文も……せっかくのファッションショーも」彼女は激しい痛みを感じたように、胸をつかんだ。「あたしのお店の真ん中で喧嘩するなんてどうかしてる……普通じゃないわよ！ショーがぶち壊しになっちゃう！」

厳密に言えば、デレインのショーはすでに壊滅状態だったが、言いたいことはわかる。周囲に目をやると、お客の引きつった顔が見え、すぐ近くにレディース用ゴルフウェアが展示してあるのに気がついた。スポーティな感じの銀色のマネキンがピンクと白のゴルフウェアを着て、ゴルフに使う道具を持っている。セオドシアはとっさの判断でいちばん近いマネキンが手にしている四番アイアンをつかんだ。

セオドシアは騒ぎのなかへと分け入ると、ゴルフクラブを持ち替えて、寝っ転がっているベティの肩をつついた。力をこめて。「喧嘩はおしまいよ、ベティ。家に帰りなさい」

ベティは首をめぐらし、ぼんやりとセオドシアを見つめた。夢から覚めかけているような顔をしている。お茶を投げつけ、凶暴なクズリのようにシシーを引っかいたことなど、まるっきり記憶にないという顔だ。

セオドシアはシシーもゴルフクラブでつつき、これ以上ないほどいかめしい声を出した。

「シシー、あなたにも同じことを言うわ。みんなの前で醜態をさらした以上、ここにいられたら迷惑なの」

シシーは這うようにしてベティから離れ、もそもそと立ちあがった。頬を涙が流れ、顎が小刻みに震えている。「わたし――わたし――」

「言い訳は聞きたくないわ」セオドシアは言い放った。

ベティ・ベイツも怒りに身を震わせながら、のろのろと立ちあがった。

「これで済むと思ってるなら――」

「やめなさい」セオドシアは有無を言わせぬ声で言った。子犬にトイレのしつけをするときに使うたぐいの声だ。「ふたりとも出ていって。いますぐ。これ以上なにか言ったら承知しないわ。懇願したって無駄ですからね」

「わたしにそんな口をきくなんて許せない」ベティは怖い顔で言った。

「許してもらわなくてけっこう。さあ、出ていって」

ベティとシシーはしばらくのあいだ、息を整えたり、しわになった服をなでつけたり、バッグを拾ったりしてぐずぐずしていた。

セオドシアが本当に喧嘩をとめたのを見て、デレインの胸に感謝の気持ちが一気にこみあげた。「まあ、まあ、まあ」デレインはほっとしたのか舞いあがり、ぴょんぴょん飛びはねた。「どうお礼をしたらいいかわからないわ、セオ!」セオドシアの体に腕をまわして、きつく抱きしめた。

「この先、ファッションショーのケータリングを依頼しないということで手を打たない?」セオドシアは答えた。

人だかりからぎこちないくすくす笑いが洩れた。

けれどもデレインはすっかり昂奮していて、感謝の言葉をつらねた。「でも、セオ、おかげで本当に助かったんだから。ものすごく大胆で毅然としてた。良識の代弁者となって喧嘩を仲裁する。それこそあなたが得意とするところよ」そこでかぶりを振った。「あれやこれやとおかしな殺人事件に首を突っこむよりもずっと」

デレインのそのひとことで、お客が一斉に黙りこんだ。出口のすぐ手前にいたベティとシシーが振り返り、セオドシアをにらんだ。

そのとき、セオドシアにはたしかに見えた。ふらふらしているふたりの頭のなかで、詮索という輪がまわりはじめたのを。

14

「ファッションショーはどうだったね？」

セオドシアが枝編み細工のバスケット二個を引きずるようにしてインディゴ・ティーショップに入っていくと、ドレイトンが声をかけた。

「最悪」セオドシアは言った。

ドレイトンは愕然とした。「そんな、まさか。お茶がよくなかったのかね？ そうか、風味が強すぎたか」深く気に病んでいるのか、額にしわが寄っている。「中国の雲南紅茶と祁門（キーマン）紅茶のブレンドは、少々くどくなりすぎるような気はしていたのだよ。ああ、セオ、本当にすまない」

「あやまらないで」セオドシアは言った。「あなたが選んだお茶は完璧だったんだから。最悪だったのはお客のほう。というか、正確なところを知りたいかもしれないから言うけど、そのうちのわずかふたりだけよ」

ドレイトンはほっとした顔になった。「なにがあったのか話してくれたまえ」

そのとき、ヘイリーがチョコレートチップのマフィンのてっぺんをかじりながら、厨房か

らふらりと出てきた。「なにかあった?」

「ベティ・ベイツを覚えてる?」セオドシアはドレイトンに目配せした。「昨夜、わたしたちにくってかかってきた女性の銀行役員だけど」

ドレイトンはうなずいた。「忘れようにも忘れられんよ」

「その彼女がデレインの店のシルクロード・ファッションショーにやってきたの」

ヘイリーは肩をすくめた。「あのショーは誰もが招待されていたんでしょ?」

「でもその全員がシシー・ラニアーと面倒なことになったわけじゃないわ」セオドシアは言った。

「え、なになに……ベティと亡くなった男の人の奥さんが?」ヘイリーの目がらんらんと輝いた。ようやく興味がわいてきたようだ。この手のゴシップは彼女の大好物だ。

「実際には、面倒なんてものじゃなかったんだけど」セオドシアは言った。「まさにくんずほぐれつの大乱闘だった」

「なんと!」ドレイトンが言った。

「うわあ」ヘイリーが言った。「テレビの『ジェリー・スプリンガー・ショー』でやってるみたいに、折りたたみ椅子で人の頭をひっぱたくような感じ?」

「まさしくそれよ」セオドシアは答えた。「ただし、使ったのは折りたたみ椅子じゃなく、服のラックだったけど」

「まさか」ドレイトンは言った。

「その、まさかなの。ベティとシシーとで会場をめちゃくちゃにしてくれたんだから。たがいに引っかいたり、大声で叫んだり、相手を殴りつけたりもしていたわ」

「喧嘩の原因はなんだね?」ドレイトンは訊いた。

「それぞれがカーソン・ラニアーさんを殺した犯人として相手を名指ししたの」セオドシアは言った。

「まさか!」ドレイトンがさっきと同じことを叫んだ。

「うひゃあ」ヘイリーが言った。「これはおもしろくなってきたわ」

セオドシアは額に手をやり、そっと揉んで頭痛を撃退しようとした。

「まるで二匹のドクハキコブラみたいにシャーシャー言い合ったり、これでもかとパンチをくらわせるうち、ふたりして床に倒れこんだんだけど、そのときに服のかかったラックを倒しちゃって」彼女は大きく息を吸いこんだ。「そしたら、デレインがかんかんになって、ふたりのあいだに割って入って、喧嘩をやめさせてとわたしに頼んできたの」

「それはそれは」ドレイトンは言った。「うまくいったのかね?」

セオドシアは自分の肩をさすった。「ええ、それを証明するあざもあるわ」

「喧嘩を仲裁するのは簡単じゃないって、みんな言うよね」ヘイリーが言った。

ドレイトンはおののいたような顔でセオドシアを見つめた。「そんなことがあったあと、ランチを出したのかね?」

「言っておくけど、埋め合わせをするのは本当に大変だったんだから」

「でも、みんな、春巻や肉まんを気に入ってくれた？」ヘイリーが訊いた。

「そう思う。少なくとも料理はすべてきれいになくなったもの」セオドシアは大きくため息をついた。

「じゃあ、あっけなく終わったのね？」

「華々しくではなく、消え入るようにといったところ」セオドシアは目にかかった鳶色の巻き毛を払った。「問題なのは……ここで突きとめなきゃいけないのは……シシーかベティのどっちがより容疑者らしいかということなの」

「ふたりのうちどっちかが銀行家の人を殺したかもしれないと考えてるわけ？」ヘイリーが訊いた。

「いまの話からすると、ふたりともひどい癇癪持ちらしいではないか」ドレイトンが言った。

「どちらかが容疑者である可能性はあるだろうな」

ヘイリーはきょとんとしていた。「でもさ……だとしたら動機はなんなの？」

「シシーはじきに元夫となる予定だった人の遺産を相続することになって、大はしゃぎしている」セオドシアは言った。「そしてベティは……彼女の動機ははっきりしないわ。もしかしたらだけど、銀行でラニアーさんに取って代わりたかったとか？　あるいはヘリテッジ協会の理事の席をねらっていたのかも。なんとも言えないわ」

「それよりたいしたことのない動機で人を殺した者は大勢いる」

「言えてる」ヘイリーは言った。「ちんぴらやジャンキーなんかしょっちゅう、わずか二十ドルとスナック一個のためにコンビニを襲ってるもんね」彼女は目を大きく見ひらいた。

「コンビニはめちゃくちゃ便利だからじゃないかと思うんだ。炭酸飲料とかチップスしか置いてない、街角のATMみたいなものだもん」

「やれやれ、事件はいっそう混迷の度を増してしまったな」ドレイトンは言った。

ヘイリーが目を輝かせた。

「あたしははっきり言って、すごくおもしろくなってきたと思う。セオがこのまま調査をつづけるとしたら、だけど」

「調べをつづけるべきかわからなくなってきたわ」

セオドシアはこれ以上事件にかかわることに、大きな不安を抱きはじめていた。すでに、おかしなことが起こりすぎている。これ以上、友人や自分のティーショップを危険にさらすおそれのあることに引きずりこまれるのはごめんだ。

数フィート離れたところでジェイミーがティーポットを拭きながら、三人の会話に耳を傾けていた。彼はひとこと口をはさもうと、前に進み出た。

「このあたりはやけに揉め事が多いみたいだね」

ドレイトンが片方の眉をあげた。

「いまのを聞いたかね？　彼がこんなまともなことを言うとはね……」

セオドシアはオフィスの椅子に両脚を折り敷いた格好ですわっていた。時刻は午後三時をまわり、ティーショップに残っているお客はふたりだけ。もうじき、ドレイトンと一緒にティーポットをゆすいで、電気を消したら、帰路につく。明日を戦い抜く英気を養うために。

戦（ファイト）う。

セオドシアはやれやれとばかりに首を横に振った。ちがう、いまのわたしに必要なのはそんな言葉じゃない。なにしろ、きょうこの目で見た喧嘩（ファイト）ときたら、ひどいものだった。ごくまともなはずの女性ふたりが床を転げまわるなんて。おかげで……まあ、セオドシアが抱いていた尊敬の念も完全に吹き飛んでしまった。

ところで、シシーとベティはいったいどうしちゃったんだろう？　なにが引き金になってあんなふうになっちゃったの？　シシーは離婚話の出ていた夫のお金が自分のものになることで有頂天だった。ベティのほうは完全に自分のことしか考えていなくて、シシーを人殺し呼ばわりして喜んでいた。

ベティ・ベイツは怒りにまかせて悪意に満ちた煙幕を張ろうとしていたの？　自分に向けられる非難の矛先をかわすために？　それもひとつの考え方だろう。

もちろん、セオドシアがいま考えなければいけない百万ドル級の疑問は……カーソン・ラニアー射殺事件の調査をこのままつづけるべきかどうかということだ。

ティモシーから力になってほしいと頼まれたのはたしかだけれど、チャールストン警察が徹底した捜査をしているはずだ。

でも、警察は犯人をとらえることができるだろうか？

セオドシアはデスクに置かれた何枚かの紙に目を落とした。明日の午後のティートロリー用にヘイリーが簡単なメニューを書いていた。それに、ドレイトンが長々と記入した注文書を置いていっていた。近々開催する春のお茶会にそなえ、柑橘類をブレンドしたお茶とバラの花茶をまとめ買いしておきたいと言っていた。婚約披露のお茶会、ブライダルシャワーのお茶会、母の日のお茶会……。

セオドシアは疲れを取ろうと目を閉じた。ちょっとだけ平和な静けさに浸ったらすぐ仕事に――

ぴしっ！　ごん！　がしゃーん！

オフィスの窓が派手な音をたてて割れ、ガラスの破片がそこらじゅうに飛び散った。次の瞬間、けっこうな大きさの石がデスクを転がって、積み重ねたお茶の雑誌をなぎ倒した。石はそのあと暴走する独楽のようにくるくるまわったあと、床に落ちて、近くにあった金属のファイルキャビネットに激しくぶつかった。

いったい何事？

二秒後、オフィスのドアが乱暴にあいて、目をかっと見ひらき、怯えた表情のドレイトンが飛びこんできた。

「なにがあった？」

「さ、さあ」つかの間、言葉がうまく出てこなかった。それから、すぐに気持ちを落ち着けた。「窓から石が投げこまれたの」ガラスの真ん中に大きな穴があいていた。穴のへりはぎざぎざで、サメの歯のように尖っている。

「なんだと？　誰の仕業だ？」ドレイトンの顔が青ざめた。

けれどもセオドシアは質問に答えるような悠長なまねはしなかった。革椅子から急いで立ちあがり、そのいきおいで椅子がくるくるまわった。あわただしくオフィスを突っ切ると、裏口のドアをあけて路地に飛び出した。つやつやした茶色の玉石、筋向かいの庭つきアパートメント、一列に植わったマグノリアとふさふさのパルメットヤシが二本、それに路地の終点をのろのろ行き交う車。しかし、人の姿はまったくない。大声で呼びとめるか叱りとばすかする相手はいなかった。どうしたわけか、石を投げこんだ犯人はいなくなっていた。リビーおばさんの農園でたちのぼっているひと筋の沼気ガスのように、どこへともなく消えてしまった。

背後であわただしい足音がした。

「どうした？」ドレイトンが大声で呼びかけた。「犯人の姿は見えたかね？」

ドレイトンの息がはずんでいた。見ると、右手で大きな焼き物のティーポットを振りかざしている。わざわざ遠まわりして取ってきたのだろう。武器にするつもりで。

「誰もいないわ」

「いったい誰の仕業だろうな」

セオドシアは首を左右に振った。「わからない。いたずらっ子の悪ふざけかも？」

「自転車で逃げたのかもしれん。あるいは……」

「あるいは、わたしを動揺させようとしたとか？」

「ひょっとしたらな」ドレイトンは沈んだ声で言った。心のなかでは〝そうにちがいない〟と思っているのだろう。

ふたりはしばらく、人けのない路地を見つめつづけていたが、けっきょくなにもわからないまま店に引きあげた。

入ってすぐのところでヘイリーがやきもきしながら待っていた。

「さっきのあれはなんだったの？　ちょうど保冷庫のドアを閉めたときだったから、蝶番(ちょうつがい)を壊したかと思っちゃった」

「そこの窓に石が投げつけられたのだよ」ドレイトンが説明した。

ヘイリーは割れた窓を見やって、目をむいた。

「冗談でしょ。うそみたい。犯人を見たの？」

セオドシアは、いいえと言うように首を横に振った。もっとすばやく反応すればよかった。すぐさま外に駆け出して、それから……どうするの？　見当もつかない。

ヘイリーが、ドレイトンの手のなかにある焼き物のティーポットをしめした。

「そんなものでなにをするつもりだったの？　犯人の頭を殴りつけるとか？」

「これは炻器(せっき)というものでね」ドレイトンは言った。「こいつで犯人の頭を殴れば、ひどくへこむだろうよ」

さらにそこへジェイミーがやってきた。

「どうかした？」彼は訊いた。

ほかの三人は割れた窓を指差した。ヘイリーが言った。

「いたずらっ子がオフィスの窓に石を投げつけたの」

「ひどいな」ジェイミーは不安そうな顔をセオドシアに向けた。「あなたにぶつからなくてよかった」

「それでどうするの？」ヘイリーが訊いた。すぐにでも徒党を組んで、砂埃をあげて追いかけるいきおいだった。

「段ボールをいくつか持ってきて、応急処置でつぎを当てておくよ」ジェイミーが言った。

「でも、金物屋には連絡を入れないと」誰も動かず、なにひとつ言わないのを見て、ジェイミーは言った。「よければぼくが電話しようか」

「ありがとう。助かる」セオドシアは言った。「これってラニアーさんの事件がからんでるのよね。あのおそろしい夜のあと起こったことはどれも殺人事件に関係してる。ジャッド・ハーカーさんに怒鳴りこまれたのも、ベティが理事会に現われたのも、きょうのシシーとベティの喧嘩も……」

「これからどうする？」ドレイトンが訊いた。「どうやって事件を解決するのだね？」

「それはセオがやることじゃないわ」ヘイリーが言った。「ボーイフレンドのライリー刑事に解決してもらえばいいじゃない。そのためにチャールストン市は彼にお給料を払ってるんだもん。この件に関してはそれがいちばん賢明で安全だって」

ヘイリーがほうきとちりとりを取りに厨房に消えるとセオドシアは言った。

「ヘイリーの言うとおりかもね。わたしたちは調査から手を引くべきかもしれない」

「しかし、ティモシーに約束したではないか」ドレイトンはうまいこと言いくるめようとしているのではなく、声には不安の色がにじんでいた。

「わかってる。ティモシーをがっかりさせると思うと心が痛むわ」

「だったら、がっかりさせなければいい」

セオドシアは髪に手をやった。どうしたことか、時間がたつにつれて髪のボリュームが増してきている。鳶色の巻き毛が大きくふくらんで、まるで愛想のいいメデューサのようだ。原因は湿気ではない——もしかして、ストレスのせい？

「石を投げつけてきたのは手を引けという警告だと思う？」セオドシアはドレイトンに訊いた。「ついさっき、仲裁した喧嘩に関係あるとか？　負けを受け入れられないほうがやったこと？　卑劣な殺人犯の仕業なの？　ああ、もう、いったいなにがどうなってるの？」

「その口ぶりからすると、まだ興味を失っていないようだな。おかしな出来事のそもそもの原因を突きとめるつもりのように聞こえるぞ」

セオドシアはちょっと考えこんだ。「そうかもしれない。このまま調査を進めて、その結果を見届けたいのかも」

ドレイトンはそれでいいと言うようにうなずいた。

「それでこそきみだ」

ヘイリーが割れた窓ガラスを掃き集め、金物店の人がもうじき来ると知らされても、セオドシアの気持ちはまだ落ち着かなかった。はっきりしないことが大嫌いな性分なのに、はっきりしないものがあまりに多すぎる気がする。

これまであがった名前のうち、いちばん正体がはっきりしていないのは誰だろう？

答えは簡単。ラニアーの不動産ビジネスのパートナー、ボブ・ガーヴァーだ。ガーヴァーについてはほとんどなにもわかっていない。彼が黒幕ということはありうる？　お金の流れを追っていけば、彼に行き当たるの？

インターネットでガーヴァーを調べるのはことのほか簡単だった。なにしろ、ものの数分で、数件の記事とロバート・T・ガーヴァーなる人物の粒子の粗い写真が手に入ったのだ。ハグウッド・ストリートに並ぶ、やや古ぼけた家々の前でポーズを取っていることから、写真の人物がボブ・ガーヴァーにまちがいないだろう。

見つけた。

さて、次だ。この人はアンティークの銃となにかつながりがあるだろうか？　具体的に言うなら、クロスボウと矢だ。

さらに二分ほど検索した結果、ボブ・ガーヴァーの粒子の粗い写真が二枚、あらたに見つかった。一枚はチャールストンの《ポスト&クーリア》紙のビジネス面に掲載されたもので、角張った顎をしたスポーツ刈りの男性が市議会のお偉いさんと握手していた。ガーヴァーがなんらかの住宅助成金を獲得したときのものだろう。

よしよし、順調順調。この人でまちがいなさそう。

もう一枚の写真は、《ピードモント・パイパー》という地元の小さな新聞に掲載されたものので、ハト狩りに参加しているガーヴァーがとらえられていた。サウス・カロライナ州では、ナゲキバトが鹿につづいて人気のある獲物なのはセオドシアも知っている。でも、アンティークの銃でハトを撃つ人なんている？

いるかもしれない。

チャールストンにはいたるところにアンティークの銃がある。個人宅の屋根裏には古いマスケット銃や二十二口径のライフルが眠っているし、ガレージには弓矢がしまいこまれ、曾祖父からひ孫へと受け継がれている南北戦争期の拳銃や、第一次世界大戦や第二次世界大戦の戦場から持ち帰った銃もある。それらがチャールストンじゅうに散らばっている。そのうちのいくらかはいまも使われているだろうし、南北戦争の再現や記念行事のときだけ出してくるものもあるだろう。

セオドシアは落ちつきなくデスクの表面を叩いた。こういった古い銃を見つけるにはどうしたらいいのだろう？　ましてや、クロスボウと専用の矢となったら？

たしか、ドレイトンにお店の名前を教わったんだった。なんだったかしら？　セオドシアはぼんやりと考えた。そうそう、ビー・ストリートにある〈チェイセンズ・ミリタリー・レリックス〉だ。

その〈チェイセンズ・ミリタリー・レリックス〉のことを考えれば考えるほど、興味がわいてきた。けっきょく、店に出向いて、自分の目で確認するのがいちばんという結論に達した。

15

〈チェイセンズ・ミリタリー・レリックス〉はホップスのガンオイル、真鍮磨き剤、それに第二次世界大戦――もしかしたら、第一次世界大戦かもしれない――の頃から保管されている、かびくさい軍放出品のにおいがした。四〇年代か五〇年代には繁華街にひしめいていた感じの、時代に取り残された店だった。正面のふたつのショーウィンドウに躍る凝った金文字、お客が入ると騒々しく鳴るドアの上のベル、角をまるめたガラスの板がのった高いカウンター、みしみしいう木の床、狭い通路。昔の金物店を思わせるが、ところ狭しと並んでいるのはボルトやナットではなく武器だ。ありとあらゆる種類の拳銃、ライフル、ショットガン、火打ち石銃、長剣に短剣。それらがすべて、緑色のスエードのような布の上に見映えよく並んでいる。

いちばん手前のケースをのぞきこむと、ポケットピストルと称されることの多いデリンジャーが目に入った。その隣には、象牙の握りと銀線で装飾された大きくてまるっこい拳銃が置かれている。十八世紀の決闘で使われていたような銃だ。アーロン・バーがアレグザンダー・ハミルトンを射殺したのも、こんな銃だったのだろう。

セオドシアは魅入られたようにケース伝いに移動し、さまざまな武器を食い入るように見つめた。足をとめ、大きくて黒く、おそろしげな見た目の拳銃二挺をじっくりとながめた。

「そいつはナチスが使ってた銃だ」男性の声がした。六十代半ばだろうか、上は灰色のシャツ、迷彩柄のズボンの裾を編み上げのアーミーブーツにたくしこんだ年配男性が近づいてきた。男性はカウンターにおさまると、セオドシアにウィンクした。「ルガーとかその手の銃はすごく人気があってね。もう何世代も昔のものだが、かっこよさに惹かれる人は多いんだよ」

「そう、わたしは興味ないけど」セオドシアは少しこわばった口調になった。

「だったら、どんなご用件かな？　具体的にどういうものをお探しかい？」

「あなたはここのオーナー？」セオドシアは訊いた。

男性はうなずいた。「オーナーのマレル・チェイセンだ。四〇年代後半に親父がこの店を始めたんだが、数年前、その親父が死んで、おれがあとを継いだんだよ」

「お父さまのことは残念ね」

「いや、気にしないでくれ」チェイセンは言った。「九十二まで生きたんだから。大戦で第一レンジャー大隊の一員として、アンツィオに上陸したんだ」

「すばらしいわ」セオドシアは声に賞賛の念をにじませようとしながら言った。なにしろ、おだてればいろいろ手に入りやすくなる。

「おれは海兵隊にいた」チェイセンはすばやくこぶしを突きあげた。「常に忠誠（センパー・ファーイ）を」

「こちらではアンティークの弓と矢は扱っている?」セオドシアは訊いた。

「もちろん。奥のケースにいい品を揃えてる。どんなものを探してるんだい?」チェイセンは向きを変え、先に立って歩き出し、セオドシアはあとにつづいた。

「とりあえず、ちょっと知りたいだけなの」セオドシアは言った。「クロスボウを探してるの。短い矢を使うタイプよ。クォーラルっていうのよね?」

「そのとおりだ」チェイセンはガラスの扉をスライドしてあけると、なかに手を入れ、妙な形の道具を取り出した。「こいつはピストル式クロスボウだ。スイス製で、おそらく三〇年代か四〇年代のものだろう。お客さんが言った、短いタイプの矢を使う」

セオドシアはその武器をじっくりとながめた。昔の拳銃そっくりな外見だが、上に小さなクロスボウの装置がついている。「てっぺんにクォーラルをのっけて、引き金を引いて発射させるの?」

「うーん、先に装填して弦を引いておかなきゃいけないが、仕組みとしてはそういうことだね」彼は持っていたクロスボウをセオドシアに差し出した。「ほら、持ってみな。怖がらなくていい」

セオドシアはピストル式クロスボウを受け取った。ずっしりと重いが、安定感がある。手に持った感じは拳銃と変わらず、それでいて矢を放つという目的がちゃんとくわわるよう、かなり意識して作られている。

「これはどういうときに使うの?」セオドシアは訊いた。

「ごく普通の使い方だよ」チェイセンは言った。「ハンティングとか射撃訓練とか」

「ハンティング」セオドシアは銃をかまえて、ねらいをさだめた。「簡単に撃てる?」

「仕組みはかなり単純だ。まずは、ここに矢をつがえる」彼は上についている装置を指で軽く叩いた。「そしたら標的をさだめて引き金を引く。ねらいさえ誤らなければ、むずかしいことなどなにもない」

「こういうものは古くからあったの?」

「うーん、それについてはいろんな意見があるね。だが、おれが思うに、ピストル式クロスボウは世紀の変わり目あたりに——今世紀じゃなく、前世紀のことだぜ——中世および中国のクロスボウから進化したんじゃないかな」

「それで、この武器の利点は……?」

「音がしないことと、百発百中なところだね」

セオドシアはもう一度、クロスボウをかまえてみた。きわめて危険な感じがするし、しくみは単純ながら、よくできている。装置に矢をつがえて標的を選び、引き金をしぼるところが目に浮かぶ。犠牲者に聞こえるのはシュッという小さな音だけ。それも、万が一、聞こえたらの話だ。

「こいつだったらたっぷり値引きしてやれるよ」チェイセンはセオドシアの手からクロスボウを取り返し、値札を見た。「千七百ドルとつけてあるが、千四百でいい」

「こういうのは、たくさん売れるものなの?」

チェイセンは首を横に振った。「ここしばらくは全然だね。こいつなんか、仕入れてもうまる五年はたってる」

「どこで見つけたの？」セオドシアは訊いた。

「軍用品の骨董展さ」

「そんなものが本当にあるの？」

「もちろんだとも」チェイセンは言った。「軍用品の骨董展は国のあちこちでおこなわれている。ミネアポリス、ハンツヴィル、ルイヴィル、うんと盛大なのは南シカゴのやつだ。その手の展示会に行けば、おもしろい品を持ってる業者が、必ず何人かいるものさ」

「もうひとつ質問があるんだけど」

「なんでも訊いてくれ」チェイセンは言い、それから含み笑いを洩らした。

「ボブ・ガーヴァーという人をご存じ？」

「ガーヴァーだって？　もちろん、知ってる。この店の客だからな。というか、うちの射撃クラブのメンバーだ」

「射撃？」セオドシアは昂奮を必死に抑えながら言った。「どういう射撃？」

「銃と弓だ」

「で、ガーヴァーさんはあなたのクラブのメンバーなのね？」

「ジョンズ・アイランドにある〈ブリトルブッシュ射撃クラブ〉っていうんだ」チェイセンはほほえんだ。「女性の入会も歓迎だよ。射撃場にはレディースデイだってある」

「なんだか楽しそう」セオドシアの頭ははやく次の質問を考え出そうと必死だった。

「さっきのピストル式クロスボウだが、千二百ドルまでまけてもいい」チェイセンは言った。

「きっと気に入ってもらえると思うよ。〈ブリトルブッシュ〉の会員になって、的に当てる練習をすればいい。そのうち、レベルアップして鳥を撃てるようになる。このあたりではウズラ撃ちやカモ撃ちがさかんなんだ」

「ありがとう。検討してみるわ」セオドシアは少し間をおいた。「ヘリテッジ協会で開催される〈めずらしい武器展〉には行くの？」

「ああ、もちろんだとも」チェイセンは言った。「楽しそうじゃないか。うちの店のお客さんも大勢、行くつもりでいるよ」

「その展示会がいくつか問題に突き当たっているのはご存じ？」

チェイセンは問いかけるような顔でセオドシアを見つめた。

「ジャッド・ハーカーという名前の男の人が……」

「あの問題児か！」チェイセンは吐き捨てた。口をとがらせ、怒りで頭を振った。

「あなたも彼となにか揉めているの？」

「ハーカーの野郎がこのあたりにやってきては、銃規制のたわごとを説いてまわるもんだから、お客さんが来なくなっちまうんだ。蒐集してるだけの人だろうがおかまいなしだ」

「ハーカーさんは他人に危害をくわえるような人だと思う？」セオドシアは訊いた。

チェイセンはピストル式クロスボウをケースにしまい、扉をスライドさせて閉めた。

「ハーカーがそういう野郎なら、気をつけろと言ってやりたいね。おれたちみんな、山ほど武器を持ってるんだから」

セオドシアは車に戻ると、ピート・ライリー刑事の番号に電話した。今度もまた、留守番電話につながった。むっとしたので、メッセージを残さずに切った。

まったく、いいかげんにしてよ。

腕時計に目をやった。四時をほんのちょっと過ぎたばかりだ。教わった射撃クラブまで行く時間はある。その気があれば、だけど。行く気はあるの？　ええ、あるわ。

携帯電話で〈ブリトルブッシュ射撃クラブ〉を検索して、住所を突きとめた。出かけたところでなにも得られないと思いながら、メディカルビルの前を過ぎ、ジェイムズ・アイランド高速道路までとばし、メイバンク・ハイウェイでジョンズ・アイランドに向かった。

クラブに着いてみると、少し意外な感じを受けた。射撃クラブと聞いてセオドシアの頭に浮かんだのは、クラブハウス、付属のレストラン、あらゆるタイプの射撃がおこなわれている広々とした場所だった。

実際に目にしたのは、寝室が三部屋の平屋ほどの大きさしかない茶色の木造建築と、ピックアップ・トラックと数台の最新型の車が並ぶ埃っぽい駐車場だった。ささやかなクラブハウスの入り口に、〝ブリトルブッシュ射撃クラブ〟と書かれた看板がかかっていた。

けれども、車を降りたところ、まぎれもない銃声が聞こえてきた。大勢の会員でにぎわっているのだろう、みんなすごいいきおいで撃っている。

クラブハウスのなかはサウス・ダコタ州の家族経営のモーテルのロビーを思わせた。節のあるマツ材の壁、ガラスケースに陳列された銃、銃を手にした男たちの写真、棚に置かれた数本のトロフィー、体を休めるためにそこかしこに置かれた茶色いビニールレザーの椅子、やけになつかしいコーラの自動販売機。

カウンターに歩み寄ると、若い男性が身を乗り出すようにして出迎えた。赤い髪を少し立たせていて、片方の目が横を向いているように見える。

「こちらへの入会を考えている者です」セオドシアは言った。「ちょっと見てまわることはできますか?」

「かまいませんよ」若い男性は言った。「見学エリアを離れず、射撃場に入ろうとしなければ」彼はうしろを向いてスタンドからパンフレットを一枚抜き、カウンターの上を滑らせた。「ここに入会方法とうちのクラブのルールが書いてあります。場内ではアルコール飲料はすべて禁止で、全員に安全講習を受講してもらってます。で、どの射撃に興味がおありですか?」

セオドシアはパンフレットを手に取った。「どういう射撃ができるの?」

男性は指を一本一本折りながら、いくつもあるコースをあげていった。「クレー射撃、トラップ射撃にスキート射撃、ピストル射撃、弓射撃」そこでセオドシアを真正面から見すえたが、片方の目はわずかに左を向いていた。

セオドシアはパンフレットを指差した。「弓射撃がいいわ」この男性の射撃の腕はどの程度なのだろう。

「弓射撃用のレーンは全部で五つあります」男性はカウンターの下に手を入れて、イヤープロテクターを出した。「これを着けて、まっすぐ行ってあそこのドアを抜けてください。絶対に見学エリアから出ないこと。それが守られないと、当射撃場の安全管理員に取り押さえられますよ」

「ありがとう」

セオドシアはイヤープロテクターを装着して外に出た。防護具を着けていても、ものすごい音量に圧倒される。ポン、ポン。バシッ、バシッ。パン、パン。それでも、射撃場は危険な感じは少しもしなかった。白い木のフェンスが見学エリアと各種射撃練習場とを隔てているし、全身をカーキ色の服に包んだミラーサングラスの男性がしっかり監視している。

射撃場に通じるゲートはくぐらず、フェンス伝いにゆっくり歩いていくと、十人ほどの男性とふたりの女性が標的に向けて銃を撃っているのが見えた。なかにはかなり上手な人もいて、的の中心あるいはそのすぐ隣の円に当てて得意そうな声をあげている。それ以外の人は惨憺（さんたん）たる腕前だ。

わたしの腕はどの程度だろう。銃を撃ったのは、父が生まれ育ったケイン・リッジ農園に小さな射撃練習場を作ってくれたときが最後だ。しかも、害獣駆除用のバーミント・ライフルを使った訓練だった。

会員が射撃練習にいそしむ様子をさらに数分ほど見ていたが、しだいに飽きてきて、ここにいても出口は見えそうにないと思いはじめた。受付にいた男性は弓射撃の練習場があると言っていたが、どこにあるのかさっぱりわからないし、むやみと探しまわって矢が飛び交うようなところに入りこむのはごめんだ。

フェンス伝いに見学エリアの右端まで行ってみたが、それでも弓射撃用のレーンは見あたらなかった。もうここの探索はあきらめよう。どうせなにも見つかりっこない。クラブハウスの突端をぐるりとまわる砂利道を進んだ。正面の入り口から入って、イヤープロテクターを返そうと思ったのだ。

そのとき、ビューン、ドスッという、はっきりわかる音がした。

セオドシアは足をとめ、耳をすました。

ビューン、ドスッ。

また聞こえた。

セオドシアが歩いていた通路から、べつの砂利道が雑木林に向かってのびていた。足音をしのばせ、そろそろとその道をたどった。木の枝に肩を叩かれ、砂利をざくざく踏みしめながら、歩を進めた。十五歩ほど行くと、弓射撃場に出た。

三人が練習中だった。男性ふたりに女性がひとり。全員が革のアームガードを着け、手袋をはめている。しかも、みんな上手だった。とても上手だった。ふたりは一般的な弓を使い、いちばん奥のレーンの男性は照準器のついたクロスボウを手にしていた。クロスボウの男性はチェストガードを着け、キャップをかぶり、黄色いスポーツ用サングラスをかけている。使っている弓はごてごてとした黒い金属製のもので、矢は細長くて、緑色のつんつんに立った羽根がついている。

セオドシアはクロスボウの男性をしばらく観察した。弓をさっとかまえて、照準器をすばやくのぞき、すぐに発射している。頭のなかで思い描いたバトルの筋書きをひたすら実行しているように見える。西ゴート族がイングランドの城に大挙して押しかける場面で、城を守る指令を帯びた役を演じている感じだ。

男性の矢はすべて的に当たった。

矢を射る間隔がいっそう短くなった。バシッ、バシッ、バシッ。筋肉の記憶(マッスル・メモリー)の手助けを受けているみたいに、次々に的に当てていく。

ようやく彼は矢を射るのをやめ、われながら上々の出来だと心のなかでつぶやくようにうなずいた。それから射撃場に背を向け、キャップを脱ぎ、あたりを見まわした。

その瞬間、セオドシアは思わず二度見した。

ガーヴァーさん？　あの人、ボブ・ガーヴァーさんじゃない？

まちがいない。インターネットで見つけた粒子の粗い写真の男性に、なんとなく似ていることはたしかだ。

道具を集めて駐車場に向かおうとするガーヴァーに、セオドシアは声をかけた。

「すみません、ボブ・ガーヴァーさんですか？」

男性は足をとめて、セオドシアを見つめた。「いったい誰だね？」気のなさそうな声だった。

「すみません」セオドシアは愛想のいい笑顔をどうにかこしらえ、自分の胸もとを指で触れた。「セオドシア・ブラウニングといいます。カーソン・ラニアーさんとはお友だちでした」

とんでもない大うそだが、ガーヴァーがこっちの安直な戦略に疑問を持ったりはしないと思ったからだ。

しかし、ガーヴァーのほうにはセオドシアと話をするつもりは毛頭なかったらしい。「あんたに話すことはなにもないね」そう言うと、背中を向け、そそくさと歩きはじめた。

セオドシアは彼を追って通路を進んだ。「すみません。ひとつだけ簡単な質問をしたいんですが」

ガーヴァーは歩みをとめなかった。いや、そうじゃない――速度をいっそうあげた。

「待って！」セオドシアは遠ざかる背中に向かって呼びかけた。けれども、ガーヴァーはすでにセオドシアからそうとう離れたところまで行っていて、駐車場をずんずん進んでいく。

「なんて失礼な人」セオドシアはつぶやいた。がっかりして肩をすくめ、クラブハウスに入ってイヤープロテクターをカウンターに置くと、受付の男性にお礼を言って外に出た。

さて、このあとはどうしよう？　すぐに自分の質問に自分で答えた。さしあたって……できることはないわ。

まだぶつぶつ言いながら愛車のジープに乗りこみ、ハイウェイに乗り入れた。さてと、ボブ・ガーヴァーが〈ブリトルブッシュ射撃クラブ〉の会員なのはわかった。それに、クロスボウを好んで使っていることも。そこから言えることはなに？　なにもない。チャールストン界隈にはクロスボウを使う射撃を好む人が数百人——ひょっとしたら千人はいるだろう。

セオドシアはチャールストンに向かって運転した。幅の狭い木の橋を橋板をガタガタいわせながら渡り、急カーブをまわる。ガーヴァーはラニアーとビジネスでつながっていた。ベティはガーヴァーをラニアーを殺した犯人だと非難し、シシーはガーヴァーを盗人と呼んだ。でも、だからといって、彼が人殺しと言い切れる？

とんでもない。ガーヴァーがベティとシシーに好かれていないというだけのことだ。

セオドシアはため息をひとつつくと、前方の道路にしっかり目を据え、運転をつづけた。このあたりは美しいところだ。まだあまり開発の手が入っておらず、見事なカロライナマツや低木のオークが密生し、ローレルチェリーの木もわずかながら見受けられる。ところどころに農地が広がり、湿地帯もいくらか残っている。たまり水が宝石のように太陽の光を反射して、きらきら輝いている。湿地帯はかつての水田だったのかもしれないし、あるいは潮位変動でできた水路が流れこんだ結果、ヤマシギやヒメレンジャクが多数棲息する湿地となったのかもしれない。

ルームミラーをちらりとのぞくと、うしろから車がものすごいスピードで迫ってくるのが見えた。追い抜きたいのだろうが、こういう細い田舎道ではなかなかむずかしい。

セオドシアはアクセルから足を浮かせて速度をゆるめた。同時に右肩に車を寄せ、うしろのスピード狂がよけるためのスペースを増やそうとこころみた。

いきおいよく近づいてきた銀色の大型SUV車だったが、気が変わったのか、追い抜いていかなかった。セオドシアの車のリアバンパーのうしろにぴったりくっついている。セオドシアは対向車線に目をやり、なにも来ないのを確認してから、すばやく手を振った。追い越しても危険はないという合図だ。

SUV車はセオドシアのうしろから動かなかった。

なんなの?

もう少し速度を落としてみる。

さっさと追い越してよ、もう。

SUV車はじわじわと間合いを詰めた。車のフロント部分がルームミラーいっぱいに映っている。次の瞬間、信じがたいほど危険なことが起こった。SUV車がジープの後部にまともにぶつかってきたのだ。

ちょっと、なにするのよ!

SUV車——トヨタ車かレンジローバーかは区別がつかない——の運転手は、セオドシアの車のうしろにぴったりついていた。前へ押しやるようにぶつかってくる。

セオドシアはアクセルを踏みこみ、スピードをあげた。度胸だめしのチキンレースのつもりなら、かかわるつもりは毛頭ない。時速六十マイル、さらには六十五マイルまでスピードをあげた。SUV車はあいかわらずついてくる。

タールの沼からゆっくりあがってくるあぶくのように、ある考えがセオドシアの頭に浮かんだ。まさかガーヴァーさん？　すぐうしろにいるのはあの人なの？

いまはそれを確認できる状況ではない。助手席に置いたホボバッグを横目づかいに見やると、手をのばして携帯電話を出した。急いで道路に目を戻すと、前方から大型トラックが轟音とともに近づいてくるのが見えた。携帯電話を膝に落とし、両手でハンドルを握った。トラックとすれちがうなり、電話をふたたび手にし、緊急通報の九一一をプッシュした。けれども通話ボタンを押す直前、ルームミラーに目をやった。

ＳＵＶ車はいなくなっていた。

心臓が胸のなかでどくんどくんと脈打ち、シートにあずけた背中が熱い。ウィンドウをおろして、さわやかな風を顔に受けた。セオドシアはドレイトンの自宅の番号を押した。呼び出し音が何度も鳴ったが、応答はなかった。留守番電話にもつながらなかった。まったく、もう。

ふと思いついて、インディゴ・ティーショップに電話をかけた。驚いたことに、ドレイトンが出た。

「まだいたのね」セオドシアは言った。

「ほかにどこにいると言うのだね？」

「自宅とか？」

「いや、なに、シーピーの金物店から窓を修理に来た人が、数分ほど前に帰ったばかりでね。

そのあと、いくつか仕事を片づけていたのだよ」

「あなたに話しておかなきゃいけないことがあるの」

「どうかしたのかね?」ドレイトンは訊いた。

「二十分で戻るわ」セオドシアは言った。「話はそのときに」

16

セオドシアが薄暗いティーショップに足を踏み入れたとたん、ドレイトンが駆け寄った。

「なにがあったのだね？　さっきの電話の感じでは、いつになく緊迫していたようだったが」

「実際、緊迫した状況だったのよ」セオドシアは言った。

テーブルに着くと、セオドシアはチェイセンの銃器店を訪れ、そのあと〈ブリトルブッシュ射撃クラブ〉に立ち寄ったいきさつを手短に説明した。そこでボブ・ガーヴァーと出会ったことと、おかしなSUV車にうしろにぴったりくっつかれ、怖い思いをしたことを話した。

「つけてきたのはボブ・ガーヴァーだと思うのかね？」ドレイトンは訊いた。

セオドシアは首を横に振った。「わからない」

「というのもだね、射撃クラブでガーヴァーがあからさまに突っかかるような態度を見せたのなら、きみが出てくるのを待ってあとをつけたのかもしれないじゃないか。怖い思いをさせて、こらしめてやろうなどと、ばかなことを考えたのかもしれん」

「ガーヴァーさんだったのかもしれないし、頭のおかしなドライバーにたまたまねらわれただけかもしれない。ガーヴァーさんがわたしとかかわりたくないと思った可能性はあるわ」

「それはまたどうして？」ドレイトンは尋ねた。

「ガーヴァーさんは三百九十万ドルの低金利融資をめぐって、充分面倒なことになっているのかもしれない。建築物修復事業を再考した市当局が、融資の返済を求めたとか。ボブ・ガーヴァーという人は詐欺師の大ぼらふきで、市から融資されたお金も踏み倒すつもりなのかもしれないわ」

「そいつはまた、やっかいな話だな」ドレイトンは言った。「市にも監視委員会みたいなものがあるはずではないか。でなければ、厳しい目で金の流れを見張る経理担当者がいるはずだ」

「その経理担当者のひとりが、ガーヴァーさんの詐欺グループの一員かもよ」セオドシアは言った。

「うむむ、まったくきみの頭はよくまわるな」

「お褒めの言葉をありがとう」

「バンパーはどのくらい壊れたのだね？」ドレイトンは訊いた。

「小さな引っかき傷がちょっとついただけ。よく見なければわからないくらい」

「そうか、それはよかった」ドレイトンは立ちあがった。「お茶を一杯どうだね？ ついさっき、黒茉莉花茶(ジャスミン)をポットで淹れたのだよ。元気の出るものが必要かと思ってね」

「じゃあ、ちょっとだけ」セオドシアは言った。「二十分後に銀行のリンダ・ピカレルと会う約束があるから」

ドレイトンは大急ぎでカウンターに入り、あわただしくカップとソーサーを用意した。

「そうだった。ベティ・ベイツの人となりを教えてもらうんだったな」

「リンダが正直に話してくれれば、だけど」

「彼女がきみをだます理由がどこにあるのだね？」

「仕事を失いたくないと思えば、都合の悪い質問には答えないものよ」

ドレイトンはお茶の入ったカップ二個を持ってカウンターを出ると、テーブルに置いた。

「とりあえず、お茶を――」

どん、どん、どん！

ふたりとも飲んでいたお茶から口を離し、入り口のドアを振り向いた。外にいるのが誰かわからないが、ノックが強すぎて、窓ガラスがかたかたいっている。セオドシアもドレイトンも、きょうはこれ以上窓ガラスが割れるのはごめんだった。

「いったいなんだろうな？」ドレイトンが疲れた声で言った。

「セオドシア！」外からくぐもった大声がした。「ドレイトン？」今度の声はさらに高飛車に響いた。「いるんでしょ？」

「デレインだわ」セオドシアは椅子からあわてて腰をあげた。「なにかあったのよ。ヒステリー寸前の声だもの」

「まったく、なにがあったというんだ」ドレイトンも急いで立ちあがると、セオドシアのあとから正面ドアに向かった。「また例によって、ファッションショーがらみのくだらない用事ではないかね」

けれどもセオドシアが掛け金をはずしてドアをあけると、ふたつの浮かない顔が目の前に現われた。片方はデレインで、もう片方はシシー・ラニアー。シシーのほうは体を震わせ、激しく泣きじゃくっていた。

「デレイン？」ふたりが一緒なのを見て、セオドシアは少し意外に思った。デレインの店で大喧嘩を繰り広げたことなどなかったかのようだ。「それに……シシーも？」

「入ってもいい？」デレインが訊いた。けれども、セオドシアがなにか言うより先に、デレインは哀れっぽく泣いているシシーを引っ張るようにしながら、ずかずかと入りこんだ。

「どうしたのだね？」ドレイトンが訊いた。

デレインは近くにあったキャプテンズチェアにシシーを無理やりすわらせた。

「シシーの身にものすごくショックなことがあったのよ」デレインが言うと、シシーはうめくような声を洩らし、椅子にすわったまま体を前後に揺らしはじめた。

「あなたから説明してもらったほうがよさそう」セオドシアは問いかけるようなまなざしをデレインに向けた。午前中、あんな派手な喧嘩があったのに、その当事者とふたりで突然やってくるなんて、おかしいというレベルをはるかに超えている。エリア51（アメリカ空軍基地。エイリアン研究施設という風説で有名）並みの異常さといったほうがいいかもしれない。

顔をあげたシシーの頬を、涙がぼろぼろとこぼれ落ちた。大きくふくらませてあった髪はぺしゃんこにつぶれ、ぼさぼさでお世辞にもきちんとしているとは言いがたい。奇抜なアイメイクが流れて、べとべとした黒いしみとなり、まるで悲しみにくれたパンダのようだ。

「わしゃしの、ふが、ほご、うぐ」シシーは涙ながらに訴えた。なにを言っているのかさっぱりわからないし、歯がぐらついているのか、口をあけるたびにひゅーひゅーという小さな甲高い音が洩れてくる。ベティに見事なアッパーカットを決められたときに、歯がゆるんだのだろう。

　デレインがシシーの肩をそっと叩いた。「あなたはしゃべらなくていいから」

「デレイン」セオドシアはすごむような声で言った。「なにがあったのよ！」

　デレインは唇を噛んだ。「いまさっき、フィデリティ証券からシシーのところに口座収支報告書が届いたんだけど、三百万ドルのほとんどが口座からなくなってるらしいの」

「はんびゅんはわひゃしのものらのよ！」シシーは金切り声で訴えた。「カーソンが離婚がしぇいりちゅしゅる前にじぇんぶ使っちゃったの！　死にゅ前に！」彼女は口を覆い、哀れを誘う泣き声をあげた。

「いいから、落ち着いて」デレインは言った。「きっと事務処理上の間違いよ」

「カーソンがあの女にあげたのかもひれないれしょ」シシーは怒ったように言い返した。

「ちょっと待って」セオドシアはデレインに言った。「シシーの要領を得ない話はともかく、どうもしっくりこないわ。五時間前、彼女はヒステリーを起こした泣き妖精（バンシー）みたいに暴れて、あなたの店から追い出されたのよ。その彼女がいまは、あなたの肩に顔をうずめて泣いてるなんておかしいじゃないの」

「わかってる、わかってるわよ」デレインは言った。「でも、この人ったら、すっごく取り乱しちゃって、めそめそ泣きながらうちの店にやってきたんだもの。どうすればよかったわけ？」

「われわれの店先に放り出せばよかったではないか」ドレイトンが言った。

デレインはつんと上を向いて、盛大に鼻を鳴らした。「気の毒なシシーによくしてあげて悪かったわね」彼女は憤懣やるかたないというように両手を高くあげた。「あたしにはこういう問題を解決するのはとてもじゃないけど無理。セオドシアみたいな才能ある探偵じゃないもの」

セオドシアはデレインのほうに頭を傾けた。「どうしてそう、人をばかにしたみたいな言い方をするの？」

デレインはたちまち弁解を始めた。「そんなつもりじゃないのよ、セオ。本当だってば。そもそも、シシーの口座からお金がなくなってるのは本当なんだから。全財産が消えてなくなったら、あなただって頭がどうにかなっちゃうでしょ？　泣き叫びたくもなるでしょ？」

「まあね」セオドシアは言った。もっとも、自分の身にそんな災難が降りかかるなんてありえない。万にひとつも。

「別居中のご主人が全額盗んで、どこかに隠したんじゃないかと思うのよね」デレインは言った。「そして、死んでしまった」彼女はおどろおどろしい表情をつくり、人差し指を立てた。「死んだ人からはもうなにも聞き出せない」

「だが、死んだ人間にも隠し場所はあるだろう」ドレイトンが言った。「あるいは隠し口座が。三百万ドルはかなりの大金で、わずか数週間で跡形もなく消えるわけがない。一気に使ってしまうのも無理だ」

「ラニアーさんがそのお金をベティにあげたんだとしたら？」デレインが押し殺した声で言った。

セオドシアはその可能性はあるだろうかと考えた。ひょっとしたら、カーソン・ラニアーはベティ・ベイツに三百万ドルをあたえたのかもしれない。彼女は色目を使って職場内不倫に誘いこみ、そのあとお金をだまし取って殺したのかもしれない。クロスボウで彼を始末し、いまはアシュレー・リバー・ロードの農場で贅沢に暮らしているのかも。

べつの可能性もある。ボブ・ガーヴァーがラニアーのお金に手をつけたとしたら？　ふたりは一時期、不動産事業で組んでいた。ガーヴァーがうまいことを言ってフィデリティ証券の口座のお金をおろさせたのかもしれない。

シシーはまだ泣きやまず、泣きべそと肩を震わせながらのすすり泣きとがあいまったような声を出している。ドレイトンが必死になってなだめ、熱いお茶を差し出したが、シシーが受け取ろうとするたびにカップがかちゃかちゃと揺れた。

セオドシアは、なくなったお金を説明する筋書きが、もうひとつあると思った。そもそも、お金はなくなってなどいなくて、すべてシシーのでっち上げかもしれない。アカデミー賞ものの悲劇のヒロインぶった演技を披露しているだけかもしれない。夫を殺害し、お金をわがものとしたうえで、すべてを失った気の毒な女性に見せかけようと、巧妙な工作をおこなっているとも考えられる。

セオドシアは目を細くして、シシーの様子をうかがった。あのわざとらしいむせび泣きは本物？　泣いているのは本当にお金をすべて失ったから？　それとも、その頰を落ちていくのは空涙？

「ひとつ考えがあるわ」セオドシアはゆっくりと切り出した。

デレインは眉根を寄せた。「どうするの？　かわいそうなシシーを変身でもさせるの？」デレインはシシーの面倒を見るのにうんざりしてきたのか、面倒くさそうな顔になりはじめていた。

シシーは涙ぐみながらも好奇心をおぼえたらしく、目もとをぬぐった。「考えって？」

「わたしのおじさんに会うの」セオドシアは言った。

「弁護士のジェレミー・アルストンだな」ドレイトンが言った。「それは妙案だ。こういうことは専門家にまかせるのがいちばんだ。お金がどうなったのか、彼に突きとめてもらえばいい。セオドシアのおじさんならば、必ずや真相を探り出してくれるだろう」

デレインは着飾った首振り人形のようにうなずいている。「いい考えね」バッグからハンカチを出してシシーに差し出した。「あなたはどう思う？　それならできそう？」

シシーはハンカチを受け取り、鼻をぬぐってうなずいた。「ええ」

「よかった」セオドシアは言った。「これで決まりね。明日の朝いちばんにおじさんに電話して、会う日を決めておくわ」

シシーは泣き腫らした赤い目でセオドシアを見つめた。「ありがとう」けれども、泣いていたし、歯がぐらついてひゅーひゅーと音が洩れるし、鼻が詰まっているしで、〝あじがどう〟と言っているようにしか聞こえなかった。

「ほらね？」デレインは言った。「セオドシアに相談すれば万事うまくいくの。彼女はなんでも知ってるんだから」

「そうならいいけど」セオドシアは言った。

「思い出した」デレインはおかまいなしにつづけた。「急いで実行委員会との最終打ち合わせに行かなきゃならないんだった。金曜日にはカロライナ・キャット・ショーが始まるのよ、信じられる？　もう、やんなっちゃう！」

「すばらしいイベントになることだろうな」ドレイトンが言った。

セオドシアはシシーの肩に手を置いて、安心させるようにほほえんだ。

「ねえ、シシー、明日はご主人の追悼会に出るの？」キャピタル銀行とヘリテッジ協会が合同で、気品あふれるチャールストン図書館協会での追悼式を計画していると話に聞いていた。

シシーはもう一度鼻をこすり、なけなしの自尊心をかき集めてせせら笑った。

「なに冗談ひっ てんの？　カーソンが火葬されなひなら、真っ赤なドレスを着てお墓のうえで踊ってやるわ！」

セオドシアは〈スクリーミン・ビーニーズ・コーヒーショップ〉までの三ブロックを走って、リンダ・ピカレルとの約束の時間にかろうじて間に合った。

リンダは長身で痩せぎす、赤みがかったブロンドの髪はちりちりで、目の覚めるような緑色の目をしていた。薄手のピンク色のトップスに、ペイズリー柄のロングスカートを合わせている。とてもボヘミアンな感じで、エコな暮らしを提唱する《マザー・アース・ニュース》誌から抜け出てきたようだった。リンダは開口いちばん、セオドシアに言った。

「ばれたらくびになるかもしれません」

「企業秘密を話してほしいわけじゃないの」セオドシアは言った。「連邦預金保険公社（FDIC）が大事にしている銀行業務上の機密を洩らせという話でもないわ」

リンダは落ち着きのないウサギのように鼻をひくつかせると、自分のコーヒーカップから少し飲んだ。「じゃあ、どんなことが知りたいんでしょう？　ヘイリーの話だと、なにか質問があるということでしたけど」

「質問というほどのことじゃなくて、銀行のことでいくつか、あなたのざっくばらんな感想が知りたいだけよ」変にあせってリンダを怯えさせたくなかった。

「話がよくわからないんですけど」リンダは言った。「ざっくばらんな感想って……？」

「カーソン・ラニアーさんになにがあったかは知ってるわね？」

リンダは相手をじっと見つめた。「ラニアーさんは亡くなりました。殺されたんです」

「あなたはベティ・ベイツさんとも知り合い？」

「そうですけど」リンダは言った。「でもそれがなんの……」

「聞いた話では、ベティ・ベイツさんとカーソン・ラニアーさんは個人的に親しかったとか」

リンダは顔をしかめた。「どういう意味でしょう？」

セオドシアは大きく息を吸った。ふたりの不適切な関係をもう少し具体的に言わなくてはならないようだ。「そのふたりが親密な仲で、恋愛関係にあったという噂があるの」

「ちょっと。なんですか、それは？」リンダは唖然とした顔になった。「ベティとラニアーさん？　それはないわ」

「本当に？」

「絶対にたしかです」

セオドシアは少しちがう方面から攻めることにした。「そう、わかった。ベティがカーソン・ラニアーさんと同じ仕事をめぐって争っていた件についてはなにかご存じ？」

リンダは肩をすくめた。「ええ……まあ。数カ月ほど前、あのふたりは代表取締役副頭取の候補になったんですけど、なんとしてでも選ばれようとふたりとも必死だったんです。わたしたち女性陣はベティが選ばれるといいなと思ってました。彼女こそ、その職にふさわしいと思っていたので。あなたもご存じでしょう。女性は銀行というトーテムポールのいちばん下からスタートするけれど、いずれはトップに立ちたいという希望を持っているものなんです」

セオドシアはわかるわ、というようにうなずいて先をうながした。

「悲しいことですが、けっきょくは事務的な仕事ばかりをやらされ、やりがいのある仕事を手に入れる男性社員の研修を担当しているのが実情ですけど」

「そんなのおかしいわ」セオドシアにも女性社員の苛立ちはよくわかる。そして、ベティ・ベイツが怒るのももっともだと思う。

「ええ、おかしいです」リンダは言った。「銀行で大きな集まりがあったんですけど、会議室にいた全員が昂奮に胸をときめかせてました。すると、当行のグリムリー頭取がカーソン・ラニアーが新副頭取になると告げたんです」

「ベティはがっかりしたようだった？」

リンダはコーヒーをひとくち、さっと飲んだ。「当たり前じゃないですか。ラニアーさんの名前が告げられたときのベティの顔を見せてあげたかったわ。全員が如才なく拍手しはじめたけど、彼女はむっとしたように顔をこわばらせているだけでした」リンダはそこでひと呼吸おいた。「落胆していたんだと思います。あるいは怒っていたのか。彼を殺してやりたいとでも思っているようでした」

そのリンダの言葉が、次の質問をするいいきっかけになった。

「キャピタル銀行の人たちは、カーソン・ラニアーさんが殺害されたことをどう考えているの？」

「みんな、どう考えていいかわからないようです」リンダは自分のコーヒーにマドラーを挿し、ゆっくりかきまわした。「なんだか謎めいてますよね。警察が銀行を訪れて、何人かから話を聞いていったのは知っています。その大半はラニアーさんと仕事をしていたお偉いさんですけど。でも、それ以降、わたしたちの耳にはなにも入ってきてません。新聞の記事を読んだかぎりでは、警察はまだひとりの容疑者もつかんでいないようです」

「銀行のなかに容疑者はいると思う？」

リンダはセオドシアをじっと見つめた。「なにをおっしゃりたいのかはわかります。ベティにあんなことがやれたと思うかと訊いているんですよね」

「どう？」

リンダは首を横に振った。「ありえません。ベティはわたしたちの仲間です。もともと男性優位の業界で出世しようと懸命な努力をしてきた女性なんです」

「それだからこそよけいに、ベティがラニアーさんを恨みに思う動機になるとは考えられない？」

「わかりません」リンダは言った。「ベティにかぎって、そんなことはないと思いたいですけど」

セオドシアが自宅の前に車をとめようとしたとき、携帯電話が鳴った。出てみると、ドレイトンがあわてふためいてかけてきたのだった。

「助けてほしい」

「どうかしたの？」

「いまさっき、ティモシーから電話があったのだ。自宅で緊急事態が発生したそうだ」

「あなたはいまどこにいるの？　自宅？　車で迎えに行きましょうか？」

「いや、いい。いますぐティモシーの家に向かうから。ほんの二ブロックほどの距離だ。向こうで落ち合おう、いいね？」

「ええ、でも、いったいなにをそんな……」言いかけたところで、電話の向こうからツーッーという音が聞こえた。ドレイトンはすでに電話を切っていた。

17

セオドシアは戦闘機のパイロットのように猛然とやってくると、ティモシーの自宅前で急停止した。タイヤが縁石にこすれてキューッと鳴った。愛車を飛び降りると、玄関ステップを駆けあがり、広々としたポーチを騒々しく突っ切って、大きな両開きドアを叩いた。

二秒後、ドレイトンが出てきて、なかに入れてくれた。

「よかった、来てくれて」ドレイトンの顔からは、ティモシーがどのような状況に置かれているのかさっぱりわからなかった。

「どうしたの？」セオドシアは訊いた。「ティモシーは大丈夫？　心臓がどうかしたんじゃないわよね？」ティモシーは心臓の鼓動が異様に速くなった過去があるし、高齢なのでどうしても心配になる。

「そういうことではない。ティモシーの心臓はなんの問題もないよ。それどころか、われわれよりも長生きするかもしれん。だが、ひじょうに妙なことがあったので、きみにもぜひ見てもらいたいと思ってね」ドレイトンは指をくいっと動かした。「ついてきてくれたまえ」

セオドシアは一世紀近く壁にかかっているネヴィル家の祖先の肖像画に目をやりながら、

ドレイトンのあとをついて長い廊下を歩いた。やがてドレイトンは進路を変え、ヴィクトリア朝風の大広間に案内した。深紅の壁紙とサクラ材の鏡板のせいで、セオドシアが常々赤い部屋と心のなかで思っている部屋だ。

ティモシーは彫刻をほどこした大きな白大理石の暖炉を前に、赤いブロケード生地を張ったウィングチェアにすわっていた。ひとり考え事をしているうちに火が小さくなったのか、わずかばかりの燃えさしが赤く輝くだけになっている。ワインセラーに保管している、一九六二年のモンラッシェの最後の一本をあけるかどうか、悩んでいるのだろう。

あるいは、それとはべつのこと？　ドレイトンの口ぶりからすると、緊急の用件らしいけど。

「来てくれたか。助かった」ティモシーは脚を組んで、ずいぶん落ち着き払ったようによそおっているが、顔の筋肉がぴくぴくしていた。

セオドシアは顔に落ちた髪を払った。「ねえ、なにがあったのか早く教えて」

ティモシーは許可をあたえる皇帝のように片手をあげた。「彼女に見せてやってくれ」とドレイトンに言った。

「こっちだ」ドレイトンが言った。彼は大きな出窓の前に置かれたアンティークのゲーム用テーブルの横に立っていた。テーブルはクルミ材でできたクイーン・アン様式のもので、複雑な彫刻をほどこした椅子が二脚、両側に置いてある。「ティモシーのもとにきょう、ひじょうに謎めいた手紙が届いたのだが、きみにも見てもらったほうがいいと思ってね」

セオドシアは胸に恐怖が宿るのを感じながら、テーブルのほうに移動した。いったいどういうこと?

テーブルの中央、革を張ったところに一枚の紙が置いてあった。一般的なプリンタまたはコピー機で使われる、横八インチ半、縦十一インチの紙よりも小さい。大きさはおそらく横六インチ、縦九インチだろう、色は白で、とくに上質なものというわけではない。真ん中に手書きのメッセージがあった。


次はおまえだ。


「どこから来たの?」セオドシアは訊いた。「きょうの郵便物に交じっていたの?」

「そうではない」ティモシーは言った。「玄関の真鍮でできた郵便物投入口から何者かがこっそり入れたにちがいない。帰宅したら、入ってすぐのところに落ちていた」

「直接届けられたのだろうな」ドレイトンが言った。

「きょうは家のなかに誰かいたの?」セオドシアは訊いた。「洗濯の女性とか、家政婦とか、庭師とか。誰かこれを置いていった人を見ているかもしれないわ」

「きょうは誰も来る予定がなかったのだ」ティモシーは言った。「ゆえに、誰もいなかった」

「ヘンリーはどうしたの?」ティモシーには何十年と仕えている信頼のおける執事がいる。

「ヘンリーはもう半分隠居したようなものだ。金曜日だけ顔を出すことが多くなっているので、家のなかの仕事をふたりで見直しているところだ」

セオドシアはもっとよく見ようと手紙に顔を近づけた。活字体で書かれた文字はこれといった特徴がなく、やや子どもっぽい感じがするものの、考えてみれば活字体は誰が書いても少し子どもっぽく見えるのが普通だ。手紙に手を触れてみたが、すぐに引っこめた。得体の知れない不吉な存在のように、いまある場所から動かさずにじっと見つめた。エドガー・アラン・ポーの小説で描かれた〝告げ口心臓〟を見るような目で。

「どう思う？」ドレイトンが訊いた。

セオドシアはその質問は自分に向けられたものだと理解した。「これは武器展のことを言ってるのよね？　なにがなんでも武器展を中止させるつもりなんだわ。中止しないなら……」最後までは言わずにおいた。

「ジャッド・ハーカーが書いたものだと思うかね？」ドレイトンが訊いた。

「そうかもね。でも、そうじゃないかもしれない」セオドシアはティモシーのほうを向いた。「わたしたちに話しておかなくてはならないような敵はいる？」

「そんなものはひとりもおらん」ティモシーは言った。「他人を怒らせたことくらいは何度かあると思うが、こんな脅しを受けるようないわれはない」

「これはまずまちがいなく脅迫だわ」セオドシアは言った。「このあいだの日曜の夜に、この屋上であんな事件があったんだから、この手紙を軽視するのは禁物よ。つまり、警察に通報しなきゃだめってこと」

ティモシーは眉根を寄せた。「子どもっぽい字で書かれた手紙のような取るに足りないことで、警察をわずらわせるのはいかがなものかな」

「取るに足りないこととは言えんよ」ドレイトンが言った。「セオドシアの言うとおりだ。早く警察に届けたほうがいい」

「いますぐ電話するわ」セオドシアはティモシーが反対するか、文句を言うより先にそうするつもりだった。

けれどもティモシーはがっくりとうなだれ、こう言った。「いいだろう」


三十分後、ライリー刑事がやってきたのを見て、セオドシアはほっと胸をなでおろした。しかもなんと、上司であるバート・ティドウェル刑事まで同行していた。

「びっくりしたよ」全員が握手をし、礼儀正しくも緊張気味に紹介し合うと、ティモシーが言った。「ふたりともおいでになるとは思ってもいなかったのでね」

ライリー刑事は愛想よくうなずいた。「先だっての晩に殺人事件があったことを考慮しまして……」

「手紙を拝見したい」ティドウェル刑事がいかめしい声で割って入った。「どこにあるのですかな？」

「こちらに」ドレイトンが刑事ふたりを引き連れ、ふかふかのオービュッソン絨緞を歩いていき、ゲーム用テーブルに近づいた。「これです」

ティドウェル刑事がテーブルの前で足をとめ、巨体をかがめた。言葉遣いが正確かをたしかめるように、口を小さく動かしながら読んでいく。それから、目をしばたたき、体を起こした。「手を触れたのはどなたです？」

「わたしだけだ」ティモシーは言った。

「家のなかにはほかに誰もいないのですかな？」ティドウェル刑事は訊いた。

「きょうはおらん」ティモシーは答えた。

「あなたはきょう、どこにおられたのでしょう？」

「ヘリテッジ協会だ」ティモシーは言った。「ちょうど最後の仕上げをしているところなものでね、このたび開催する予定の……」

「ええ、〈めずらしい武器展〉があるのは存じております」ティドウェル刑事は言った。「先だっての晩、ミスタ・ラニアーの肝臓と脾臓を引き裂いたのと似たような武器を多数、展示するそうですな」

セオドシアはティドウェル刑事の露骨な描写に青ざめたものの、もっとたくさんの情報を聞き出そうと心に決めた。「関係はあると思う？」ずっと黙っていたが、ようやく一歩前に進み出てティドウェル刑事と相対した。「同じ犯人の仕業かしら？」

刑事は彼女をにらみすえた。「あなたは偶然というものを信じますかな？」

「正直言って、これが偶然とはとてもじゃないけど思えない」

「わたしも同意見です」ティドウェル刑事がそう言ってさっと手を振り動かすと、ライリー刑事が進み出た。ライリー刑事は紫色をしたニトリルゴムの手袋をはめ、それから慎重に手紙を手に取った。伝染病で死んだネズミを扱うようにこわごわ持ちあげ、大きな証拠品袋にするりとおさめた。

ティドウェル刑事はティモシーに視線を移した。「武器展は中止したほうがいいでしょうな」

ティモシーは露骨にいやそうな顔をして、首を横に振った。

「それは無理だ。ヘリテッジ協会にとって大事な展示会なものでね。著名なコレクターたちもやってくる。寄付をしてくれる大事な人たちもだ」

「あなたの命も同じように大事ではありませんか」ティドウェル刑事は言った。「イベントの中止を検討なさることをお勧めします」

「ありえん」ティモシーは言った。

ティドウェル刑事は体をうしろにそらせた。「まったく正気の沙汰とは思えない」と小声でつぶやいた。

「ティドウェル刑事」セオドシアは呼びかけた。「ジャッド・ハーカーさんはいまもラニアーさん殺害の容疑者なんでしょ?」

ティドウェル刑事は卵に似た大きな形の頭でそっけなくうなずいた。

「しかも、ティモシーが予定している展示会に声高に反対していた」

「なにをおっしゃろうというのですかな?」

「だったら、どうしてハーカーさんは今回の手紙の件でも重要容疑者と見なされないの？」

「見なしていないとは言っておりません」

「けっこう」ドレイトンは言った。「ならば、彼から事情聴取をすべきでしょう」

「いますぐふたりでその男を問いつめましょう」ライリー刑事が言った。「鉄は熱いうちに打てと言うじゃないですか」

「だめだ」ティドウェル刑事は言った。「ライリー刑事、きみはその手紙を鑑識に届けろ。わたしがハーカーに会って話す」

「彼の自宅はわかってるの？」セオドシアは訊いた。

「われわれの必死の努力もむなしく、ハーカーの住所はいまだつかめておりません」ティドウェル刑事は言った。「そういうわけで、ハーカーがときどき働いているという〈スタッグウッド・イン〉まで、あなたにも同行願いたい。求める答えが得られるまで、あなたとわたしとで経営者を問いつめるのです」刑事はすっくと立ちあがり、重たげな目で周囲を見まわした。「もっといい考えがある人は？」

ひとりもいなかった。

〈スタッグウッド・イン〉のロビーにあるフロントにティドウェル刑事と歩み寄りながら、セオドシアはささやかな昂奮を感じていた。ティドウェル刑事が実際の事情聴取に同行させてくれるなんて、夢にも思っていなかった。もしかしたら、セオドシアの気持ちをもてあそんでいるだけかもしれないけど。それもまもなくはっきりする。

ツイードのジャケット姿で〝D・J・バートン〟と記された真鍮の名札をつけた年配男性が、今夜のフロント担当だった。彼はセオドシアたちにほほえんだ。

「ご予約はなさってますか?」

「予約は必要ないんですよ。客ではありませんのでね」ティドウェル刑事は言った。

「はあ」バートンは戸惑いぎみに言った。「では……ご用件はなんでしょう?」

ティドウェル刑事はくたびれた革のケースを出し、ひらいて見せた。金色のバッジが光を受けてまぶしく光った。「支配人の方と話がしたいのですが」

「クーパーさんは今夜、オフィスにいらっしゃる?」セオドシアは訊いた。

「いいえ」バートンは答えた。「帰宅しました。と言っても——筋向かいのアパートメントですが」彼は困ったような表情になった。

「アパートメントの場所はご存じですかな?」ティドウェル刑事はセオドシアに訊いた。

「たぶん、わかると思うけど」セオドシアはそう言うと、バートンに目を向けた。「部屋の番号は?」

「二十七号室」フロント係は言った。「裏のパティオを突っ切って、ジャスミンがからまるトレリスの奥です」

「ありがとう」セオドシアは言った。

「大型ごみ容器のすぐ手前です」

ティドウェル刑事は目をぐるりとまわした。「すばらしい」

ミッチェル・クーパーは自宅に押しかけられ、気分を害したようだった。テレビを見ていたようだ。ボリュームはめいっぱいあげてあり、見ていたのは『バチェラー』のようだとセオドシアは当たりをつけた。

なんにせよ、クーパーはリモコンで恥ずかしい番組を急いで消し、セオドシアたちを玄関で出迎えた。

ティドウェル刑事はジャッド・ハーカーの住所がどうしても知りたいのだとぶっきらぼうに説明したが、ティモシーのもとに脅迫の手紙が届いた件には触れなかった。

「それはもう、誰かから聞いてるんじゃないですか？」クーパーは言った。「そのはずですけどね」刑事がなにも答えないのでクーパーは言った。「わかりました、ちょっと待ってください。靴を履かないと」

クーパーの靴というのは履き古した革のスリッパで、パティオを突っ切るあいだ、ずっとペタペタと大きな音がした。彼は先に立って裏口に向かい、厨房を抜け、階段下のオフィスに入った。明かりをつけ、目がくらんだようにあたりを見まわした。「さてと、従業員名簿はどこに置いたっけかな」

「本当に助かります」セオドシアは言い、一方のティドウェル刑事はイースター島の巨大な物言わぬ石像のように突っ立っているだけだった。

クーパーは眼鏡をかけ、傾いてつっかえ棒をした棚に並ぶ三つ穴のバインダーに目をこらした。「ふむ」バインダーの背を指でなぞっていく。「これだ」彼は顔をあげた。「ジャッド・ハーカーでしたね？」

「そうです」ティドウェル刑事は言った。

クーパーはいくつかの仕切りとページをめくった。「どれどれ……」

「あるのかないのかはっきりしていただきたいですな」ティドウェル刑事がしびれを切らしたように言った。「ご存じでしょうが、最初に教わった下宿屋の住所は古いものでした。ミスタ・ハーカーはもうそこには住んでおりません。何度か新しい情報をとお願いしたにもかかわらず、いまだになしのつぶてでして」

「それはもう聞きました」クーパーはまだ、従業員名簿をぱらぱらめくっている。「見つかりました。ジャッド・ハーカー」彼は眼鏡を押しあげた。「ノース・チャールストンのダンバー・ストリート七十六番地」

「たしかなんでしょうな？」ティドウェル刑事は訊いた。

「まちがいありません」クーパーは言った。

「お手数ですけど、いまの住所を書いてもらえませんか？」セオドシアは頼んだ。

「いいですよ」クーパーはデスクからメモ用紙を一枚取ると、住所を走り書きしてセオドシアに渡した。

書かれた文字を見たところ、クーパーの活字体はティモシーのもとに届いた脅迫の手紙に書かれていたものとは似ても似つかなかった。

「ありがとう」

「あなたのお手並み、しかと拝見しましたよ」ティドウェル刑事が言った。刑事のクラウン・ヴィクトリアで暗くなった街を飛ばし、ノース・チャールストンの住所に向かっていた。

「ミッチェル・クーパーの筆跡を見て、脅迫の手紙のものと一致するか確認したんですな」

「一致しなかった」セオドシアは言った。

「ええ、一致していませんでした」

「どうして？」セオドシアは訊いた。

「なにがどうしてなのですかな？」

「どうして、刑事さんとこうして一緒にいるのかしら？」

「一緒はおいやでしたか？　あなたの心臓が高鳴るのはこういうときではないのですか？本格的に捜査にくわわるときなのでは？」

「どっちとも言えないわ。だって、あまりにたくさんのことが次々に起こるんだもの。ひとつひとつをちゃんと理解するなんて無理」

「教えていただけますかな」ティドウェル刑事は言った。「そのひとつひとつとやらをすべて」

そこでセオドシアは大きく息をつくと、ティドウェル刑事の年季の入ったクラウン・ヴィクトリアのシートに埋もれた状態で、すべてを話した。シシー・ラニアーとベティ・ベイツがののしり合ったうえにつかみ合いの喧嘩をしたこと、オフィスの窓に石が投げつけられたこと、銃器店を訪れたこと、ボブ・ガーヴァーとの遭遇、シシーがフィデリティ証券に持っている口座のお金がなくなったと訴えていること。

話が終わってもティドウェル刑事がなにも言わないのを見て、セオドシアは言った。

「これでわたしが落ち着かない気持ちなのもわかったでしょ」

「容疑者とおぼしき連中がそれだけいるうえ、あなたはあまりに多くを知りすぎている」

「そうしようと思ったわけじゃないわ」セオドシアは言った。「たまたま、いいときにいい場所に居合わせただけ」そう言うと苦笑いした。「悪い場所と言うべきかもしれないけど」

「いずれにせよ、あなたのおかげで有益な情報がいくつか得られました」

「そうかしら」

ティドウェル刑事はうなずいた。「いまお聞きした話のいくつかは、通常の事情聴取では得られないたぐいの情報であり、新事実です」

車はリヴァーズ・アヴェニューを行き、チャールストン国際空港とノースウッズ・モールを通りすぎた。警察無線のスイッチが入っていたので、セオドシアはノイズ交じりに聞こえてくる通信指令係の略語を使った指示やコードを聞くともなしに聞いていた。大きなカクテルパーティの会場で昂奮したような話し声に囲まれている感じがする。ただし、ここにはおいしいバーボンサワーはないけれど。

やがていくつもの狭い道路をくねくねと進み、ようやくダンバー・ストリートに出た。暗い夜道をしばらく走ると、ティドウェル刑事は七十六番地の前でスピードをゆるめた。むやみに大きな古ぼけた建物で、見るからにワンルームのアパートだとわかる。玄関の横にひしゃげた金属の郵便受けが設置してあり、投入口が六つついていた。

「ミスタ・ハーカーはどの部屋の住人なのでしょうな」ティドウェル刑事がつぶやいた。

「六号室よ」

「でしたら、二階ですな」

ふたりはアプローチを進み、たわんだ玄関ポーチにあがってなかに入った。調理したジャガイモ（もしかしたら玉ネギかもしれない）のにおいがきつくただよっていた。ぎしぎしきしむ階段をのぼりながら、セオドシアは〈スタッグウッド・イン〉の奥の階段を思い出した。しかし、二階にあがってみても、〈スタッグウッド・イン〉のようなすてきなところはひとつもなかった。壁紙がはげかけ、カーペットが擦りきれ、料理のにおいがただようなかに狭い廊下がのびているだけだった。

「この部屋だわ」木で作った「6」が釘でとめてあるドアの前でセオドシアは足をとめた。

ティドウェル刑事が彼女を押しのけてノックした。しばらく待った。誰も出てこないので、刑事はもう一度ノックした。今度はもっと強く。

「出かけているのかもしれないわね」セオドシアは言った。

ティドウェル刑事はドアノブを握って揺さぶった。「ハーカーさん、警察です。あけてください」

それでもなんの反応もない。

「ここで本当に合っているのでしょうな？」ティドウェル刑事は訊いた。

「クーパーさんから教わった番号よ。ハーカーさんがまた引っ越していれば話はちがうけど」

ティドウェル刑事は大きく息を吐き出した。「無駄足になりましたな」

しかし、セオドシアはそう思わなかった。今夜わかったことから、またひとつ、小さなピースをパズルにはめこむことができた。

18

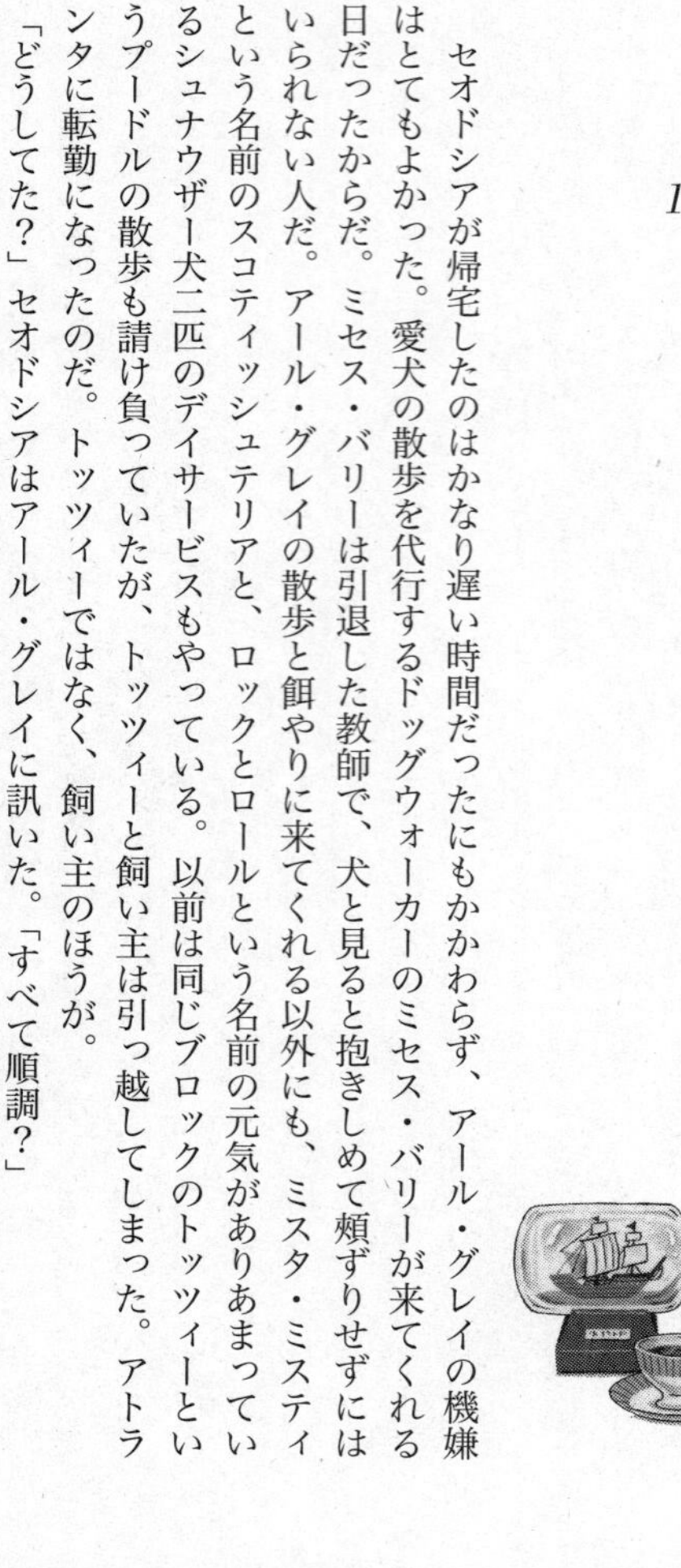

セオドシアが帰宅したのはかなり遅い時間だったにもかかわらず、アール・グレイの機嫌はとてもよかった。愛犬の散歩を代行するドッグウォーカーのミセス・バリーが来てくれる日だったからだ。ミセス・バリーは引退した教師で、犬と見ると抱きしめて頬ずりせずにはいられない人だ。アール・グレイの散歩と餌やりに来てくれる以外にも、ミスタ・ミスティという名前のスコティッシュテリアと、ロックとロールという名前の元気がありあまっているシュナウザー犬二匹のデイサービスもやっている。以前は同じブロックのトッツィーというプードルの散歩も請け負っていたが、トッツィーと飼い主は引っ越してしまった。アトランタに転勤になったのだ。トッツィーではなく、飼い主のほうが。

「どうしてた？」セオドシアはアール・グレイに訊いた。「すべて順調？」

アール・グレイは耳をぴんと立て、しっぽで床をぱたぱたと叩いた。

「忘れずにミセス・バリーに小切手を渡してくれた？」セオドシアはダイニングルームのテーブルに目をやり、小切手がなくなっているのを確認した。「よかった。これで来月の授業料の支払いがすんだわ」

アール・グレイはセオドシアのあとを追って二階にあがった。過ごしやすさと自分らしさを出したくて、これまでに何度か改装と模様替えを繰り返してきた。大きな寝室にはバスルームがついているし、小さな塔部屋には読書用にすわり心地のいい椅子とランプを置いてある。もうひとつあった寝室はウォークイン・クロゼットに改装した。自分を大事にする女性が、幅三フィートしかない時代遅れのクロゼットに着るものを全部詰めこめるはずがないからだ。少なくともセオドシアには無理。

「ねえ、提案があるんだけど」セオドシアは言った。「軽く走りにいかない?」

「グルル?」

「そう、これから。べつに無理にというわけじゃないけど。きょうはおかしな一日だったから、変に気持ちが高ぶってるの。二十分くらいでいいから、もやもやしたものを発散しに行きましょう」

十分後、セオドシアとアール・グレイは軽やかな足取りでミーティング・ストリートを走っていた。空は濃い藍色に染まり、雲の隙間から星々がのぞいている。あたりには渦巻く大西洋の潮のにおいが強くたちこめ、ジャスミンのかぐわしい香りと入り交じっていた。

半島のもっとも先端にある緑豊かなホワイト・ポイント公園に来ると、いつもわくわくした気持ちになる。木々を揺らす強い風。霧のなかにぼうっと浮かびあがる古い砲台。打ち寄せる波の音。牡蠣(かき)殻が散乱する小さな砂浜。向こう岸に目をやれば、灯台の赤と緑の光が頼もしそうに明滅している。ひとつだけ足りないものがあるとすれば、六カ月にわたる航海に出ている大きな船だ。

セオドシアとアール・グレイは芝の上を軽やかに走って、公園の端まで行った。ヴィクトリア朝様式の野外音楽堂をぐるっとひとまわりして、来た道を引き返した。たいした距離ではないものの、充実したものになった。わずかとはいえ、不足していたドーパミンが分泌されるくらいには。軽やかな水音をたてる噴水のわきの短い路地を進んで、シダが見事なまでに生い茂る庭のそばに出ると、そこからアーチデイル・ストリートに入った。ティモシーの自宅の前を通りすぎた。ティモシーは早寝早起きをモットーとしているので、家は真っ暗だ。けれども隣の〈スタッグウッド・イン〉のほうは、上階の部屋の明かりがいくつかついていた。

セオドシアは思わず三階の窓を見あげた。あの部屋に——なんという名前だったかしら? そうそう、ツリートップ・スイートだわ——誰かいるか確認したかった。窓は暗く、誰も泊まっていないように見える。もっとも、明かりを消した状態で起きていて、こっちを見おろしている人がいないともかぎらない。そう考えると背筋がぞっとした。

トラッド・ストリートを走るうち、インディゴ・ティーショップを始め十軒以上の小さな店の裏を走る趣深い路地を行こうと決めた。あそこなら静かだし、本格的に強くなってきた海風に当たらずにすむ。半分ほど行ったところで、どこかの裏口があいて、かすかな光がひと筋、セオドシアの行く先を照らした。ドアはすぐにいきおいよく閉まり、ぼんやりとした黒い人影が現われた。

「あら！」セオドシアは急に足をとめ、そのせいでアール・グレイは彼女のほうに引っ張られた。

金属が触れ合う軽やかな音——鍵かチェーンだろう——が聞こえ、少しびくびくした感じの耳障りのいい女性の声がした。

「こんばんは？　そこにいるのはどなた？」

「ああ、よかった、アレクシスだわ」セオドシアの口から思わず声が洩れた。「びっくりしちゃった」心臓が胸のなかでティンパニのソロのように脈打っていた。

アレクシス・ジェイムズは古風なキャリッジランプがちらちらとした光を発する薄明かりに目をこらした。

「セオドシア？」

「ええ、わたし」セオドシアは言った。人なつこい顔が見えたのと、ちょうどハイク・ギャラリーのすぐ裏に足をとめたのがわかってほっとした。「不審者だと思わせたかったわけじゃないの」

「わかってる」アレクシスはにこやかにほほえんだ。「店主仲間に会えてうれしいわ」それからすばやくアール・グレイに視線を移した。「ああら、とってもかわいいワンちゃんだこと。このすてきなお友だちは誰？」アレクシスはすでに膝をついて手をのばし、持ちあげた犬の前脚を握っていた。「しかも、こうやってちゃんと握手ができるなんて、りっぱな紳士だわ」

「その子はアール・グレイというの」セオドシアは言った。「うちの店の看板犬としても知られているのよ。握手をするし、誰に対しても愛想がいいし、顎の下や、もふもふの体のどこかをかいてやると、盛大にキスしてくれるわ」

「まあ、なんていい子」アレクシスは言った。「あ、わたしのことは気にしないで。動物が近くにいるとめろめろになっちゃうの。とくに犬と猫。馬にも弱いけど。子ジカや子どものアライグマもね」

「わたしもよ」セオドシアは言った。「動物はみんな好き」それから、ふたり並んで路地を歩きはじめた。「遅くまで仕事をしてるのね」

「まあね。まだ店を始めたばかりだもの」アレクシスは言った。「画廊の経営って、当初の予想の十倍もの時間とエネルギーがかかる感じ。でも、長時間働かなきゃいけない事情は、あなたもよくわかってるわよね」

「ええ」セオドシアは言った。「いまだに、いつになったらこれで充分という気持ちになるのかわからないわ。開業してもう何年にもなるのに」

「きょうのはすごかったわね」アレクシスは切り出した。「ほら、ファッションショーのあれ」

「自分の目を疑っちゃったわ」

「ふたりとも知らない人だけど、いたたまれない気持ちになっちゃった」アレクシスは言った。

「デレインが気の毒だった。まあ、彼女のことだから、なんとか立ち直ってくれると思うけど」

ふたりは路地を出ると、街灯の下で足をとめた。

「ずいぶんスポーティな格好をしてるのね」アレクシスは言った。

「ジョギングをしていたから」

「犬と一緒に毎晩走ってるの？」

「ほとんど毎晩ね。天気がよければだけど」

アレクシスはいま来た路地を振り返った。

「わかるわ。霧が深かったり、雨が降ったりすると、ここの玉石はすごく滑りやすいものね。ひやひやしちゃう」

「あなたもジョギングをするの？」セオドシアは一緒に走る仲間ができるかもと思って訊いた。

「わたし？　ううん、もう無理。長年、ハイヒールを履いてるせいで、膝がきしむのよ」そこで小さく笑った。「いまは、エアロバイクのクラスでいらいらを発散させてるわ」

「楽しい？」セオドシアは訊いた。エアロバイクを使ったエクササイズについてはいろいろ話を聞いていて、以前から一度、やってみたいと思っていた。

アレクシスの頬がゆるんだ。

「すごくおもしろいわよ。エアロバイクをこぐと、老化した心臓がめいっぱい働くようになる感じがする。それに楽しいし。大勢の人と一緒に必死にこいでいると……元気がわいてくるの。ツール・ド・フランスで集団のひとりとして走っている気分とでもいうのかな。ロック・ミュージックががんがん鳴ってるけどね」

「おもしろそう！」

「だったら、近いうちにやってみれば？　あなたはああいうの得意じゃないかしら。すでに抜群の持久力をそなえてるみたいだし」

「いいわね」ジョギング仲間もいいけれど、一緒にワークアウトする仲間がいるのも楽しいにちがいない。

「じゃあ、こうしましょうか」アレクシスが提案した。「明日の夜、一緒に行くの。〈メトロ・スピン・サイクル〉には働いている人向けの夜間クラスがあるから。場所はわかる？」

「カンバーランド・ストリートのほうでしょ」

「じゃあ、決まりね。フロントで待ち合わせて、一緒に入りましょう。たしか、無料で受けられるクーポンがあったはず」

「最高！」

　自宅に戻ると、ピート・ライリー刑事が通りで待っていた。彼はマグノリアが落とす影から出ると言った。

「もしかして、きみたちふたりは毎晩、走りに出かけているのかい？」さっき、アレクシスがしたのと、だいたい同じ質問だった。

「ほぼ毎晩ね」セオドシアはライリーに歩み寄ると、つま先立ちになって、彼の唇にまともにキスをした。

ライリー刑事は放心状態からわれに返ると、にやりとした。「いつも、どのへんまで走るの？」

セオドシアは彼の手を取ると、先に立ってアプローチを歩き出した。

「今夜はホワイト・ポイント庭園までだったわ。せいぜい、三マイルというところ」

「じゃあ、ウォーミングアップ程度か」

「そうね」セオドシアは錠に鍵を挿した。「入って」明かりのスイッチを入れて見ていると、アール・グレイがライリー刑事を二回ほどくんくん嗅いでから、おもしろくないとばかりにどこかに行ってしまった。

「やれやれ」ライリー刑事は言った。「ぼくはいつもこうだ」

「そんなことはないでしょうに」ライリー刑事はとてもハンサムだし、自信にあふれているから、本気にしないほうがいい。

ライリー刑事は上着のポケットに手を入れ、カラフルな小ぶりのギフトバッグを出した。それをセオドシアに差し出した。

セオドシアは片方の眉をあげた。「なあに、これ？」

「たいしたものじゃないけど、気に入ってくれるんじゃないかと思って」

「おみやげね」セオドシアは袋の口をゆっくりとあけて、なかをのぞいた。「わあ、この香水、大好きなの。ありがとう」メゾン・マルジェラの〈レプリカ・ティーエスケープ〉という香水だった。

「きみを思い出す香りだから」ライリー刑事は言った。

「実際にお茶の成分が入っているから?」その香水はベルガモット、緑茶、スズラン、それにジャスミンがブレンドされていた。お茶を愛する南部女性にとって夢の香水だ。

「そのとおり」

「とてもうれしい。でも、どうしてプレゼントなんか?」彼をキッチンへと案内しながらセオドシアは訊いた。

「話をうまく運ぶために、かな」

「思わせぶりな言い方ね。それにちょっと怖いわ」

「話し合わなきゃいけないことがたくさんあってさ」

「だったら、お水があったほうがいい? それとも、ワインがいいかしら?」セオドシアは冷蔵庫をあけて、なかをのぞきこんだ。「シャブリとメルロー、どっちにする?」

ライリー刑事は片手をあげた。「遠慮しておくよ」

「まだ仕事中なの?」

「いや、くわしく話を聞きたいだけだ」

セオドシアは水のペットボトルを出してすばやくひとくち飲むと、キッチンテーブルに着いてライリー刑事と向かい合った。

「たいへんな一日だったわ」

「ティドウェル刑事との遠出はどうだった？」

「残念だけど、たいした収穫はなかった。ハーカーさんの住所はわかったけど、はるばるノース・チャールストンまで行ったのに留守だったの」

「家にいたけど居留守を使ったのかもしれないな」

「あるいは、もっとあくどいことをするつもりで、どこかの暗い路地をこそこそ歩きまわっているのかも」

「やれやれ、ぼくたちふたりとも、猜疑心が強すぎると思わないかい？」

「それが役にたつこともあるのよ」

「話さなきゃいけないことはほかにもあるはずだよ」

「ティドウェル刑事に話せることなら、あなたに話してもかまわないわよね」

「そのとおり。さあ、心の準備ができたら話してくれ」

セオドシアは水をもうひとくち飲んでから、ティドウェル刑事にしたのと同じように、その日一日の出来事を順序立てて説明した。シシー・ラニアーとベティ・ベイツがののしり合ったこと、それがとんでもない喧嘩にまで発展したこと、窓に石を投げつけられたこと、射撃クラブでガーヴァーと出会ったこと、そしてシシーが落胆した様子で店に現われ、フィデリティ証券の口座から全額が引き出されたと訴えたこと。

ライリー刑事はうなずきながら耳を傾けていたが、話が突拍子もないことになるにつれ、目を白黒させはじめた。セオドシアがティモシーのもとに脅迫状が届いた話で締めくくると、彼は言った。

「本当にいろいろあったんだね」

「もう、話したくてずっとうずうずしてたの」

ライリーは手をのばしてセオドシアを引き寄せ、またキスをした。「たいへんだったね。こんなことに巻きこまれるなんて」

「正直言って、最初は巻きこまれたいなんて思ってなかった。でもいまは……」

「いまはどっぷりはまりこんでいる」

「そうみたい」セオドシアは言った。「それと、これだけは言っておくわ。ラニアーさんを殺した犯人は誰かと訊かれたら、現時点ではジャッド・ハーカーさんに賭ける」

「その根拠は？」

「ハーカーさんがいちばん、まともじゃない感じがするから。武器展を中止させようとする運動がだんだん、あれはもう――ああいうのはなんて言うんだっけ？　そうそうイデオロギー論争にまで発展してる」

「でも、ほかの人たち――シシー・ラニアー、ベティ・ベイツ、ボブ・ガーヴァーのほうが、可能性としてはずっと高いんじゃないかな」ライリー刑事は言った。「三人はラニアーを亡き者にすることで利益が得られる。しかも、全員が強迫観念が強いときてる」

「南部ではそういうのを変わり者というの」セオドシアは言った。

「ただし、そのうちのひとりが危険なほど変わり者である可能性がある。でも、心配しなくていい。きみに話を聞いてきてもらうなんてことにはならないから」

「待って、それはどういうこと？」

「きみはこの件から手を引いて、あとは警察にまかせてほしいと言っているんだ」

「そうは言うけど、あなたたち警察はたいした成果をあげてないじゃない」

「これからはちがう」ライリー刑事は力強く言った。「あと一日か二日もすれば、きれいに解決してみせる」

「本当に？」セオドシアはそこまで楽観する気になれなかった。

「もちろんだ」ライリー刑事はいったん口をつぐんだ。「ところで、金曜の夜に盛大なパーティがあるそうだけど、どんなものなの？　キティ・キャット・クラブとかいうやつは？」

「あなたが言うと、ストリップクラブみたいに聞こえるわ」セオドシアは笑った。

「じゃあ、なんだっけ？」

「毛玉の舞踏会よ。大規模なカロライナ・キャット・ショーのあとにおこなわれる、デレインが企画した舞踏会」セオドシアはライリー刑事の表情をうかがった。「無理に行かなくてもいいのよ、本当に」

「ぼくがみすぼらしいネズミみたいに見えるんじゃないかと心配だから？」ライリー刑事は

からかった。

「そんなんじゃないわ。デレインに無理強いされたと思ってほしくないだけ」

「彼女のことなんか考えてもいなかったよ」ライリー刑事はセオドシアに顔を近づけ、またキスをした。

「そう、ならいいの」

フランスのお茶会

ルーヴル美術館の見学やギャラリー・ラファイエットでのショッピングを楽しんだあとは、フランスのお茶会の出番です。いただく場所はカジュアルに暖炉の前でも、気品あふれるテーブルでもかまいません。上等の銀器を磨き、上質な磁器を出しましょう。生花はもちろんのこと、白いキャンドルやシュガークリスタルも欠かせません。オーディオでエディット・ピアフの曲を流せば、ひと品めのクレームフレーシュを添えたラズベリーのスコーンをいっそう引き立ててくれることまちがいなし。ふた品めには、ほっぺが落ちそうなくらいおいしいカニのサラダをはさんだブリオッシュ、デザートにはマドレーヌかオペラケーキがぴったりです。パリのマリアージュ・フレールまでグルメなお茶を買いにいけなくても、サイトで注文できますよ。

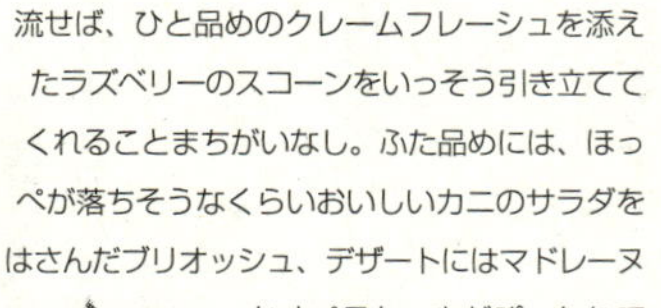

19

　捜査から手を引くとピート・ライリー刑事にはいちおう約束したけれど、カーソン・ラニアーの内輪の追悼式に出席するのはかまわないはず。セオドシアはそう判断した。

　そういうわけで、木曜の午前十時、彼女は追悼式の会場にいた。チャールストン図書館協会の大閲覧室で、ドレイトンとティモシーと並んですわっていた。

　豪勢な部屋だった。黒と白の大理石を敷きつめた床、気持ちのいい陽光が射しこむ天窓、気品あふれるパラディオ式窓。およそ四十脚の椅子が半円形にきちんと並べられ、その全部が埋まっていた。

　見ると、キャピタル銀行の大勢の重役に交じってベティ・ベイツの姿があった。ボブ・ガーヴァーも来ているが、最後列にすわってスマートフォンをいじっている。おそらく一石二鳥とばかりに、追悼式の場で狭苦しい思いをしつつ、不動産の取引をまとめようとしているのだろう。

　ティドウェル刑事もいた。食器店に迷いこんだ雄牛のように、いかにも場違いな様子でうしろに立っている。ううん、図書館に迷いこんだ雄牛と言うべきね。

けれども、遠くない将来にラニアー氏の元妻となるはずだったシシー、正確に言うなら未亡人となったシシーの姿はなかった。意外でもなんでもない。

「そろそろ式を始めてほしいものだな」ドレイトンがセオドシアに耳打ちした。「ミス・ディンプルとジェイミーに店をまかせて出てきたのが不安でね」

「まかされているのはそのふたりじゃないわ」セオドシアも小声で言った。「ヘイリーよ。しかも彼女はプロ。朝のティータイムくらいきっちりこなしてくれるわ」

「だが、午後にはティートロリーが立ち寄ることになっているではないか」

「落ち着いて」セオドシアは言った。「もっと気を大きく持つの」

ドレイトンのそわそわした気分がにじみ出て周囲にも蔓延したのか、大柄な男性が突然、中央通路を大股で歩いていき、演壇に立った。たっぷりとした白髪、血色のよい顔、着ているのは没個性的な、いかにも銀行勤めらしい三つ揃いのスーツだ。

「キャピタル銀行頭取のロジャー・グリムリーだ」ティモシーが小声で教えてくれた。

「そうだと思った」セオドシアは言った。

グリムリーは肉づきのいい手で抱えていたブロンズの骨壺を、全員に見えるよう、慎重に、ほとんど芝居がかった仕種で演壇に置いた。中身はかつてカーソン・ラニアーだったものだろう。

グリムリーは一同に心のこもった歓迎の言葉を述べると、両手で演壇をつかみ、カーソン・ラニアーの人となりをたくみな語りで描きはじめた。故人の意欲的な仕事ぶり、抜群の頭脳、地域社会への貢献を褒めたたえた。つづいてキャピタル銀行での在職期間の短さを嘆いた。

えんえんとつづくグリムリーの話を聞きながら、セオドシアは室内を見まわした。参列者の大半は無表情に前方を見つめ、数人の女性がハンカチで目もとをぬぐっている。ティドウエル刑事の姿はなくなっていた。

セオドシアは首をのばし、彼はどこかと探した。けれども、本当に帰ったようだ。沈みかけた船から逃げ出すネズミのように、出ていったのだろう。

二十五分後、グリムリーは息切れしていた。真っ赤な顔ではあはあえぎながら、参列者全員に向けてお礼の言葉を述べ、コーヒーとスイートロールを用意したのでぜひどうぞとうながした。

「スイートロールだと?」ドレイトンが小声で毒づいた。「なにも業務用のスイートロールなど出さなくとも、もっとまともなものがあるではないか。スコーンとか」

「誰もかれもがあなたのようないい趣味を持ち合わせているわけじゃないわ」セオドシアはたしなめた。「職人が手作りしたスコーンがあるなんて知らないのよ」

「らしいな」

参列者が立ちあがって帰ろうと——人によっては、そのまま残って軽食をつまもうとしはじめると、セオドシアは人混みをかきわけ、ボブ・ガーヴァーのあとを大急ぎで追った。彼が廊下に出ようとしたところをつかまえた。

「ガーヴァーさん」セオドシアは声をかけた。「少しお時間をいただけませんか?」

ガーヴァーはいじっていた携帯電話から顔をあげた。「ん?」そこであらためて目をこらした。「あんたか。このあいだの」

「いくつかうかがいたいことがあるんですが……」

ガーヴァーはぶっきらぼうにセオドシアを押しのけた。「時間がない」と顔だけをうしろに向けて言った。せせら笑うように口がゆがんでいる。「それに興味もないんでね」

「なんて失礼な人」セオドシアは言った。ガーヴァーにぶんぶん飛びまわる蚊のように追い払われたのは、これで二度めだ。

「わたしもあいつと話したいと思ってたのよ」すぐ近くで声がした。

振り返ると、ベティ・ベイツがじっとセオドシアを見ていた。とくに親しみのこもった表情をしていたわけではないものの、その目に敵意は浮かんでいなかった。本心を巧妙に隠しているのならべつだ。

「あの人が最重要容疑者なの」セオドシアは去っていくガーヴァーを指差して言った。

「あなたのおかげで、わたしも同じ扱いをされてるけど」ベティの口調は怒りを含んだ辛辣なものになっていた。「ふたりの刑事から根掘り葉掘り、いろんなことを訊かれて答えるはめになったわ。ついでに言っておくと、どっちも高飛車で礼儀知らずな刑事だった」

「たいへんだったのね」セオドシアは言った。ベティ・ベイツはどう見ても、はにかみ屋のかわいい花とはちがう。したたかで打たれ強い、正真正銘ビジネスのプロだ。出世の階段を自力でのぼってきたわけだから、判断力と機知に富んでいると思われる。ベティがラニアーの職務を手に入れるのもそう遠くないにちがいない。なにしろ、あいているのだから。

「わたしがラニアーと不倫してたと思ってるわけ?」ベティが訊いた。意識して押し殺した声が怒りで震えていた。「見当違いもいいところ」

セオドシアは相手の視線を受けとめた。「シシーから聞いた話とはちがうみたいだけど」

「あの人は頭がどうかしてる。夫をつなぎとめておくことができなかったものだから、行く先々で悪意のあるうそをまき散らしてるだけ」

「どうしたわけか、シシーのお金がごっそりなくなってしまったの」セオドシアは言った。

「ご主人が不倫相手のために使ったんじゃないかと心配してるわ」

「だったら、その相手は断じてわたしじゃないわ」ベティは言った。「ほかの誰かよ!」

セオドシアとドレイトンがインディゴ・ティーショップに戻ってきたのを見て、ミス・ディンプルの顔が大きくほころんだ。

「おかえりなさい」ミス・ディンプルは大声で出迎えた。それから表情をくもらせた。「お式はどうでした? おふたりは追悼式に出ているとヘイリーに聞きましたけど」

「とどこおりなく終わったよ」ドレイトンが言った。「いや、それよりも、店のほうはどんな具合だね?」

「なんの問題もありませんよ」ミス・ディンプルは陽気な七十代女性で、もう何年も店の帳簿を見てくれている。売掛金と買掛金の処理をするほか、ピンチヒッターを頼まれれば嬉々として店にも立ってくれる。「そうそう、いまこちらで働いている、あの若い男の子がいますでしょ」ミス・ディンプルはドレイトンにぐっと顔を近づけた。「あの子を手放してはいけませんよ。ジェイミーはめったにいない逸材ですから」小柄でぽっちゃりしたミス・ディンプルがくすくす笑うと、小さなお団子に結った頭とリンゴのようなほっぺの顔から、サイズ五の華奢な足にいたるまで、五フィート一インチの体がぶるぶると震えた。

「ほう、そうかね」ドレイトンは顔をしかめながら水玉模様の蝶ネクタイに手をやった。

「べた褒めじゃないの、ミス・ディンプル」セオドシアは言った。

「そうそう、ドレイトンに荷物が届いていましたよ」ミス・ディンプルは言った。「なくしたら大変だと思って、お茶が並んでいる棚に置いておきました」

セオドシアはパリのウェイター風の黒いエプロンを頭からかぶって、ひもをしばった。

「さてと、いまはどうなってるの？　どんな状況？」

ミス・ディンプルはティールームのほうを向いてうなずいた。「みなさん、そろそろ朝のお茶を飲み終える頃ですね。それと、ヘイリーがランチのメニューを教えてくれるそうですよ」

「じゃあ、厨房に行ってヘイリーの発表を聞きましょう」セオドシアは言った。「ドレイトンはカウンターの片づけがあるのよね」

「そのとおりだ」ドレイトンはカウンターに入った。「おそらく、とんでもなく散らかっているだろうからな」

ミス・ディンプルの声が彼の耳に届いた。「あら、そんなことありませんよ」

「きょうのランチはおいしいメニューをたくさん用意したんだ」セオドシアとミス・ディンプルが狭苦しい厨房に入ってきたのを見て、ヘイリーが言った。「海老サラダをはさんだクロワッサンでしょ、ローストビーフとホースラディッシュのサンドイッチでしょ、それにもうひとつ、フレンチトーストのオーブン焼きがもうすぐ焼きあがるわ」

「フレンチトーストのオーブン焼きですって？」ミス・ディンプルが言った。「それはいったいどんなものなの？」

「シナモンとお砂糖、それに卵とバターをこれでもかと使った、こってりとコクがあるフレンチトーストなんだ」

「んまあ」ミス・ディンプルは言った。

「スイーツは？」セオドシアは訊いた。「デザートってことだけど」

「そっちもちゃんとあるよ。レッドベルベット・カップケーキと洋梨のスコーン」

「わき目もふらずに作ってましたものねえ」ミス・ディンプルが言った。

ヘイリーはにっこりとした。顔に小麦粉の白い筋がついているせいであどけなく見える。

「なかなかのもんでしょ？」

「すばらしいのひとことですよ」ミス・ディンプルは言った。「こんな狭苦しい厨房なのに、どうやったらあれやこれやできるんでしょうねえ」

「全然たいしたことじゃないわ」ヘイリーは言った。「そもそも、ここはあたしの聖域。ここでいちばんえらいのはあたしなんだから」

「それに関しては誰も異議をとなえないわ」セオドシアは言った。

「それはともかく」とヘイリー。「お客さまが来たらすぐにでもランチの注文をとってかまわないから」

「注文をさばくのをお願いできる？」セオドシアはミス・ディンプルに訊いた。

「まかせてくださいな」ミス・ディンプルは請け合った。

ヘイリーは鍋つかみを手にはめた。「セオはなにをするの？」

「明日のプラムの花のお茶会の準備に手をつけておこうと思って」セオドシアは言った。

「すごーい」ヘイリーは言った。「ドレイトンがいつも言ってるけど、明日の心配をしはじめるのに早すぎるということはないもんね」

セオドシアは急いでティールームに出ると、ジェイミーの袖をつかんだ。「ねえ、時間はある？」

「うん、あるけど」ジェイミーは言った。「とりあえず、汚れた皿をさげさせて」彼はプラスチックの洗い桶を手に厨房に引っこみ、二秒後に戻ってきた。「で、なに？」

「ハイク・ギャラリーまでひとっ走りして、日本の骨董品が入った箱を持ってきてほしいの」

「明日のお茶会に使うやつ？」

「そう」セオドシアは言った。「ギャラリーのオーナーのアレクシス・ジェイムズさんが、飾りつけに使えそうな品をいくつかまとめておいてくれるそうなの。プラムの花と一緒にテーブルに飾る、小さめの品をね」

「いますぐ行ったほうがいい？」ジェイミーの声がハイク・ギャラリーに行ける楽しみではずんだ。

「そういうつもりで言ったんだけど」セオドシアが言うなり、ジェイミーはドアに向かって駆け出した。「でも、ジェイミー」彼の背中に呼びかけた。「気をつけて。やる気まんまんなのはいいけど、絶対に壊さないようにね」

セオドシアはふたつのテーブルの上を片づけ、お茶のおかわりを注ぎ、何人かのお客と世間話をし、瓶入りの蜂蜜の売り上げをレジに入力した。カウンターのほうを向くと、ドレイトンがあわただしく動きまわっていた。「やっぱりお茶の缶の並びがめちゃくちゃになってたの？」

「実を言うと、びっくりするほど整理されていたよ」ドレイトンは言った。「午前中はあまり忙しくなかったらしい」

「ミス・ディンプルの話では、テーブルは全部埋まっていたし、席によっては二回転したそうだけど」

「ほう、そうかね」ドレイトンはカウンターの下に手を入れ、気品あふれるピンク色のティーポットを出した。「わたしたちが追悼式の席にじっとすわっているあいだに、こんなものが配達されてきたよ」彼は卵の形をしたティーポットを両手でかかげた。持ち手とふたの部分が金色で、側面にはピンク色の花と小さな智天使が描かれている。

セオドシアは、あら、というように目を輝かせた。「一点ものね」

「リモージュ焼だ」ドレイトンは言った。「先週、アンダーソンの店で見つけてね、きのう、やはり手に入れようと決めたのだよ。電話をかけて、すぐに送ってほしいと頼んだというわけだ」

「作家の署名は入ってる？」

ドレイトンはティーポットを裏返した。「底に本物のリモージュ焼であることをしめす印がついているが、手がけた作家の署名はないな。署名入りだったら、買えたかどうかわからんよ」

「とにかく、とってすてきだわ」

「このピンク色の透明感といい、深みといい、すばらしいと思わんか？　しかも微妙な濃淡もいい。またとない逸品だ」

「まさにコレクターズアイテムね」

「これに合う砂糖入れを見つけたいものだ。十八世紀後半、とくにイギリスとフランスではひじょうに大きくて、特大サイズと言ってもいいような砂糖入れが好まれていたのは知っているかね？」

「なぜそんな大きくしたの？」

「当時の砂糖はかなり高価でね、大きな砂糖入れがテーブルに置いてあれば、裕福であることのわかりやすい証拠だったのだよ」

「現代人がばかでかいSUV車に乗りたがるようなものね」セオドシアは言った。

そのとき、おもてのドアがいきおいよくあいて、ジェイミーとアレクシスが入ってきた。ふたりとも大きな箱を抱えているせいで足もとがおぼつかず、ジェイミーにいたっては足場の不安定な山道を、ニトログリセリンの瓶を持って一歩一歩ゆっくり歩いているようなありさまだった。

セオドシアは手を貸そうとカウンターを飛び出した。「あとはわたしが運ぶわ」とアレクシスに声をかけた。

アレクシスはほっとしたように箱をセオドシアに渡した。「ありがとう。荷物を大量に運ばされる馬のような気分だったわ」彼女はそう言っておかしそうに笑った。

セオドシアは荷物をカウンターに置き、ジェイミーも運んできた箱をその隣に置いた。ドレイトンがなかをのぞきこみ、これでいいというようにうなずいた。

「すばらしいものばかりだ」

「いろいろ取り混ぜてみたの」アレクシスは言った。「扇、小ぶりの像、しゃれたポット数点。どれも日本のもので、すてきなテーブルをいっそう引き立ててくれること間違いなしよ」

「これなんか、すてき」セオドシアは志野焼の品をひとつ出した。乳白色の地に赤みがかった灰色の釉薬をほどこしてある。「大事な品だから、扱いには充分気をつけるわね」

「もうひとつ持ってきてあげたものがあるの」アレクシスはいたずらっぽくほほえんだ。ハンドバッグに手を入れ、《シューティング・スター》紙を出した。「きのう、ビル・グラスがデレインの店で写真をばしばし撮ってたのを覚えてる？」

「ええ、もちろん。いやだ、まさか、グラスがこともあろうに……？」

けれどもアレクシスは歯を見せて笑いながら、そのとおりよとばかりにうなずいていた。

「そういうこと。あのときの写真が一面を飾ってるの。古いマスコミの格言にあるでしょ。血が流れれば、トップニュースになるって」

ドレイトンが話にくわわった。「ビル・グラスが図々しくも、例のひどい写真を掲載したのかね？」

「ほら、見て」アレクシスは《シューティング・スター》紙をかかげた。「女子プロレスさながらの喧嘩をとらえた写真が三枚、どれもピントはしっかり合ってるし、色も鮮明でしょ」

セオドシアは写真に目をこらした。いちばん大きいものには、威嚇するような表情をしたシシーと、両のこぶしをかまえ、いまにもパンチを繰り出そうとしているベティ・ベイツが写っていた。ほかの二枚も同じようにひどいものだった。輪をかけてひどいと言っていいかもしれない。三枚のうち一枚には、床に大の字にのびているふたりが写っていた。

「見せてくれたまえ」ドレイトンはアレクシスの手から新聞を奪うと写真をじっと見つめ、それから一面に目を走らせた。「くだらん記事だ」と吐き捨てた。

アレクシスの目がぱっと輝いた。「ええ、たしかに。でも、けっきょくあなたも読んでいるじゃない」

セオドシアはくすっと笑った。「一本取られたわね、ドレイトン」

「ざっと斜め読みしただけだ」ドレイトンはぶっきらぼうに言った。「添えられている文章など悪趣味にもほどがある」

「それについてはあなたの言い分を認めてあげるわ、ドレイトン」アレクシスは言うと、セオドシアに目配せした。「今夜のはじめてのエアロバイクのレッスンに向けて、気分は盛りあがってる？」

「いまからわくわくしてるわ」そのとき、電話が鳴った。セオドシアは手をのばして受話器を取った。「インディゴ・ティーショップです」二秒ほど相手の話を聞いてから、喜びの声をあげた。「リビーおばさん！」

リビーおばさんは親戚のなかでも大好きな人だ。ラトレッジ・ロード沿いにあるケイン・リッジ農園に、話し相手兼家政婦のマーガレット・ローズ・リースと住んでいる。ふたりともケイン・リッジ農園での暮らしに満足していて、鳥たちに餌をやり、ほんのときたま、農園をめぐるツアーの案内をし、地元の教会に通い、仲間との読書クラブやブリッジの会を楽しんでいる。

「今度の週末、マーガレット・ローズと一緒に街まで出かける予定なの」リビーおばさんはセオドシアに言った。

「まあ、すてき」セオドシアは言った。「だったら、ぜひ、わたしの家に泊まって」

「ううん、いいの。いとこのリヴォニアのところに泊まるつもりだから。彼女の自宅はキング・ストリート沿いの大きなお屋敷なのだけど、ひとりでひっそりと暮らしているの。それこそ、莫大な数のお部屋があるのよ」

「ええ、知ってる。でも、最後に埃を払ったのはいつかしらね」いとこのリヴォニアは少しばかり自由奔放な精神の持ち主だ。ポーカーが好きで、競馬に興じ、ときどき葉巻もたしなむ。家事は棚上げどころか、屋根裏に追いやられていると言っていい。

「あのお屋敷をちゃんと掃除してからしばらくたっていることはたしかでしょうね」リビーおばさんは言った。「でも、あなたに迷惑をかけたり、邪魔をするようなことはしたくないの。そもそも、ふたりとも年寄りだから、九時には床につきたいし」

「だったら、明日、お店のランチにはぜひ来てちょうだい。ブロード・ストリート・ガーデンクラブの依頼で、プラムの花のお茶会を開催するけど、まだ何席かあきがあるの」

「あら、いいわね。あなたの手をわずらわせるのでなければ、だけど」

「面倒なんかじゃないわ」セオドシアは店内をぐるっと見まわし、ミス・ディンプルがふたりのお客を席に案内し、ドレイトンがアレクシスにお茶を注いでいるのを確認した。「来てくれるなら大歓迎。ミッジ・ビンクリーは知ってるでしょ。いまは彼女がガーデンクラブの会長なの」

「ご主人が半ズボンを穿いてる頃からミッジのことは知ってるわ。彼女と再会できるなんて、とても楽しみ」

「よかった。じゃあ、またそのときに」セオドシアは電話を切り、カウンターごしにアレクシスにほほえんだ。

「うれしそうね」アレクシスは言った。

「ええ、とっても。おばのリビーが街に来るの」

「リドル農場の近くに住んでいる方？」

「ええ、そう」

「いつかお会いしたいわ。共通の知り合いが何人かいるみたいだから」

「だったら、あなたも明日のプラムの花のお茶会に来ない？　そもそも、招待しなくてごめんなさい。あとふたり分、席があいてるの」

「決まりね」アレクシスは言った。「ぜひうかがうわ」

20

セオドシアはデスクに着くと、山のようにたまった書類を押しやった。「きょうやらなきゃいけないのは……」とひとりごとをつぶやく。「第一に、やることリストを見つけること」

ううん、べつにそんなことをしなくてもいいのかも。ゆったりと流れに身をまかせたほうがいいような気がする。つまり、ティートロリーのツアー客を歓待する以外は……。

裏口を鋭くノックする音がした。

誰かしら？

オフィスを突っ切り、ドアの鍵を解除しておそるおそるあけた。うれしいことに、お気に入りのスイートグラスのバスケット職人、ミス・ジョゼットのにこやかな笑顔が目の前にあった。

「きょう来るなんて聞いてないわ」セオドシアははじけるような笑顔になった。ミス・ジョゼットの顔を見ると、いつも幸せな気分になれる。根っからの昔気質（かたぎ）の南部女性で、熟練した職人でもある彼女と同じ時間を過ごせると思うと気分があがる。

「あたしのほうも顔を出す予定はなかったんだけどね」ミス・ジョゼットは耳に心地よい南

部風の口調で言った。「でも、近くまで来たから、寄ってみようと思ったのさ。最初の立ち寄り先をここにしようってね」ミス・ジョゼットはアフリカ系アメリカ人女性で、歳は七十代後半だが、六十代前半と言っても充分通用する。知性あふれるきらきらした目をして、なめらかな肌は深みのあるマホガニー色だ。きょうは赤さび色のワンピースに、フリンジのついたトマトレッドのショールを肩にはおっていた。

けれどもセオドシアの目を惹いたのは、ミス・ジョゼットが手にしているバスケットだった。昔からあるフルーツトレイ風のもので、楕円形で浅く、大きな持ち手がついている。

「それをいただくわ」セオドシアは言った。〈T・バス〉製品を陳列するのにぴったりのバスケットだ。「でも、ひとつじゃなくて、もっと持ってきてくれればよかったのに」

ミス・ジョゼットがわきにどくと、裏口のステップにバスケットが四つ積みあげてあるのが見えた。

「全部ちょうだい」セオドシアは言った。

ミス・ジョゼットは手を振った。「せっかちな人だね、まったく。普通、あたしのセールストークを聞くものじゃないかい？　そのあと、値引き交渉をしたり、買う気のないふりをしたりするものだろうに」

「とんでもない。だってあなたのバスケットはなかなか手に入らないんだもの」

スイートグラスのバスケットはチャールストンとその周辺地域の特産品だ。気品がありながら実用性にもすぐれているこのバスケットは、スイートグラス、マツ葉、フトイの茎を編み、それを地元のパルメットヤシの葉を細く裂いたもので束ねて作る。ここ最近、おもにアフリカ系アメリカ人女性の手によるスイートグラスのバスケットが芸術品として名をはせている。低地地方で作られているものは、ワシントンDCにあるスミソニアン博物館にも展示されているほどだ。

「きょうはこれで店じまいだね」セオドシアと一緒にバスケットをオフィスに運び入れながら、ミス・ジョゼットは言った。「すべて売り切れちゃったからさ。しかも、まだここが一軒めだというのに」

「ラッキーだったわ」

ミス・ジョゼットは両手を腰にあて、セオドシアを見やった。

「やれやれ、ほかのお客さんにどう言ったらいいものやら」

「さあ、うまい言い訳を考えておいて。深刻な干魃（かんばつ）に見舞われたとか、適当なスイートグラスが不足してるとか言えばいいんじゃない？」

「うそをつけって言うのかい？　あたしは敬虔な信者なんだよ。毎週日曜日には聖歌隊で歌っているんだからね」

「りっぱだわ」セオドシアは言った。「ええ、うそはついちゃだめよね。あっという間に売り切れたとだけ言っておいて。ところで、もっと値段をあげたほうがいいと思うの。だって、見てよ、このバスケット」

ミス・ジョゼットはフルーツトレイ形のバスケットのほか、パンを入れるバスケット、台座のついたバスケット、それに8の字の形のしゃれたバスケットを持ってきていた。

「ああ、うん。いまさら見るまでもないけどさ」

「あなたは本当に才能があるアーティストだわ」

「うれしいね」

セオドシアはデスクに着いて、小切手帳を出した。小切手を書こうとして、すぐに手をとめた。「ちょっと訊きたいんだけど、甥御さんの、えっと……」甥の名前が一瞬、出てこなかった。

「デクスターかい」ミス・ジョゼットが言った。

「そうそう、デクスター。いまでも、例の非営利団体で補助金申請を担当しているの?」

「本気で言ってんのかい? ときどき、あればっかりやってるんじゃないかと思うくらいだよ。以前のデックスはハートソング・キッズ・クラブの事務局長だったけど、いまは実務とプログラミングをやってくれる助手がふたりいて、あの子は資金集めのほうに専念してるも同然だね」

「市の補助金の申請をしたことはあるかしら?」

ミス・ジョゼットは首を縦に振った。「あると思うよ」

「わたしと話す時間を取ってもらえるかしら? いくつか質問したいことがあるの」

「大丈夫じゃないかな」ミス・ジョゼットは言うと、ハンドバッグに手を入れて、アニメのキャラクターの顔が印刷されたクリーム色の名刺を一枚出した。「はいよ、デクスターの名刺。遠慮しないで電話してやっとくれ」

セオドシアはミス・ジョゼットあての小切手を切り、車まで送っていった。それから急いでオフィスに戻り、ハートソング・キッズ・クラブのデクスターに電話をかけた。彼が数年前に設立した、非営利のレクリエーションセンターだ。

デクスターはセオドシアからの電話を喜び、セオドシアがチャールストン市から補助金をもらうための手続きについて尋ねるあいだ、じっと聞き入っていた。

「うちは二件ほど、少額の補助を受けてます」デクスターは言った。「市は楽な相手なんですよ。補助金を出してる大規模な私立財団の一部よりも楽なくらいです。私立財団はいろいろうるさいところが多いんですよ。でも、資金調達に関することなら、ジニー・マーチャンドに訊いたほうがいいかな。市長直轄の経済および地域開発プロジェクトのトップで、文字どおり、財布のひもを握ってる人物ですから。ぼくが電話するよう勧めたとジニーには言ってください。とても親切な女性です」

「ありがとう。電話してみる」

セオドシアが電話を切ったとたん、ティールームで大きな笑い声があがった。

ずいぶんと楽しそう。

ドアからのぞくと、二十人以上もの女性が店内になだれこんでくるところだった。全員がパステルカラーのスーツやよそゆきのワンピースでびしっと決め、いつもの乗り合い馬車とおぼしきものに乗って到着した人たちだ。ただし、きょうはティートロリーという名の馬車だった。頭のいい人が、ティートロリーというツアーを企画し、お茶にまつわる三つのスポットを案内してまわっているのだ。最初はワドマロウ・アイランドにあるチャールストン茶園。そこでは園内をざっと歩いてまわり、最後にクリーム・ティーを楽しむ。次は〈レディ・グッドウッド・イン〉に寄って、ガーデンルームでゆったりとしたランチを堪能する。最後の立ち寄り先がインディゴ・ティーショップで、目的はドレイトンいわくデザート・ティーだ。彼がヘイリーと話し合って決めたメニューは、洋梨のスコーン、桃とクリームのレイヤーケーキ、ソルベ、そしてバニラ風味の紅茶だった。

ふむふむ。お茶会のほうは順調に進んでいるみたいね。だったらわたしは、チャールストン市に電話しよう。

三回かけてようやく、MOECD、すなわち市長室経済および地域開発部の部長であるジニー・マーチャンドにつながった。セオドシアは自分の名前を言い、デクスターから電話をしてみたらどうかと言われたと説明したのち、MOECDがどんな組織かよくわからないのだと打ち明けた。

「名前のとおりの組織なんです」ジニーは説明した。「わたしどもは都市の再開発、歴史保全、家の建て替えに対し、補助金を出しています」

「家の建て替えとおっしゃいましたよね」セオドシアは言った。「お訊きしたいのはそれに関することなんです」

「所有している建造物の修復をお考えでしょうか？」ジニーが訊いた。

「実は、知り合いがかかわっているシングルハウスについてうかがいたくて。知り合いの名前はボブ・ガーヴァーといいます。ボーフェイン・ストリート沿いのシングルハウスを何軒も修復しています。おそらく、ピート・ライリー刑事から電話で問い合わせがあったのではないかと思うのですが」

長い間があいたのち、ジニーが言った。「ええ、そうです。たしかにライリー刑事はその件を電話で問い合わせてきました」

「それについて、もっとくわしくうかがいたいんです」

ジニーはため息をついた。「いいでしょう、どうせすべて公文書に記載されていることですから。たしかに、わたしどもはミスタ・ガーヴァーにかなりの額の補助金を出しました。ですが、自由に使えるお金というわけじゃありません」

「どういうことでしょう？」

「最初の二万ドルは返済の義務はありません。残りは超低金利で貸し付けたものです。そのお金は返済していただくことになります」

セオドシアは思い切って訊いてみた。「全体として、ガーヴァーさんの事業はどうなんでしょう？」

「残念ながら、それほどよくありませんね。わたしどもの知らないことをご存じなんですか？」

「あいまいなことしか言えなくて申し訳ないんですが」セオドシアは言った。「ガーヴァーさんがまともな開発業者なのか、とても頭のいい詐欺師なのかを見きわめたいんです」

「まあ、そんな。取引先の銀行幹部から太鼓判を押されている方なんですよ」

もうその人は故人だけどね、とセオドシアは心のなかでつぶやいた。しかも、未解決殺人事件の被害者。「では、問題があったんですね？」

「融資の支払いの件ではありません」ジニーは言った。「返済期限はまだ来ていませんから。ですが、報告書をちゃんと出してこないんです。わたしどもに逐一報告することになっているんですけどね。建築計画、スケジュール、承認された請負業者のリスト、そういったたぐいのものを」

「ガーヴァーさんはそれをやっていないんですか？」

「いまのところは、そうです」ジニーは言った。「でも、出してもらえる可能性がゼロというわけではありませんし」

「まあ、そうですね」セオドシアは率直に答えてくれたジニーに礼を言って電話を切った。いまの会話では、知りたいことはなにもわからなかった。さて、どうしよう？

セオドシアはギフト用バスケットをいくつか詰め合わせながら、ボブ・ガーヴァーとの会話をゆっくり振り返ることにした。ギフトはガーデンクラブが明日開催するプラムの花のお茶会で飛ぶように売れるはずだ。しかし、始めて五分ほどたった頃、ドレイトンがオフィスに顔を出した。

「忙しいかね？」彼は訊いた。それからセオドシアが適当に結んだ、だらりとしたリボンをちらりと見やった。「ふむ、忙しくはなさそうだ」

「わたしのリボンの結び方がいいかげんだからといって……」

「明日使うプラムの花はどうするのだね？」

「もう〈フロラドーラ〉に電話したわ。明日の朝いちばんに、十二本ほど配達してくれるって」

「ならいい」

セオドシアは両の眉をあげた。「ほかにはなにか？」

「早めに出て、ヘリテッジ協会に寄りたいのだが」

「わかった」セオドシアはいきおいよく立ちあがり、そのせいで椅子ががたんと大きな音をたて、ひっくり返りそうになった。

「もう？　いますぐ行けるのかね？」

「いくつかティモシーと話し合うことがあるんでしょ？」

ドレイトンはため息をついた。「そうなのだよ」


この時間、ヘリテッジ協会の大ホールはしんと静まり返っていた。作業員も学芸員も全員が仕事を終えて、帰宅したようだ。〈めずらしい武器展〉の準備が九十九パーセント終わったからだろう。

「見事なものだな」廊下の途中で足をとめ、両開き扉からなかをのぞきながらドレイトンが言った。

「あとは最後の仕上げをするだけのようね」セオドシアは言った。明かり取りの高窓からささやかな光が射し、大ホールの照明は消されて、数少ないスポットライトがガラスの陳列ケースに反射している。そのわずかな光を受けてケースのなかの銃がきらりと輝き、そのせいで万華鏡をのぞいているような、どこか不気味な感じをおぼえた。

「ちょっと見学してみようではないか」ドレイトンが言った。

ふたりは大ホールに足を踏み入れると、うつろな足音を響かせながら、いちばん手前の展示ケースに近づいた。

「ごらんよ、これを」ドレイトンはいそいそと歩み寄りながら言った。「アンティークの決闘用ピストルがある」

「いつ頃のもの?」セオドシアは訊いた。

ドレイトンは鼈甲縁(べっこう)の老眼鏡をかけ、腰をかがめてケースの正面に置かれた小さなキャプションを読んだ。「どれどれ、ほう、一八〇〇年代のものだそうだ」

「アーロン・バーがアレグザンダー・ハミルトンと決闘したのと同じ時代ね」

「だいたいその頃だな」ドレイトンは腰をのばし、ケースをとんとんと軽く叩いた。「だが、ここにおさめられているのはイギリス製だ。シモンズ・オブ・ロンドンのものだな。バーとハミルトンがこういう銃を使ったとは思えんよ」

「それはそうかもしれないけど」セオドシアはぶるっと身震いすると、次の展示ケースに移動した。あらゆる種類のアンティークの銃が一堂に会する洞窟のようなこの部屋には、どこかこの世のものならぬ雰囲気がただよっている。ひとつひとつの銃に血なまぐさい逸話があるように思えてしまう。

「フランシス・マリオンが使ったと言われている拳銃があるぞ」ドレイトンが言った。〝沼の狐〟の異名でよく知られるマリオンは、独立戦争において奇襲を駆使したゲリラ戦術でイギリス軍を攪乱（かくらん）した人物だ。コーンウォリス将軍は沼の狐のしたたかな戦略にさんざん悩まされたと言われている。

セオドシアは身を乗り出し、ケースのなかをのぞき見た。鍛造処理した黒い金属の銃身に木製の握りがついていて、銃口から弾を詰める先込め式だ。その隣に黒色火薬の小さな山、鉛の玉数個、羊皮紙にも似た紙が置いてある。この銃は自分で銃弾を手作りする古いタイプで、ひとつまみの火薬と鉛の玉を紙で包み、そのあわただしく丸めた包みを撃鉄のすぐうしろに挿入するのだ。

「おっと、気をつけたまえよ」展示ケースが少しがたついたのに気づき、ドレイトンが注意した。「まだ完全に固定していないようだ。作業が残っているのだろう」

セオドシアは大ホール内を見まわし、展示されているフリントロック式銃、ケンタッキー・ライフル、デリンジャー、スプリングフィールドのトラップドア式ライフル、ナイフ、剣、それにクロスボウをながめた。たしかにどれも興味深いが、かなり不気味な感じもする。

「ティモシーのところに行きましょう」いますぐこの場をあとにしたくなって、そう言った。

ティモシーはデスクに着いて、トマス・ジェファーソンのブロンズでできた小さな胸像を手のなかで向きをいろいろに変えてながめていた。

「きみたちふたりがいつやってくるのか気になっていたところだ」彼はドアのところでぐずぐずしているふたりに気づき、声をかけた。

セオドシアとドレイトンはオフィスに入り、ティモシーのデスクの正面にあるボタンをあしらったつやつやの革椅子に腰をおろした。

ドレイトンはブロンズ像を頭でしめした。「アメリカ製かね？」

「フランス製だ」ティモシーは言った。「一八六〇年頃のものらしい。大理石の台が少し欠けているので、協会の保存担当にまわすことになる」

「いま、〈めずらしい武器展〉をちょっとのぞいてきたわ」セオドシアは言った。

「展示のほうはあと少しで大々的に公開できる状態になる」ティモシーは言った。「だが、武器展の話をしにきたわけではあるまい。そうだろう？」

「ええ、いくつか話しておきたいことがあって」

「そうか」

セオドシアは事件に関係していると思われる事実関係をすべて述べていった。シシー・ラニアーとベティ・ベイツが罵詈雑言をぶつけ合ったこと、デレインのブティックですさまじい喧嘩を繰り広げたこと、それからインディゴ・ティーショップの窓に石が投げつけられたこと。また、ボブ・ガーヴァーがクロスボウを好んで使っていることや、ブリトルブッシュ射撃クラブで彼と偶然会ったことも話した。さらには、シシーがティーショップにやってきて、フィデリティ証券の口座から大金が奪われたと憔悴した様子で語ったことや、前の晩にティドウェル刑事と一緒にジャッド・ハーカーのアパートメントを訪ねたこと、ボブ・ガーヴァーが受けている補助金と融資についてチャールストン市に電話で問い合わせたことも説明した。

「昨夜は、こんな常軌を逸した展開を話して、事態をややこしくしたくなかったの」セオドシアは言った。「だって、あなたのもとに届いた脅迫のメモがあきらかに最優先事項だったから。でも、これまでの話でわかるように、おかしな出来事がいろいろと起こってる。どれも、カーソン・ラニアーさんの殺害に関連しているかもしれないし、そうじゃないかもしれない」

「要点を整理させてほしい」ティモシーはゆっくりと言った。「現時点でのきみの容疑者リストにのっているのは、ベティ・ベイツ、カーソンの妻のシシー、ジャッド・ハーカー、そしてボブ・ガーヴァーの四人ということか」

「そのとおり」セオドシアは言った。

「だが、当日の招待客からはひとりもいないわけだな」

「まあ、いまのところは、だが」ドレイトンが言った。

ティモシーは椅子の背にもたれた。「ふむ、ふたりともよくやった。しかし、カーソンがこんなにも多くの人間から憎まれていたとは思わなかった」彼は手をひらひらさせた。「そのなかにとりわけあやしく思われる人物はいるのか？」

「ううん、これといって。四人とも同じようにあやしいと、わたしたちは見てる」セオドシアはドレイトンをすばやく見やった。

「まだ検証中だ」とドレイトン。

「そうか」ティモシーは指先を頬につけた。「知ってのとおり、ベティ・ベイツは第一級殺人で有罪にならないかぎり、当協会の理事をつとめることになる」

「それはちょっとまずいんじゃないかしら」セオドシアは反対した。

「彼女は多数派工作をおこなっているようだ」ティモシーは言った。「現理事からかなりの同情票が集まるかもしれんな」

「わたしは一票を投じるつもりはない」ドレイトンは断言した。

ティモシーはほほえんだ。「うむ、もちろんきみはそうだろう」

「ヘリテッジ協会のほうも心配だわ」セオドシアは言った。「昨夜、脅迫のメモが来たでしょう？　おかしなことはなかった？　ジャッド・ハーカーさんが用もないのに現われたりしなかった？」

「ここの職員や関係者でない者は見かけておらん」ティモシーは言った。「それに、警備を強化した」

「警備員を増やしたのかね？」ドレイトンが訊いた。

ティモシーはうなずいた。「四人増やした」

「それだけいれば充分だろう」ドレイトンは言った。

「もうひとつ訊きたいことがあるの」セオドシアは言った。「カーソン・ラニアーさんが寄贈した武器が、今度の武器展で多数展示されるという話だったわよね？」

「そうだが」

「そのリストはある？」

ティモシーは、知りたがりのカササギのように頭を傾けた。「あると思う。なぜだ？」

「にわかには信じがたい思いつきかもしれないけど、ラニアーさんの殺害に使われたピストル式クロスボウと矢がここから盗まれたとは考えられない？」

ティモシーは啞然とした顔で椅子にもたれた。「それはつまり、ヘリテッジ協会の人間が関与していると？」

「その可能性も除外できないわ」セオドシアは、ドレイトンがしょっちゅう反目し合っていると言っていた現理事の顔を思い浮かべた。あの人たちも容疑者候補と考えるべき？　そうかもしれない。でもそれだと、振り出しに戻ってしまう。

ティモシーが浮かぬ顔で言った。「学芸員に言って、きみにリストを渡すよう話しておく」

セオドシアはドレイトンを家の前で降ろすと、自宅には向かわずブロード・ストリートを進んだ。夕方のラッシュを抜けると右折してフランクリン・ストリートに入り、旧刑務所の前を走りすぎた。やがて、紫色のたそがれが濃い藍色の夕闇へと変わる頃、車はボーフェイン・ストリートに入った。

ボブ・ガーヴァーが改装を計画しているチャールストン式シングルハウスは簡単に見つかった。そのブロックの角に、〝歴史的建造物修復　事業者　ロバート・T・ガーヴァー〟と書かれた大きな看板が立っていた。白い地に赤で書かれた文字にはたくさんの装飾がほどこされていた。

すてきなところ、とセオドシアは車を路肩に寄せながら思った。前方に見える一帯には昔ながらのチャールストン式シングルハウスが立ち並んでいて、そのどれもがこの地に特有のスタイルだった。つまり、間口は狭くて――なかには二十フィートもないものもある――奥行きがかなりある。大半の家は二階建てか三階建てで、二階の高さにサイドバルコニーがついている。このブロックにかぎって言えば、チャールストン式シングルハウスは連邦様式、ギリシャ復興様式、それにヴィクトリア朝様式とさまざまだった。

セオドシアはジープを降りて、歩道をゆっくりと歩いていった。一階の奥の部屋に明かりがともっている一軒だけは人が住んでいるようだが、どの家も改装工事は始まっていないらしい。

それでも、どの家もすてきだし、チャールストンらしい雰囲気にあふれているし、港から吹く風が、家の端から端まで抜けるように設計されている。チャールストンの猛暑と湿気を考えれば、こういう自然のエアコンはとても重要だ。

ホボバッグの奥のほうから携帯電話の着信音が聞こえた。セオドシアは電話を出した。

「もしもし?」おそらくピート・ライリー刑事があらたな情報を伝えようと電話してきたのだろう。ひょっとしたら——あくまでひょっとしたらだけど、ラニアーさんを殺した犯人を捕まえたのかもしれない。

けれども電話に出てみると、かけてきたのはライリー刑事ではなかった。ヘイリーが声を詰まらせながらひたすらわめいていた。半狂乱という言葉がぴったりくる声だった。

「セオ!」ヘイリーは叫んだ。「たいへんなことになっちゃった!」

セオドシアは電話を持つ手に力をこめた。厨房で油に火が移ってヘイリーが怪我をしたのかもしれない。あるいは、今度は正面の窓に石が投げつけられたとか。

「たいへんなことって?」セオドシアは訊いた。「なにがあったか話して」

「ジェイミーが!」ヘイリーは声をうわずらせた。歯ががちがちいい、いまにもヒステリーを起こしそうだ。

「ジェイミーになにがあったの?」セオドシアは訊いた。「とにかく落ち着いて。なにがあったにせよ、みんなで力を合わせればなんとかなるわ」

「ジェイミーが裏の路地で車にはねられた」ヘイリーはどうにか声を絞り出した。「救急車の人の話だと、まちがいなく骨が折れてるって」そう言うと、身も世もなくすすり泣いた。

「セオ、ひき逃げだったの!」

21

セオドシアは靴音をカスタネットのように響かせながら、救急治療室用のドアを抜け、病院の廊下を走った。マーシー医療センターに向かってまっしぐらに車を走らせながら、なんとかピート・ライリー刑事に電話をかけ、ジェイミーの事故についてこれまでわかったことを手短に伝えた。ライリー刑事は当然のことながら驚き、十分以内に病院に行くと約束した。

セオドシアはナースステーションのデスクに飛びかからんばかりにして言った。

「ジェイミー・ウェストン。ほんのちょっと前に救急車で運ばれてきたはずなの。どこにいるの？」

シェリー・クレイグという名札をつけた、見るからに有能そうなアフリカ系アメリカ人の看護師がデスクをまわりこみ、こちらへというように指で合図した。

「ついてきてください。案内します」

セオドシアはクレイグ看護師のあとを追って、救急治療室の一角に入っていった。いかにも清潔な感じの大きな白い部屋に、ベッドが六台並んでいた。そのうちのふたつのベッドは、白いゆったりしたカーテンで完全に囲まれていた。

「ヘイリー？」セオドシアは呼びかけた。「そこにいるの？」目の前のカーテンが大きく揺れてふくらんだかと思うと、ぱっとあいた。カーテンで仕切られたなかから、ヘイリーの顔がのぞいた。

「ここよ」ヘイリーは言った。

「ありがとう」セオドシアはクレイグ看護師にお礼を言った。

看護師はうなずいた。「用があれば呼んでください」彼女はジェイミーに目をやった。幅の狭いベッドに横たわった彼は、顔が青白く、苦しそうな表情をしていた。「どんなことでもけっこうですよ」

「本当にありがとう」セオドシアは心配そうな表情をヘイリーとジェイミーに向けた。「なにがあったの？　最初から全部話して」

「ジェイミーがごみを出しに外に出たんだけど」

「そしたらどこかのばか野郎が車で突っこんできて」ジェイミーが言った。「左脚をはねられたんだ」

「どーんっていうすごい音が聞こえたの」ヘイリーがつづけた。「そのあと、喉を絞められたみたいな悲鳴があがって」

「その瞬間、骨が折れたのがわかったんだ。すぐに痛みが襲ってきたから」

「そのときドレイトンはどこにいたの？」セオドシアは訊いた。

「自分の家」ヘイリーは言った。「そのときにはもう帰ってたから。あたしとジェイミーとで閉店の作業をしてたの」

「じゃあ、本当にひき逃げ事故だったのね？」次から次へとわき出る疑念に突き動かされ、セオドシアの頭は時速百万マイルものいきおいで働きはじめた。

「そう」ジェイミーは言った。「運転してた男がぼくに気づいたかどうかはわからない。少なくとも、速度を落とそうとはしなかった」

「男」セオドシアは繰り返した。「男の人だったの？　車を運転してた人をはっきり見たの？」

ジェイミーは首を横に振った。「いえ、べつに。あっという間だったから」

セオドシアは気になった。ひき逃げ事故だったのか、それとも……わざとひいたのだろうか。

「かなり痛む？」セオドシアはジェイミーに訊いた。

「もう、死にそうなくらいだよ！」ジェイミーは大声を出した。「だって脚の骨が折れたんだから。ほら見て！」そう言うと毛布を少しめくって、脚を見せた。「ほら、こんなに曲がっちゃってる！」

見た感じ、ジェイミーの脚はそこまでひどいダメージを受けているようではなかったが、赤く腫れているのはたしかだった。「かわいそうに、ジェイミー」こんなに痛そうにしているジェイミーを見るのはつらい。店の裏の路地に猛スピードで突っこんできたあげく、こんなひどい目に遭わせるなんて信じられない。でももしかしたら、頭のなかで急速に大きくなってきている疑念が正しいのかも――つまり、何者かが綿密に計算し、事故をよそおったのかもしれない。いずれにせよ、打ちどころが二インチずれていれば、ジェイミーは死んでいたかもしれないのだ。

「もうレントゲンは撮ってもらったんだ」ヘイリーが言った。「放射線科の先生は、脛骨の単純骨折だって言ってた。手術はしなくていいんだって。でも、整形外科の先生が処置しに来るまで待たなきゃいけないの」

「あまり長く待たされないといいけどね」ジェイミーは不満そうに言った。

「わたしもそう願ってる」セオドシアは最悪の気分だった。ジェイミーが店の裏の路地で怪我をしたのは、自分のせいかもしれない。ジェイミーがインディゴ・ティーショップで働いていなければ……遅くまで残っていなければ。わたしが出かけていなければ！

もうひとつ、セオドシアの意識にぼんやり浮かんだのは……もしかしたら、標的は自分だったのかもしれないということだった。なにしろ、すでにオフィスの窓から石を投げこまれたし、先だっての夜はドゥエラーズ・アレーで誰かにあとをつけられている感じがした。

調査から手を引かせるつもり？　その可能性が急に現実味を帯びてきた。

「セオドシア。セオドシア・ブラウニングさん」自分の名を呼ぶ声が聞こえた。

セオドシアは振り返り、カーテンを左右にあけた。数秒後、ピート・ライリー刑事が守るように彼女の肩をぎゅっとつかみ、負傷したジェイミーをながめまわした。

「どうだい、みんな？　大丈夫？」ライリー刑事はいまにも拳銃を抜いて、本気で警護役をつとめそうな様子だった。

「大丈夫だけど、ジェイミーは気の毒な状態になってる」セオドシアは答えた。

「整形外科の先生が来るのを待ってるところなんだ」ヘイリーが言った。

ライリー刑事はジェイミーのベッドに近づいた。「なにがあったか話してもらえるかな」と穏やかな声で話しかけた。

「うまく説明できるかわからないけど」ジェイミーはごくりと唾をのみこんだ。「大型ごみ容器にごみ袋ふたつを押しこんでたら、黒っぽい車がものすごいスピードで路地に入ってきたんだ。タイヤが鳴る音がしたと思ったら、次の瞬間には――どすん！　ぼくをはねたまま、スピードもゆるめずに走り去った」

「あたしのところまで音が聞こえたんだから」ヘイリーが言った。「すっごく怖かった」

「気がついたら」ジェイミーは震える声で説明をつづけた。「ヘイリーが見おろすように立ってて、大声でぼくの名前を呼んでいた。彼女はすぐさま店に駆けこんで、救急車を呼んでくれたんだ」

「運転していた人の顔は見たかな？」ライリー刑事は訊いた。

ジェイミーは首を横に振った。「見てません」

「車の型式や特徴は覚えてる？」

「黒っぽい色だった。黒か、あるいは濃紺か」彼は顔をしかめた。「すみません、それ以上は思い出せなくて」

「いや、上出来だ。まだショック状態にあるだろうから、記憶が欠けていてもしかたない。時間がたてば、なにか思い出せると思うよ」

「だったらいいな」ヘイリーがこぶしをてのひらに打ちつけながら言った。「だって、絶対に犯人を捕まえてほしいんだもん！」

「捕まえるよ」ライリー刑事は言った。「約束する」

「よう」愛想のいい声が聞こえた。「みんなちょっとこっちを向いてくれ」

いったい何事かと声がしたほうを一斉に向くと、カメラのレンズが向けられていた。

「笑って」ビル・グラスが言った。カシャッという小さな音がして、まばゆいほどの光がぱっとひらめいた。「これでよし、と。だが、念のため、もう一枚撮らせてくれよ」

「冗談じゃない」セオドシアは声を荒らげ、手をあげて相手の視界をさえぎった。

「いったいなにをしてる？」ライリー刑事の顔が怒りでゆがんだ。

「写真を撮ってるだけだぜ」グラスはやましいところなどなにもないとばかりに言った。その反面、顔にはばつが悪そうな笑みを浮かべていた。

「そもそも、わたしたちがここにいるのをどうやって知ったの？」セオドシアは訊いた。

「警察無線で聞いたのさ」

「そいつを押収されないだけでもありがたく思うんだな」ライリー刑事が言った。「本当なら、ダッシュボードからひっぺがしてやるところだ」

「そんなこと言うなって」グラスは言い返した。「少しくらい信じろよ、刑事さん。ちゃんと男前に撮ってやるから。本物のヒーローみたいにしてやるよ」

「ジェイミー・ウェストンさん？」きっぱりとした大きな声がすると同時に、カーテンが揺れ、またもあけられた。

ビル・グラスも含めて全員が振り返ると、緑色の医療用スクラブ姿でカルテを手にした長身の男性がのぞきこんでいた。髪は波打つ灰色で、ワイヤーフレームの眼鏡をかけ、鼻が大きかった。どう見ても医師だ。おそらく、整形外科の先生だろう。

「ぼくだけど」ジェイミーが手をあげた。「脚の骨が折れてるんだ」

「よくわかったね」医師は言った。「カルテにもそう書いてある」

「整形外科の先生ですか？」

「もちろんそうだよ」医師はジェイミーのベッドに近づき、片手を差し出した。「わたしはピーターソン医師だ。どうぞよろしく」

「先生がぼくの脚を治してくれるの？」ジェイミーが訊いた。

「きみがそうしてほしければね」

「痛い？」

ピーターソン医師は首を横に振った。「ちょっとちくっとする程度だ。なんだったら、きみを薬漬けにしてなにも感じなくするというのはどうかな」

「薬？　いい薬なの？」興味をおぼえたような声でジェイミーは訊いた。

「そんなにいい薬というわけじゃない」ピーターソン医師は言った。「だが、痛みは感じなくなるよ」

「ピーターソン先生」グラスが声をかけた。「先生の写真を一枚撮ってもいいかい？　そこのガキんちょのベッドにもうちょっとだけ寄ってくれないか」

「いや、けっこうだ」ピーターソン医師は言った。

「とっとと出ていけ」ライリー刑事が一喝した。

数分後、ピーターソン医師は全員を追い出した。その結果、ヘイリー、セオドシア、ライリー刑事の三人はたくさんの人が行き交う廊下で寄り集まることになった。ぼうっとした顔をした人たちがそばを通りすぎていく。自動車事故に遭った負傷者、玄関にあがる階段から真っ逆さまに落ちた人、果物ナイフや先の鋭い釣り針で切ってしまった人。そんな負傷者とてきぱきとしている病院の職員が入り交じっている。

「わたしたちはこれからなにをすればいいの？」セオドシアは訊いた。

「なにもしなくていい」ライリー刑事は言った。「おとなしく家に帰ることだ。ぼくが明日の朝、また顔を出してみるよ。その頃にはジェイミーもなにか思い出しているだろうし」

「わたしもヘイリーと一緒に病院に残るわ」

「大丈夫だってば」ヘイリーが言った。「先生も言ってたでしょ。これからジェイミーの脚の骨をもとの位置に戻す処置をして、強い睡眠薬を飲ませるって。おそらく、明日の朝まで目を覚まさないんじゃないかな。だから、ここにいてもできることはなにもないの」

「あなたにはあるの？」

ヘイリーは頭を振った。「とにかく、用があったら連絡するってば」

セオドシアはぴりぴりした気分を抱えて帰宅した。アール・グレイに餌をやり、裏庭に出してやってから、ドレイトンに電話をかけて悪い知らせを伝えた。

ドレイトンは言葉を失うほどのショックを受けた。「ジェイミーが？　あのジェイミーが？　車にはねられただと？　いったい誰がそんなことを」彼は舌をもつれさせながら訊いた。

「運転してた人の顔は見てないけど、黒っぽい色の車だったって」セオドシアは言った。

「紺とか黒とか」

「暗い路地で黒っぽい車を見たと言われてもな。ほとんど見ていないにひとしいではないか」

「わたしはジェイミーから聞いた話を伝えてるだけ」

「ああ、もちろんわかっているとも。すっかり動揺してしまってね。なにしろ、脚の骨が折れたというから」

「ええ、気持ちはわかる。ジェイミーが痛みを必死でこらえている顔を、あなたにも見せたかった」

「すまない気持ちでいっぱいだよ。なにしろ、わたしがジェイミーにごみを出しておいてほしいと頼んだのだからね。セオ、わたしが帰ったばっかりに。もっと遅くまで残ってやればよかった」

「あんなことになるとわかってたわけじゃないもの」セオドシアはなぐさめた。「わたしたちみんな」

ドレイトンはしばらく黙っていたが、やがて口をひらいた。「しかし、もっと気をつけることはできたかもしれん」

「なにが言いたいの、ドレイトン?」ドレイトンも自分と同じ結論に達しようとしているのだろうが、本人の口から直接聞きたかった。

「今回の件はラニアー殺害に関係しているとは思わんか?」

「ドレイトン……」セオドシアはそこで口ごもった。「ほぼそうだとわたしも思ってる。ただ、いったいどこの誰がわたしたちの邪魔をしようとしているのかわからないだけ」

「犯人、ではないかと思う。つまりこういうことだ……車を運転していた人物は、路地に出てきたのがきみだと思いこんだのではなかろうか。あるいはわたしだと」

セオドシアは大きく息を吸いこんだ。「それがいちばんありそうな線でしょうね」

「つまり、わたしたちふたりの身にも危険が迫っているということだ」ドレイトンの声には怯えと困惑が入り交じっていた。「どうすればいいだろう?」

「ふたりで知恵を絞って、どうするか考えましょう」セオドシアは言った。「でも、さしあたり、当分のあいだは……充分に気をつけるしかないわ」

電話を切ると——用心してドアにはちゃんと鍵をかけるのよとドレイトンに念を押すのを忘れなかった——小さなパックのヨーグルトを飲みほし、ワークアウト用のウェアに着替えた。サイクリングショーツと、腕のところに赤いストライプが入っているナイロンのランニングジャケットで問題はないだろう。

あまり気乗りしないとはいえ、今夜、〈メトロ・スピン・サイクル〉で会おうとアレクシスと約束したのだ。友だちをがっかりさせる気にはなれない。


カンバーランド・ストリートに面して建つ〈メトロ・スピン・サイクル〉は、フェンウィックス軽食堂とミルブルック画廊にはさまれていた。セオドシアが歩道で待っているあいだにも、大勢の受講者が彼女のそばを通りすぎていった。みんな、スパンデックスやナイロンのサイクリング用ショーツとトレーナーでばっちり決め、すぐにでも自転車に飛び乗って、アップテンポの音楽に合わせてペダルをこぐ気満々だ。

わたしもこの人たちみたいに気合いが入ればいいんだけど、とセオドシアは思った。しかし、何者か――ラニアーさんを殺した犯人？――が自分に危害をくわえるべくねらっているかもしれないという考えが、邪悪な亡霊のように影を落としていた。いったい誰なの？　ボブ・ガーヴァーかシシー・ラニアー？　すっかり影をひそめているらしきジャッド・ハーカーかもしれないし、場合によってはベティ・ベイツかもしれない。誰にせよ、その人物はありえないくらい凶悪だ。すでにひとり殺している以上、自分の身を守るためなら、また同じことを繰り返すだろう。

頭のおかしい凶暴な人間と出くわすなんてごめんこうむりたい。音もさせずに矢で人を殺害できるような人ならなおさらだ。

セオドシアは足を踏み換えた。空は雲が低く垂れこめて暗く、気温もしだいにさがってきている。オレンジ色のガス灯にほんのり照らされているだけの闇に目をこらし、アレクシスの姿が見えないかと探した。人っ子ひとりいない。向きを変えて〈メトロ・スピン・サイクル〉の正面の窓をのぞきこむと、すでに何人かがフィットネスバイクにまたがって、ウォーミングアップに励んでいる。突然、音楽がけたたましく響きわたった。八〇年代のヘヴィメタルを思わせる、叩きつけるような大きな音だ。

五分たってもセオドシアはまだ待っていた。すでに音楽は建物から次々とあふれ出てきていた。バックビートが正面の窓を揺らし、みんな立ちあがってもっと速くこいでと指示するインストラクターの声が大きく響く。全神経を集中して、と。

アレクシスは約束を忘れちゃったんだわ、とあきらめて自宅に帰ろうとしたそのとき、弱々しい悲鳴が聞こえた。風に乗って流れてきたその声には、耳障りな響きがあった。セオドシアは左に首をひねったが、なにも見えず、つづいて右を見やった。少し先のほうに、小さな人影がひとつ、自分のほうに手を振っているのが見えた。

やっと来た。

セオドシアは手を振り返した。まあ、どうってことないわ、と思う。十分遅れでクラスに入っても、しんどいバイクエクササイズの時間が十分減るだけだもの。でしょ?

でも、ちょっと待って。アレクシスはやけに時間がかかっているし、それに少し足を引きずっている。バスケットボールの選手がよくやるスタッターステップを踏んでいる感じだ。

どうしたのかしら？　なにかあったの？

セオドシアは顔をくもらせ、友人を出迎えに一歩足を踏み出した。

「セオドシア」アレクシスは息をあえがせながらやってきた。声は切れ切れで、涙が頬をぽたぽたと落ちていく。それだけではなかった。着ているものがひどく乱れ、おまけに顔の片側が汚れていた。

「まあ、ひどい。どうしたの？」セオドシアは思わず大声で訊いた。

アレクシスはよろける足取りでセオドシアに近づくと、崩れ落ちるようにしてその腕に倒れこんだ。

「誰かに取り押さえられそうになったの」アレクシスはわめくように訴えた。顎が震え、まだ涙が頬をこぼれ落ちている。「暗がりから飛び出してきた人に、乱暴されかけたの！」

22

「気の毒に」セオドシアは言った。アレクシスは雪嵐のなかに取り残されたチワワのように震えていた。「どこか痛む？　怪我はない？」

アレクシスは首を振り、手の甲で洟をぬぐった。「必死で抵抗して殴ってやったわ。それも何度も。そのあと歩道に倒れて腕をすりむいたけど、今度は相手を蹴飛ばして追い払ったの」

「場所はどのへんだったの？」

「ええっと……」アレクシスはしゃくりあげながらも、懸命に息を落ち着かせようとしていた。「二ブロックほど手前だったかしら。クラスが楽しみでうきうきしながら歩いてたの。そしたら突然、男の人が……」

「男の人だったの？」セオドシアはいろめきたった。「百パーセントたしか？」

アレクシスはうなずいた。「だと思う。でも、真っ暗だったから。とにかく、ミニ公園があるあたりの茂みから人が飛び出してきたの。キングストン・レーン骨董店の隣にあるでしょ」

「ええ」

「とにかく、あまりに怖くて、じっくり見てなんかいなかった。喉がぎゅっと詰まったせいで、ネズミが鳴くような変な声を出すのがせいいっぱいだったけど、必死にあがいて、ひたすらパンチを浴びせたわ。ようやく走り出したときは、思わずこっちの方向に向かってた。ほかにどうすればいいかわからなかったんだもの。怖かったし、頭のなかはぐちゃぐちゃだったし……いまでもそうなんだけど。それに、あなたとここで待ち合わせしてたから」

「その男の人をちょっとでも見た？」あるいは女の人かもしれないけど。

アレクシスは首を横に振った。「ううん。真っ暗だったし、よく見えなかった。それに相手は大きなコートを着て、襟を立ててたし」

「襲ってきたのは誰だったと思う？」セオドシアは訊いた。

「わかるわけないでしょ！」アレクシスはわめいた。怪我をしたほうの腕をぎゅっと押さえ、涙をぼろぼろ流している。

「落ち着いて、思い出してみて」

「そうしてるってば」アレクシスは言い返した。「一生懸命やってるわ」

セオドシアはあきらめた。「わかったわ、ハニー、あなたは充分やってる。しばらくはこれ以上訊かない」

セオドシアはアレクシスの腰に腕をまわし、〈メトロ・スピン・サイクル〉のなかへと導いた。狭いロビーにあった青いプラスチックのタブチェアにすわらせた。「しばらくここにすわってて。なにか飲み物を持ってくる」セオドシアは自動販売機まで行って二ドルを投入し、出てきたスポーツドリンクを手に取った。それを持ってアレクシスのもとに戻って、差し出した。

「さあ、これを飲んで」

アレクシスは首を振った。「飲みたくない」

「スポーツドリンクには砂糖が入ってる。血管に流れこんだアドレナリンを消費する効果があるわ。気持ちが楽になるの。昂奮がおさまるの」

「わかった」アレクシスはおどおどとうなずいた。「ありがとう」

アレクシスはごくり、ごくりと飲んだあと、もうひとくち飲んだ。少しずつだが、落ち着いてきたようだ。少なくとも体の震えはとまっている。

セオドシアの頭はまたも遊園地の回転系アトラクションみたいに忙しくまわりはじめた。いったいどういうこと？　最初にジェイミーで、今度はアレクシスまで。わたしのせい？　犯人はアレクシスが歩いてくるのをわたしと勘違いしたの？　そうかもしれない。ふたりとも似たようなスポーツウェアを着ている。なんてこと。つまり、ここ数日、わたしの動きを探っていた人がいるの？

「あ、ありがとう」アレクシスはまだスポーツドリンクをごくごく飲んでいるが、昂奮状態はかなりおさまってきているようだ。いつもの彼女に戻りつつある。

「こんなことになって本当に残念だわ」セオドシアはバッグから携帯電話を出した。「警察に連絡するわね。かまわないでしょ」

アレクシスは大きく見ひらいた目でセオドシアを見つめた。「いいわ」と小声で同意した。

「そうするのがいちばんいいと思う」

セオドシアはふたたび電話に目を戻し、ピート・ライリー刑事にかけた。

「冗談を言ってるんじゃないだろうね？」電話に出たライリー刑事は言った。「また襲われたって？　きみの行く先では危険なことが起こってばかりだ」

「わたしのせいにしないで」セオドシアは言い返した。「悪いのは犯人よ。誰だかわからないけど」

「いま、どこにいるって？」

セオドシアは〈メトロ・スピン・サイクル〉の住所を伝えた。

「わかった。すぐに誰かをやるよ。いま話してくれたことを全部、彼らにも話してほしい。というか、きみの友だちに思い出せるかぎりの話をさせてほしい。ぼくも行きたいところだが、ほかになにかあったみたいなんだ」

「ジャッド・ハーカーさんかボブ・ガーヴァーさんに関すること？」

「残念ながらそうじゃない」

「わかった」セオドシアは言った。「警察の人が来るまでここで待ってる。それから、ありがとう。力になってくれてお礼を言うわ」

「なんてことないよ」彼は言うと、電話を切った。

「友だちのライリー刑事がパトロール警官を手配してくれるって」セオドシアはアレクシスに言った。「被害届を出すことになるわ」

「わかってる」アレクシスは言った。「そのライリー刑事さんって、先だっての夜、わたしのギャラリーに連れてきたハンサムな人のこと?」

「ええ、その人」

「法執行機関にコネがあるっていいわね。安心できそうだもの」

「そういうときもあるけどね」

五分後、黒白ツートンのパトカーがゆっくりととまり、制服警官ふたりが降りた。セオドシアはドアまで出迎えると、ご足労をおかけしましたと言った。三人はアレクシスのまわりに集まった。

アレクシスはあらためて一部始終を語った。さっきよりも話す内容が少し増えていて、セオドシアはよかったと思った。警官ふたりは気遣いのできる人たちで、やんわりと話を聞き出し、現場報告書を書きあげた。用紙を破りとるとアレクシスに読んでもらい、署名を求めた。

「よろしければご自宅までお送りします」警官のひとりが言った。

「大丈夫」セオドシアは断った。「すぐそこにわたしの車をとめてあるの。わたしが送っていくわ」

「ありがとう」アレクシスは小声で言った。

去っていくパトカーに手を振ったのち、セオドシアはアレクシスに向き直った。「あなたに話しておかなくてはいけないことがあるの」

アレクシスは眉をひそめた。「なあに？　どうしてそんな変な顔をしているの？　なにかあった？」

「うちのティーショップで働いているジェイミーって子、知ってるでしょ？」

「像やら扇やらを取りに来た男の子ね。プラムの花のお茶会に使う品を」

「ええ」

セオドシアはそこでひとつ深呼吸をして、ジェイミーが路地で車にはねられ、救急治療室に搬送されたことを話した。

「それが、ついさっきのことですって？」アレクシスは怯えた表情を見せた。

「二時間くらい前よ」

「セオ、それって冗談でしょう？」アレクシスは激しいショックを受けていた。

「残念ながらそうじゃないの」

「どうなってるの？　わたしの身も危険ってこと？」

「申し訳ないけど、わたしにもわからない。あなたの身は大丈夫だと思うけど」

アレクシスは手を喉のところに持っていき、いつ首つり縄がかけられてもおかしくないとばかりに、そろそろと触れた。「今夜は家に帰らないほうがいいかも。ホテルに行くとかしたほうがよさそうだわ」

「ドアの鍵をちゃんとかければ大丈夫よ」セオドシアは言った。

「でも、今度のことはお友だちのライリー刑事が担当してくれるのよね？　ジェイミーの事故も、わたしが襲われた件も」アレクシスはスポーツドリンクをぐっと飲んだ。「自分で口にしていても信じられない。襲われたなんて」彼女は少しぼうっとした顔でかぶりを振った。

「でも、どうして……」

「はっきりしたことはわからないの。でも、すべてカーソン・ラニアーさんが殺された事件につながっている気がする」

アレクシスはとても信じられないという顔で、ひたすらセオドシアを見つめた。「いつかの晩に、屋根で撃たれた人？」

「ええ」

「どうつながってるの？　なんでつながっているわけ？」

「ティモシー・ネヴィルの頼みでいろいろ動いてたんだけどね。つまり、ちょっとした調査みたいなことをしていたの。片手間に」セオドシアはたいしたことではないような口調をよそおった。

「そのことを犯人が知ってると思ってるのね？　あなたがずっと……なんて言うの？　嗅ぎまわっていることを。だからおかしなことが立てつづけに起こってるわけ？」

「そうかもしれないわ」

アレクシスはなにか言おうと口をひらきかけたものの、すぐに閉じた。怯えた表情が顔をよぎった。

「どうかした?」セオドシアは訊いた。

「実は……きょう、うちの店に来たお客さんのことで」アレクシスは言った。「店内を見てまわっただけで、なにも買わなかったの。そのときはたいしたことじゃないと思ったのよ。電話でサヴァナのお得意さんと話してたから。でも、お店に来たほうのお客さんは、ちょっと様子が変だった」

「どんな人?」

「なんと言っても、あまり身なりがよくなかった。たしか……」アレクシスは額に指を当てた。「たしかデニムのジャケットを着ていた気がする。でも、新しいものじゃなくて、古くてくたびれてた」

「肉体労働者が着ているような感じ?」

「そんなところ」

「さっき、襲ってきたのと同じ人だと思う?」

「どうかしら。そんなことはないと思うけど、絶対とは言い切れないわね」

セオドシアはボブ・ガーヴァーかジャッド・ハーカーのどちらかではないかと考えた。そうだとしても、なぜハイク・ギャラリーに立ち寄ったりしたのだろう? また、ここ数日、ジャッド・ハーカーは居所がわかっていない。しかも、あの人はいつも腹をたてているように見える。だとしたら、犯人は彼かもしれない。もっとも警察には彼を犯人と断定できるほどの証拠はなにもないけれど。

「さあ、行きましょう」セオドシアは穏やかで落ち着いた声になっていますようにと思いながら言った。「家まで送るわ」

アレクシスが腕をつかんだ。「お願い、セオ。家に帰っても危ないことはないと約束して」

「約束する」セオドシアは言ったが、その言葉はうつろに響いた。犯人が――男か女かはわからないけれど――捕まるまでは、誰も安全とは言い切れない。

「お友だちのライリー刑事には連絡してくれるんでしょ？　警察が自宅とお店をしっかり見張ってくれると助かると伝えてくれるわよね？」

「もちろんよ。ちゃんと伝える」セオドシアは言った。「それにきっと彼は、特別な保護対策もしてくれるはずよ。だって、もう何日もこの事件に取り組んでいるんだもの。むずかしい事件だけど、きっと解決してくれると信じてる」

だってそうでなければ、わたしが解決しなきゃいけなくなる。


セオドシアは自宅に戻ると、家に入っても電気をひとつもつけなかった。まだ心ここにあらずで、今夜の出来事を最初から思い返していた。誰かが蜘蛛(くも)の巣のいちばん外側をはじいたけれど、その巣の真ん中にいるのは誰だろう？

手の甲で籐椅子をなでながらダイニングルームを抜けてキッチンに入ると、アール・グレイが犬用ベッドで眠っていた。セオドシアは裏口のところで足をとめ、ジャッド・ハーカーがどこかにひそんでいて、セオドシアを襲う算段をしているのではないかとばかりに、小窓から外の闇に目をこらした。頭をそらして上に目を向ければ、黒い雲が細い月をかすめていくのが見えた。

新月だわ。

しばらく不穏な空を見あげていたが、やがて電話のところに行き、ドレイトンの自宅の番号にかけた。彼が受話器を取るなり言った。「これから法律に反することをしたいんだけど、あなたにとめてほしいの」

「なにをしようと言うのだね？」

「ジャッド・ハーカーさんのアパートメントに侵入する」

しばらく沈黙したのち、ドレイトンは言った。「どのくらいで迎えにきてくれるかね？」

23

昨夜、ティドウェル刑事と出向いたので、住所は覚えていた。それでも行き方がわかっているわけではなかった。

彼女とドレイトンを乗せた車は曲がりくねった暗い道をたどってノース・チャールストンを抜け、パーク・サークルをまわってノース・レット・アヴェニューに入った。途中、曲がるところをまちがえ、下水管工事かなにかで行き止まりになっているところに出てしまった。

「本当に場所はわかっているのだろうね？」車のヘッドライトが通りにでんとまっている黄色いブルドーザーを照らすのを見ながら、ドレイトンが尋ねた。

「大丈夫」セオドシアはうまく切り返し、メインストリートということになっているノース・レット・アヴェニューに戻った。そこからは、勘だけに頼って運転した。

うん、あそこの角に〈フロッギーズ・ピザ〉があったのは記憶にある。ウォッシュタブ・コインランドリーの前を通ったのは覚えてないけど。でも、そうそう、ゆうべ曲がったところにカムデンがあったはず。

セオドシアは急ハンドドルを切り、タイヤを鳴らしながら角を曲がった。おかげでドレイト

ンはダッシュボードを必死でつかまなくてはならなかった。

「気をつけてくれたまえ。ここで逮捕されるのはごめんだ」

「逮捕なんかされないわ」セオドシアは言った。

「ほう、そうかね。ああ、なるほど。ライリー刑事と知り合いだから見逃してもらえるのだな」

「あのね、そんなことはたぶんないわよ」

車はボウリング場、小さな市場、いまは地ビールの醸造所になっている古い消防署の前を通りすぎた。

「友だちのアレクシス・ジェイムズが襲われた件について、もっと話してもらえんか」

「知っていることは全部話したわ」

「かわいそうに、後遺症が残るようなことがなければいいが。ジェイミーが事故に遭った直後というのが、なんとも解せない」

「ジェイミーの件は事故じゃないわ」セオドシアは気持ちがたかぶるあまり、声が割れた。

「自分のせいだと思っているのだね」

セオドシアは真っ暗な車内でうなずき、顎をぐっと引いた。

「ええ、あたりまえじゃない。ラニアーさんの件を嗅ぎまわったりしなければ、わたしたちが標的にされることもなかったもの」

「そんなふうに思っているのかね？」

「ジェイミーをはねた車も、アレクシスに飛びかかった男も——どっちもねらいはわたしだった気がする」

「あるいは、単なる偶然かもしれんぞ」

「わたしは偶然なんて信じない。次々に重なるような偶然はとくに」セオドシアは古い家の輪郭が見えてきたところで、ジープを路肩に寄せた。車を停止させ、エンジンがゆっくりアイドリングする音を聞きながら、じっとすわっていた。「ここよ」

ドレイトンは身を乗り出すようにして、フロントガラスの向こうをのぞきこんだ。

「ずいぶんとさびれた界隈だ」

「労働者階級が住むエリアなのよ」

「例の修復事業の融資を受けられるかもしれんな」

「それはまず無理でしょうね」セオドシアはハンドルから手を離し、エンジンを切った。

「さてと、あなたも一緒に来る?」

「失うものなどなにもないからな」ドレイトンは言った。「法を遵守する市民としての、汚点ひとつつない経歴をべつにすれば」

ふたりは正面のアプローチを進んで、アパートに向かった。アプローチは穴だらけで、ひび割れもひどかった。正面ポーチがゆっくりと倒れつつあるように道路側に傾いていた。

「いまにも崩れそうな建物だ」ドレイトンが小声で言った。

「なかを小さく区切ってアパートにしちゃうなんてもったいない。古いけど骨組みはしっかりしていそうなのに」一階の窓からは明かりが洩れているが、二階の明かりは二カ所しかついていなかった。

「だが、その骨組みもいずれ崩れる運命だ」ドレイトンは言った。

セオドシアは正面のドアをあけ、ドレイトンとともに狭い通路に足を踏み入れた。黄色い光を発する六十ワットの電球が一本のワイヤーで吊され、古いリノリウムの床が踏むたびにばりばり音をたてた。今夜はフィッシュフライのにおいが強烈にただよっている。

「いやはや、今夜のディナーのにおいは、〈プーガンズ・ポーチ〉で出すサーモンのソテーよりも強烈だな」ドレイトンはチャールストンでも人気のレストランを引き合いに出してあざけった。

「行くわよ。ハーカーさんの部屋は二階なの」

擦りきれたカーペットが敷かれた階段をあがり、六号室を目指して薄暗い廊下を進んだ。手前側のドアからは音楽ががんがん聞こえてくるが、奥はひっそりしている。

セオドシアはハーカーの部屋のドアをノックした。ノックの音が届くまで少し待ち、それから呼びかけた。「どなたかいらっしゃいませんか?」

返事はなかった。

「もう一度ノックしてみたまえ」ドレイトンが言った。「ひょっとするとハーカーはぐっすり寝ているのかもしれん。本当ならわれわれもそうしているべきだが」

セオドシアはもう一度ノックした。しんとした静寂が返ってきただけだった。

「どう思う？」ドレイトンは訊いた。「留守かもしれんな」彼は手の甲で頬をさすった。「ハーカーという男は行方をくらますのが実にうまいと思わんか？　いないいないばあのお化けのようだ」

「だから不安なのよ」

「で、どうする？」

「今夜いろいろあったことを考えると、なんとしてでもなかに入って見てまわりたいわ」

「だがこうして来てみると、それが賢明なことかどうか判断がつかんな」ドレイトンはあたりを見まわした。「それに、防犯カメラが設置してあるかもしれないではないか」

「こんなあばら屋に？　ありえない」

「それでも不法侵入が違法であることに変わりはない」

「だったら、さっき電話したときに、どうしてやめろと説得してくれなかったの？　法律に反することをしたいと言ったのに」

ドレイトンは唇をすぼめた。「鋭い指摘だ」彼は肩ごしにうしろを見やり、誰も見ていないのを確認すると、ドアノブをつかんでドアを揺すった。「お粗末な作りの鍵らしいな。揺すった感じでわかる。デッドボルト錠がないのはあきらかで、ドアノブのところに掛け金がついているだけだ」

「バンプキー（正規の鍵がなくてもピンシリンダー錠をあけられるよう特殊加工した鍵）がなくて残念」

ドレイトンは片方の眉をあげた。「いったいどこでそんなことを覚えたのだね？」

「気にしなくていいから」セオドシアは言った。「ピッキングであけるのはどう?」

「残念ながら、その手の技術はからっきしでね」

セオドシアはハンドバッグに手を入れ、プラスチック製のクレジットカードを出した。

「まさか、そんなものでうまくいくわけがなかろう」

「一、二度、これを使ってドアをあけたことがあるの」セオドシアはクレジットカードをドア枠とドアの隙間に挿し入れた。それからカードの位置を少し調節してから、前後にスライドさせた。「これであくときもあるけど、だめなときもある」

「気をつけたまえ」ドレイトンは言った。「カードを傷つけないようにしないと。VISAカードに連絡するときに不法侵入の件を説明したくはなかろう」

「向こうの人も、そういう事例は何度も耳にしてるんじゃないかしら」

セオドシアはカードを前後にスライドさせつづけた。

「こじあけるのは無理なのではないかな」

「そんなこと……」セオドシアは突然、言葉を切った。

「うん?」

ドアが大きくあいた。

「たまげた、本当にあくとはな」ドレイトンは感心したようにささやいた。

「錠前をいじるのは楽なほうよ」セオドシアは言った。「さあ、なかに入って見てまわるわよ」

「そういうのは重罪だか軽罪だかになるのではないかね？」

「あなたには前科はないでしょ。つまり、初犯ってこと。なんでそんなことを気にするの？」さりげない口調をよそおったが、実際には少しどきどきしていた。でも、これ以上の犠牲者が出るのを黙ってみているわけにもいかない。戸口を抜け、真っ暗な部屋に入った。

「あなたは来ないの？」

「いや、なんだ……その……わかった。行くとも」ドレイトンはつぶやくようにそう言うと、もう一度あたりを見まわし、忍び足でセオドシアのあとを追った。

ジャッド・ハーカーのアパートメントは狭苦しく、冷凍ピザを焦がしたようなにおいとマールボロの煙草のにおいがした。実際のところ、アパートメントと呼べるほどのものではなく、ふた部屋しかなかった。居間と寝室を兼ねたスペースに小さな浴室がついているだけだった。

「キッチンはないのか」ドレイトンが言った。ベッドのわきに小さな常夜灯があり、そのおかげでぼんやりとだが全体の形と配置がわかる。

「でも、ホットプレートとオーブントースターはあるわ」セオドシアは彼のそばをすっと通りすぎながら言った。浴室に入って、スイッチを入れた。たちまちアパートメント全体に光が降り注いだ。

「そんなことをしてまずくはないかね？」ドレイトンが訊いた。

セオドシアは肩をすくめた。「まずいでしょうね。でも、このほうが楽に探せるじゃない」

「で、なにを探そうというのだね？」

「それがはっきりしないの」

整理箪笥の抽斗をあさると、たたんだジーンズとTシャツがおさまっていた。小さめの抽斗には壊れて動かなくなった腕時計、小銭の山、たくさんの鍵、それにストックカーレースの記念入場券。びっくりするようなものはひとつもなく、男性の箪笥の中身としてはごく普通のものばかりだった。

「クロゼットにもたいしたものはなかった」ドレイトンが言った。

「上の棚もちゃんと調べた？　とくにいちばん奥のほうは？　床の上も？」

「調べたとも」

「結果は？」

「やはりなにもなかった。少なくとも、隠し部屋だの、はずれる床板だののたぐいはいっさい見あたらなかった」

セオドシアは古いテレビボードのなかをあさったものの、コード、プラグ、針金がごちゃごちゃになっているだけだった。

「ハーカーはろくにものを持っていないようだ。物欲というものがあまりないらしい」彼は緊張したおももちでセオドシアを見やった。「引きあげよう」

「怖じ気づいた（コールド・フィート）の？」

「わたしのことはよく知っているだろう。温かな心の持ち主だが、足は冷たい（コールド・フィート）のだよ」

「あとちょっとだけ時間をちょうだい」セオドシアは両手両足をついて、ベッドの下をのぞきこんだ。ごくありきたりの茶色いカバーがかかった、低いベッドだった。

どうせ、埃があるだけよね。

でも、ちがった。なにかあった。

「なにかある」

「なんだって？」ドレイトンは早くこの場を立ち去りたくていらいらした様子で、ドアの近くに立っていた。

セオドシアはベッドの下に腕を差し入れ、使い古したスーツケースの持ち手に手をかけて引き出した。

ドレイトンがちらりと目を向けた。「どうせなかは空っぽだろう」

セオドシアは念のため、金属の掛け金二個をぱちんとあけた。それからふたをあげた。なかにあったのは、擦りきれた革の本で、古いスクラップブックにしか見えなかった。手に取って、じっくりながめた。上等な革、それもおそらくは牛革で装幀されているが、かなりの歳月をへたものだとはっきりわかる。厚さはせいぜい半インチほど、なかのページは乾燥してかさかさだ。

「それはなんだね？」ドレイトンは訊いたが、興味のなさそうな声だった。

「スクラップブックじゃないかしら」セオドシアは本をひらいて、何ページかめくってみた。ほとんどまっさらだったが、記念の品をはさんだページもあるにはあった。カーレースのチラシ。クリスマス劇のプログラム。だが、何年も前のものばかりだ。

五ページめに啞然とするようなものがはさまっていた。新聞の切り抜きだった。古くて黄ばんでいて、何度も折ったところが破けそうになっている。見出しには〝グリーン・ポンドの悲劇〟。グリーン・ポンドはチャールストンとサヴァナの途中にある小さな町だ。

セオドシアは顔を近づけると、ほの暗い明かりに目を細くし、黄ばんだ新聞に書かれた記事を必死で読もうとした。

「まあ」

「どうした？」ドレイトンは訊いた。

「この新聞記事はずいぶん古くて……えっと……一九八六年のものだわ」

「そうとう昔の話だな」

「でも、ハーカーさんにとってはそうじゃないみたい」

ドレイトンはいぶかしげな目でセオドシアを見つめた。「どういうことだね？」

「この年、ハーカーさんは十歳だった弟をあやまって撃って死なせてしまったの」

「そんなおそろしい過去を抱えているとは」奥の階段を忍び足でおりながらドレイトンが言った。「まったく心が痛むよ。ハーカーは罪には問われなかったし、あくまで事故だったと記事には書いてあるが、実の弟を殺してしまった事実は一生消えない傷にちがいない」

「ハーカーさんがあそこまで強硬に銃や銃の展示に反対するのも無理ないわね」セオドシア

は言った。「あれほどの罪悪感を抱えているんだもの」

ふたりは裏口を抜け、真っ暗な駐車場に出た。といっても、車六台分の区画があるだけの、ひび割れたアスファルト敷きの四角いスペースだ。

「わからないのは——」セオドシアは話をつづけた。「弟さんを亡くしたことでハーカーさんは正気をたもてなくなったのか、それとも異常とも言えるほど傷つきやすくなったのか、どっちなんだろうということね」

「言っている意味がよくわからんのだが」ドレイトンは言った。

「ハーカーさんがみずからのおぞましい過ちにとらわれているのだとしたら、銃や銃の蒐集に終止符を打つのに必要なことはなんだってするんじゃないかしら」

「つまり、ハーカーがカーソン・ラニアーを射殺した可能性はあると言いたいのだね？」

「だって、銃で撃ったわけじゃないんだし。でしょ？」

「うむ、たしかに」

ふたりはそこで足をとめ、白ペンキで線を引いた六つの駐車スペースをじっと見つめた。どの区画にも数字が手描きされている。四台がとまっていたが、ハーカーのアパートメントに対応する六番の区画にはなにもとまっていなかった。

「ハーカーさんは車を持っている」

「べつに意外でもなんでもあるまい」ドレイトンは言った。「いったいなにを考えているのだね？」

「やっぱりジェイミーをはねたのはハーカーさんかもしれない」

ドレイトンはうなずいた。「彼の車を見てみないといけないいな」

お茶が飲めない人のためのお茶会

カフェインの入ったお茶が苦手な人もいますよね。だったら、お茶が飲めない人のためのお茶会をひらいてみませんか？　いろいろな種類のハーブティーやフラワーティーをためしてみるチャンスです。たとえば、レモンバーベナ、キャットミント、カモミール、ショウガ、キク、ラベンダーなどなど。ハーブと花というテーマに合わせ、メニューはクロテッド・クリームを添えたクランベリーとオレンジのスコーン、ハーブ入りクリームチーズを塗った黒パン、スパイスのきいたヘイゼルナッツのクッキーで。とっておきの食器とブーケでテーブルを飾り、小さな袋に種を入れて記念品としましょう。

24

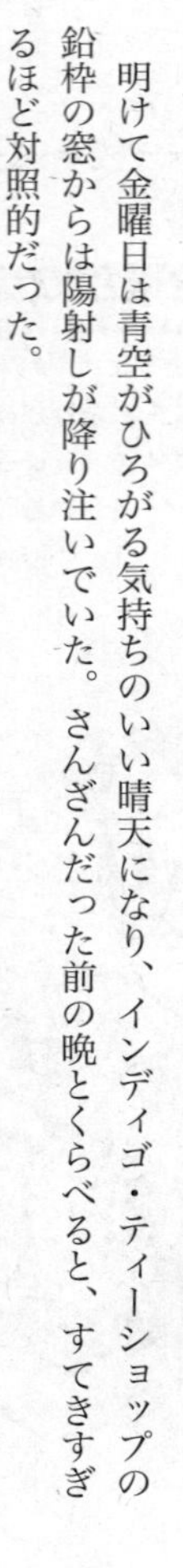

明けて金曜日は青空がひろがる気持ちのいい晴天になり、インディゴ・ティーショップの鉛枠の窓からは陽射しが降り注いでいた。さんざんだった前の晩とくらべると、すてきすぎるほど対照的だった。

まだ早朝で九時にもなっていないのに、インディゴ・ティーショップは活気にあふれていた。ヘイリーはまだ来ていなかった――さっき電話があって、あと十分ほどで着くと言っていた――ものの、セオドシア、ドレイトン、ミス・ディンプルの三人はすでにプラムの花のお茶会の準備のまっただなかだった。すでにドレイトンが〝貸し切りパーティのため店を閉めていますが、テイクアウトはできます〟の表示を正面のドアにかけてくれていた。ドレイトンの鶴のひと声でテイクアウトはお茶とスコーンだけと決められた。そうすれば、ガーデンクラブのランチ会に出席するお客を迎える準備に専念できる。

セオドシアは美しいプラムの花が描かれたジョンソン・ブラザーズの食器を一式出した。去年、マウント・プレザントのガレージセールで見つけ、格安で手に入れた品だ。格安とはいえ、縁に波形模様をほどこされ、プラムの花が描かれたクリーム色の皿、カップと受け皿が揃っている。きょうのテーマはプラムだから、うってつけの食器だ。

「知っていると思うが」ドレイトンがティースプーンをタオルで拭きながら言った。「ミカサというブランドもプラムの花をモチーフにした食器を出している。だが、そっちは同じプラムでも深紫色というより青にかなり近い」

「全部、プラムの色で統一しなくてはいけないのですか？」ミス・ディンプルが訊いた。彼女は、皿、カップ、受け皿を各テーブルに並べているところだった。

「そんなことないわ」セオドシアは言った。

「そのとおりだとも」ドレイトンが同時に言った。

ミス・ディンプルはまばたきをして、ふたりをじっと見つめた。「おふたりともまだショックが抜けきっていないようですね」ジェイミーがきのう車にはねられた話を、仕事に入る前に話したところ、ミス・ディンプルはひどくショックを受け、さっきからしきりに気を揉んでいた。

「まだ少し気持ちが落ち着かないのはたしかよ」セオドシアは正直に言った。「でもさっきヘイリーが電話で、ジェイミーはよくなってきてると言ってた。まったく心配ないって」

「ジェイミーは本当にいい子ですよ」ミス・ディンプルはいとおしそうに言った。「すすんで手を貸してくれますからね」

「じきにティーショップに戻ってくるとも」ドレイトンが言った。「足を引きずりながら歩きまわっては、あいかわらず龍井茶（ロンジン）とアッサム・ティーの見分けに四苦八苦することだろう」

ミス・ディンプルはあきれた顔をした。「脚をギプスで固定しているのに働かせるなんて。とんでもありませんよ」

「たしかに」ドレイトンは言った。「カシミアの枕にゆったりと頭を預けてもらい、ウズラの卵をのせたフォアグラをスプーンで食べさせてやるとするか」

ミス・ディンプルは手を振った。「まったくドレイトンたら」彼女はテーブルをざっと見わたした。「白いリネンのナプキンを出したらよさそうじゃありませんか」

「あ、いいわね」セオドシアは言った。「だったら、お水用にクリスタルのタンブラーも出しましょうよ」

入り口近くのカウンターにいるドレイトンが指をくいくいっと曲げ、セオドシアにこっちへと合図した。

彼女はそばまで行って顔を近づけた。「なあに？」

「もうライリー刑事には電話したのかね？」

セオドシアは唇を嚙んだ。「ううん」

「昨夜の課外活動の成果を刑事さんに報告したほうがいいのではないかな」

「どうしてそんなことをしなきゃいけないの？」

「例のスクラップブックだよ」ドレイトンは言った。「弟の死を報じた新聞の切り抜きだ。ハーカーが暗い過去を抱えているのは重要な情報かもしれないのだぞ」

「わたしたちがドアをこじあけて、招かれてもいない場所に忍びこんだと知ったら、チャールストン警察はいい顔をしないと思うけど」

「わたしたち？」ドレイトンは訊き返した。「わたしの記憶では、ＶＩＳＡカードをだめにしたのはきみだったはずだが」

「どう話を持っていくか、まだ決めかねてるの」

「だが、お得意のアイコンタクトをしてきているということは、昨夜の件はふたりだけのささやかな秘密にしておきたいわけだな」

セオドシアは人差し指でカウンターをこつこつ叩いた。「当面はね」それからドレイトンの顔をのぞきこみ、表情を読み取ろうとした。「あなたはどう？　話さないということでかまわない？　わたしはそうするのがいちばんいいと思ってるけど、あなたが信条を曲げるようなことは望まないわ」

「わたしの信条は、あのアパートメントのドアをくぐった瞬間に、どこかへ行ってしまったよ」

「つまり、なにが言いたいの？」

ドレイトンは考えこんだ。「そうだな、口止め料を払ってもらうとするか。新札を紙袋に入れて」

「一生恩に着るということで手を打たない？　それじゃだめ？」

「いまのところは、それでいい。きみがいいと言うまで沈黙を守ろう」

「ありがとう、ドレイトン。あなたはまさしく真の友だわ」

「というより、共犯者ではないかと思うね」ドレイトンは揺るぎないまなざしで見つめ返した。それから、セオドシアのうしろに目をやった。「おやおや」声も表情も急に陽気になった。「いったい誰かと思えば」

ヘイリーだった。買い物でいっぱいの大きな袋ふたつを抱え、その重みに四苦八苦していた。

「さあ、こっちへ」ドレイトンは手を振りながら言った。

ヘイリーはよたよたとカウンターに歩み寄って、袋をおろした。ドレイトンは袋が倒れて中身がこぼれ落ちては大変と、あわてて手を添えた。

「買い物をしてきたんだ。材料をいくつか買い足さないといけなくて」

「そうらしいわね」セオドシアは言った。「でも、それよりジェイミーの具合はどう?」

「もう目を覚まして、携帯電話でひっきりなしにしゃべってる。ギプスの写真を撮って、自分のフェイスブックのページにアップしてるんだから。友だちのあいだでは、ギプスは勲章みたいなものなんだって」

「それってずいぶん眉唾ものだと思うけど」セオドシアは言った。「それはともかく、本当のところ、ジェイミーの具合はどうなの？　容態は？」

「不快感は残ってるけど、痛みはそんなでもないって。先生も順調に回復してるとはっきり言ってた」

「なんともありがたいことだ」ドレイトンは言った。

「しかも、聞いて。ジェイミーったら、きょうのプラムの花のお茶会を手伝えなくて残念だなんて言うのよ」

「まったく、そんなことを気に病むことなんかないのに」セオドシアは言った。「静養と回復につとめてくれればそれでいいの」

ヘイリーはうなずいた。「あたしもそう言ったんだ」

「ジェイミーはいつ退院できるの？」セオドシアは訊いた。「あ、それより、自宅に帰るの？それともこっちに戻ってくるのかしら」

「明日にはまちがいなく退院させてもらえるみたい。主治医の先生の判断しだいではきょうになるかも。でも、ここには戻ってこないわ。二階にあがるのはしんどすぎるもん」ヘイリーはブロンドのロングヘアをうしろに払った。「というわけで、グース・クリークに住んでるラベルおばさんのところにあたしが車で連れていくことにしたの」

「おばさんも足が悪いのだろう？」ドレイトンが訊いた。

「ずいぶんよくなったみたい」ヘイリーは答えた。

セオドシアとドレイトンはヘイリーが持ってきた買い物袋を持ちあげ、彼女にかわって厨房に運んだ。

「あなたに必要以上のプレッシャーをかけるつもりはないけど」セオドシアは言った。「まだきょうのメニューが最終的にどうなったか聞いてないわ」

「ああ、その話」

「そう、その話だ」ドレイトンが言った。「ひと品めにプラムのプリザーブを添えたクリームスコーンを予定しているのは知っているが、そのあとの具体的なメニューはちゃんと教わっていない」

　ヘイリーは買い物袋のひとつに手を入れて、紫アスパラガスの束を出した。

「ねえ、見て」そう言って白い歯を見せた。「きょうのメニューはどれも、できるだけプラム色か紫色にしようと思ったんだ」

「で、その紫アスパラガスを使って……なにを作るの？」セオドシアは訊いた。色はきれいだし、おそらくおいしいとは思うけど、あれをいったいどう使うつもりなのだろう。

「折りパイを台にしてアスパラガスとグリュイエールチーズのタルトにするんだ」ヘイリーは言った。「たっぷりのチーズと野菜を一緒に食べるいちばんいいメニューだと思って」

「おいしそうだ」ドレイトンが言った。「メインディッシュはなににするのかね？」彼はヘイリーを、それからセオドシアを見やった。「用意するお茶を決める都合があるのだよ。きょうのお客さまは料理ごとに異なるお茶が出ると思っておいでだろうから」

「わかった」ヘイリーは言った。「ブリオッシュを使ったターキーのウォルドーフ・サンドイッチにして、デザートはおいしいプラムのクリスプにする予定」

「それは盛りだくさんだな」ドレイトンは言った。

「どうやって時間をやりくりしてるのかわからないけど、あなたが考えたメニューはすばらしく個性的だわ」セオドシアは称賛した。「しかも、この十二時間はジェイミーのことで頭がいっぱいだったはずなのに」

　ヘイリーはぼんやりとうなずいた。「いつもなにかしら考えてるおかげかな。あたしの頭は永久運動するジャイロスコープみたいに、四六時中働いてるんだもん」

「アイデアをひねり出したいときはそれもいいけど、眠りたいときには不都合ね」セオドシア自身も似たような経験をしょっちゅうしている。夜にジョギングに出かけたり、アール・グレイにリラックス効果のある歌を歌ってやるのは、それが理由でもある。頭を冷やして、心配事のスイッチを切るためだ。

「さてと、われわれはなにをすればいい？」ドレイトンはナイフを手にしてアスパラガスを切るつもり満々で訊いた。

　ヘイリーは魅力たっぷりにほほえんだ。「厨房から出ていって、あたしをひとりにしてくれれば充分」

「本当にそれでいいの？」セオドシアは訊いた。「手伝いはいらないの？」

「平気よ」

　ドレイトンは降参というように両手をあげた。「わかったよ。ミズ・地獄の台所（ヘルズ・キッチン）。きみの言うとおりにしよう」

「同感」セオドシアは言った。

「どんなプラムのお茶を出す予定？」

セオドシアはドレイトンとともにカウンターに戻ると、床から天井まであるお茶の棚をじっくりながめながら訊いた。

「そうだな……」

ドレイトンはいくつかのお茶の缶に指を滑らせ、いったんその手をとめたが、すぐにまた滑らせはじめた。

「まったく異なる二種類のお茶を考えている。プラムの風味をつけたセイロン・ティー、もうひとつはオリジナルブレンドの新作で、細かく刻んだプラムとマルメロの実をくわえた中国紅茶だ」

「コーヒーケーキにちょっと似た香りがする、あのお茶ね？」

「そう、ひじょうに香り高いお茶だ」

「名前はもう決まってるの？」

「プラム・クレイジーというのを考えているのだがね」

「あはは。この一週間にあったことを考えると、うってつけの名前ね（プラム・クレイジーにはありえないという意味もある）」

そのとき、入り口の上のベルが大きくちりりんと鳴った。

「お客さまだ」ドレイトンは言った。「テイクアウトしか受けられないと伝えても、がっかりされないといいのだが」

しかし、お客が来たのではなかった。バート・ティドウェル刑事だった。彼は店内にずかずか入ってくると、あたりを一瞥(いちべつ)し、バレエの名手のようにかかとをきちんとつけた姿勢を取った。「誰もいないではありませんか」

「おもての案内をごらんにならなかったのですか?」ドレイトンが訊いた。

ティドウェル刑事は首を横に振った。「案内とは?」

「ドアに出してあるでしょ」セオドシアは言った。「午前中は内輪のパーティの準備があるから、テイクアウトのみの営業なの」

「内輪のパーティ?」ティドウェル刑事はいつもこうだ。なんでもかんでもしつこく訊きたがる。敏腕刑事にはつきものなのかもしれないし、単に大きな声で次々に質問を発し、答えを選り分けているだけなのかもしれない。

セオドシアはカウンターをまわりこんだ。「ブロード・ストリートガーデンクラブの依頼でプラムの花のお茶会を開催するの」

ティドウェル刑事は顔を仰向け、怪訝な顔でにおいを嗅いだ。まるで死肉をあさるオオカミのようだ。「ならば、どこにプラムの花があるのです?」

「いい質問ですね」ドレイトンが言った。「花屋からこちらに向かっている途中でしょう。それでも念のため……」彼は電話に手をのばした。「いますぐ〈フロラドーラ〉に電話して確認します。とっくに配達されているはずなので」

「ところでわたしになにかご用?」セオドシアはティドウェル刑事に訊いた。

刑事はセオドシアをじろりと見やった。この日の彼はツイードのスポーツコートを着ていたが、丸いおなかのあたりがぴんと張っている。ポケットはたるみ、襟のうしろが立っていた。「ひじょうに奇妙な報告書がわたしのデスクに置かれましてね」

「刑事さんほどえらくなると、ふだんからおかしな問題にいろいろ直面してるんでしょう？」セオドシアはにこやかにほほえんだ。その笑みの意味はこうだ。お願いだから、わたしにあれこれ質問しないでちょうだい。お願いだから、あんまり突っこまないで。

ティドウェル刑事はほほえみ返したが、温かみのかけらもなかった。

「今週はかつてないほどおかしな一週間でしてね。ぶっちぎりの異常さと言ってもいいでしょう」

「やりがいがあるわね。そういうときって、仕事がいっそうおもしろくなるはずだもの」

「始まりはミスタ・ラニアー殺害事件」ティドウェル刑事はひるむことなく言った。「つづいて、女子レスリング連盟の王座をめぐってふたりの女性が戦う写真が新聞の一面を飾った」

「《シューティング・スター》紙を読んだの？」

「見逃しようがありませんからな」ティドウェル刑事はうんざりした口調で言った。「もちろん、不動産開発業者のボブ・ガーヴァーを追いまわしはじめた直後から、あなたの動きも追っておりました」

セオドシアはやましそうな顔をしないよう、せいいっぱい努力した。

しかし、ティドウェル刑事の話はまだ終わらなかった。「その後あなたは、銀行の女性幹部のベティ・ベイツが第一容疑者だと決めつけ、次にジャッド・ハーカーと揉めた。おまけにもちろん、ティモシー・ネヴィルが身の危険を感じるような脅迫行為を受けるという騒動もあった。さらには、おたくの従業員および同じ通りに店をかまえる店主仲間がひと晩のうちに襲われた」

刑事はいかにも満足そうな表情でかかとに体重をあずけた。

「どれも計画したうえでのことじゃないわ。それに、誰もこうなるなんて思ってなかった」

セオドシアは必死で冷静さをたもとうとした。ティドウェル刑事はぶしつけで癪にさわるだけじゃなく、おそろしいほど頭が切れる。セオドシアが独自に調査していることも、突っこむべきでないところに首を突っこんでいることも承知のうえだ。

「これらすべてに共通するのはなにか」刑事はつづけた。片手をあげ、肉づきのいい指でセオドシアをしめした。「あなたです」

「すべて、わたしのせいで起こったと考えてるの？」

「いろいろと引っかきまわしてくれたと考えております」

セオドシアは両手を腰にあて、刑事をにらみつけた。「いったいなにが言いたいの？」

「あなたは磁石であり、火種です。いわば、トラブルの核ですな」

「本気で言ってるの？」セオドシアは声がうわずるのを感じ、なんとか落ち着こうとした。

「そんなことないわ」

「でしたら教えてください」刑事は言った。「昨夜はなにをしていらしたんです？」

「昨夜？」まさか、ハーカーさんのアパートメントをこそこそ探しまわったのを知ってるの？　尾行されていたとか？　「病院を出て、家に帰ったわ」それは本当だ。そもそも、ジャッド・ハーカーを調べさせたくないなら、二日前の夜にわたしを同行させなければよかったじゃない。

ティドウェル刑事はセオドシアの頭のなかを見抜こうとするように、顔をじっと見つめた。

「ふん」彼は言った。

「うっかりしてた」セオドシアは出し抜けに言った。「スコーンを差しあげましょうか？」ティドウェル刑事に質問攻めにされたときは、甘いものを勧めるにかぎると学んでいた。それが彼の弱点だ。彼を骨抜きにするとっておきの武器だ。

「話題を変えるつもりですな」ティドウェル刑事は不機嫌な声で言った。

「そんなことないわ」もちろんそうよ。うまくいった？　さまざまな焼き菓子を並べたパイケースのガラスのふたを取って、テレビ番組の『ザ・プライス・イズ・ライト』の司会者みたいに手をひと振りした。

「どれどれ。クリームスコーンにイチゴのマフィン、それに、そうそう、チョコレートのティーブレッドがあるわよ」

「チョコレートのティーブレッドですと？」その言葉を発した瞬間、ティドウェル刑事の運命が決まった。

やった！

「テイクアウト用の箱にひと切れ入れてあげる。そうだわ、どうせだから詰め合わせにしましょう。それとドレイトン……」そう言ってドレイトンにあわてて合図した。「ティドウェル刑事にお茶を一杯、持ち帰り用に淹れてもらえる？」

ようやくティドウェル刑事がいなくなった。おみやげの焼き菓子とお茶を抱えた彼は、丁重に、それとなく出口へとうながされた。プラムの花のお茶会の準備をしなくてはいけないからという口実が功を奏した。もちろん、それは本当のことだけど。

プラム色のティーキャンドルをすりガラスのホルダーに入れ終えると、セオドシアはアレクシスから借りた日本の工芸品を飾りつける仕事にかかった。漆塗りの持ち手がついた上品なシルクの扇、派手な色合いのシルクの着物を着た芸者の人形、磁製のコイ、ツルが描かれた琺瑯（ほうろう）の花瓶、そして恐ろしい顔をした一対の青銅の龍。それらをひとつひとつテーブルに置いては、少しさがって出来映えをたしかめた。

「あなたが飾りつけたテーブルはとてもすてきですよ」ミス・ディンプルが言った。

「わたしたちみんなで飾りつけたのよ」セオドシアは言った。

ミス・ディンプルは額にしわを寄せた。「でも、まだプラムの花がありませんね」

「いやいや、そう決めつけてはいかん」ドレイトンが濃いピンク色のプラムの花をいっぱいにいけた大きな花瓶を手に、ティールームにさっそうと入ってきた。

「あら、まあ、まあ」ミス・ディンプルは昂奮した声を出した。「なんて豪華なお花なんでしょう」

「すてき」セオドシアも認めた。「ドレイトン、あなたがこんなにもお花をいける才能に恵まれているなんて、全然知らなかった」

「こういうのを生け花というんじゃありませんでしたっけ？」ミス・ディンプルは花をさっとひとなでしながら訊いた。「たしか、日本ではお花を季節やイベントに合わせていけるのを、そう呼ぶと聞いてますよ」

「そのとおり」ドレイトンはプラムの花をテーブルのひとつに置き、うしろにさがってじっくりとながめた。何本もの枝が芸術作品のように、風になびいた形に整えてあり、プラムの花がそよ風になでられているように見える。

「ドレイトンは盆栽の名人ですものね」ミス・ディンプルは言った。「生け花の腕がいいのも当然ですよ」

「同感よ」とセオドシア。店内を見まわせば、もともとのインテリアにプラスしたプラム色の効果で明るく輝いて見える。「どうやら、準備完了のようね」

「そうとも」ドレイトンは言った。「あとは残りのプラムの花を花瓶にいければ終わりだ」

「わたしもお手伝いしますよ」

「きみの有能すぎるほどの力なら大歓迎だ」ドレイトンはミス・ディンプルに言うと、セオドシアのほうを見やり、眉毛を上下させた。

「わたしはちょっとした用事があるんだったわ」セオドシアはドレイトンの合図を察知して

言った。

ドレイトンはうなずいた。「ああ。そうだったな」

25

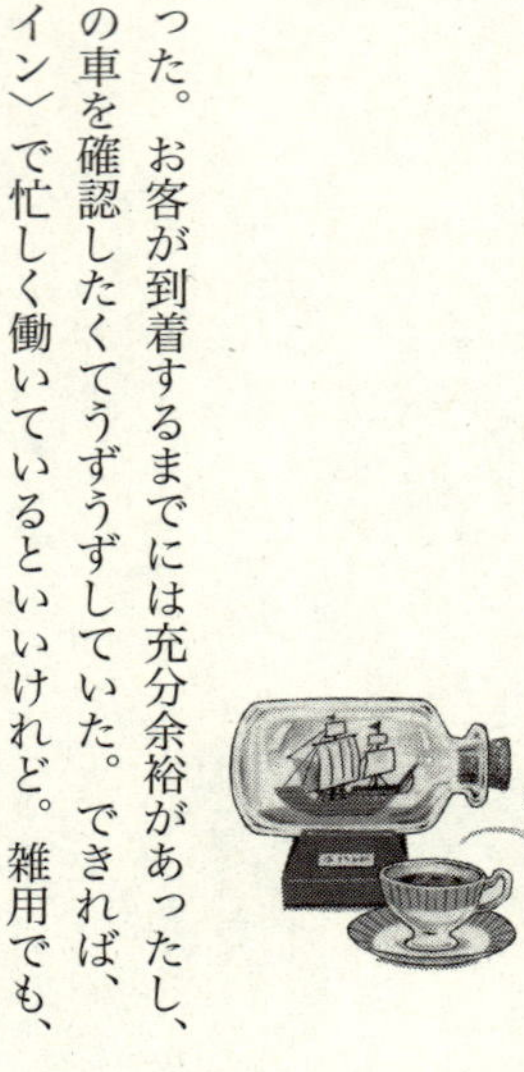

店を抜けるにはうってつけの時間帯だった。お客が到着するまでには充分余裕があったし、セオドシアとしてはジャッド・ハーカーの車を確認したくてうずうずしていた。できれば、きょうのハーカーは〈スタッグウッド・イン〉で忙しく働いているといいけれど。雑用でも、排水設備の修理でもなんでもいい。

セオドシアは数ブロックを一瞬のうちに移動すると、玄関ステップを軽やかな足取りであがって、ロビーに入った。フロントにはチェックアウトをするふたり連れがいたので、何分か待たなくてはならなかった。それでも自分の番になると、フロントの勤務についている若い女性にほほえみかけ、ほがらかな声で言った。「こんにちは。きょうはジャッド・ハーカーさんを見かけたかしら」

若いフロント係は数秒ほど考えてから答えた。「ええ、たしか、二十分ほど前に」

よかった、きょうは来てるんだわ。

「じゃあ、きょうはこちらで仕事をしているのね？」

「そのへんにいると思いますよ」フロント係は言った。「たしか、厨房のシンクの流れがあまりよくないと聞いているので」

「彼にちょっと届け物をしにきただけなの」セオドシアはハーカーは古くからの友だちだというように、さりげない口調を心がけた。「それで、あの、車は裏にとめてあるんでしょ。駐車場に」

フロント係はうなずいた。「そのはずです」

「よかった」セオドシアは背中を向け、それから、忘れものをしたみたいに振り返った。「ちょっと教えてもらえるかしら。えっと、ジャッドが乗っている車は、たしか……？」質問を最後まで言わずにおいた。

「いまも例のマスタングに乗ってます」フロント係は答えた。

セオドシアは相手を指差した。「そうだったわ。ありがとう」そう言うと、奥の廊下を進み、ミッチェル・クーパーのオフィスの前をこそこそと通りすぎて、外に出た。

駐車場は半分しか埋まっていなかったから、ハーカーのマスタングは簡単に見つかった。色が黒だとわかると、セオドシアの心臓がどくんとひときわ大きく鳴った。まあ、少なくとも十五年はたっているらしく、ぴかぴかの黒というわけではないけれど。というか、色褪せ、陽に灼けた灰色がかった黒という感じだった。

「やったわ」セオドシアはパティオをおりて、駐車場に向かった。シルバーのアウディを、つづいて白いメルセデスをまわりこんだ。メルセデスのうしろを通りすぎ、腰をかがめてハーカーの車のフロント部分を調べようとしたとき、支配人のミッチェル・クーパーが大きな

SUV車二台のあいだから出てきた。

「いらっしゃい」クーパーはセオドシアの姿を見るなり声をかけた。

セオドシアは驚いて動きをとめた。

「おや、あなたでしたか」クーパーはセオドシアだとわかるなり言った。それから駐車場を見まわし、顔をしかめた。「なにかありましたか？」

セオドシアは熱した針金が触れたみたいに、さっと身を起こした。

「えっと……なんでしょう？」罠にかかった気分で時間稼ぎをしようとした。

「なにかご用ですか？ わたしにお手伝いできることでしょうか？」クーパーの声はいまいましそうで、不機嫌そのものの顔をしていた。仕事に遅れているのかもしれないし、週末に向けてチェックイン客が殺到することになっているのかもしれない。あるいは、どうでもいいことにかりかりしているだけかも。

「いえ、ちょっと……こちらにプラムの花がないかと思って」セオドシアは言った。まず頭に浮かんだ言い訳がそれだった。「だから、その……少しわけていただけないかと」

「プラムの花？」クーパーは面食らった。「プラムの木に咲く花のことですか？」

「ええ」笑顔がこわばっているのが自分でもわかる。「この界隈にある果物の木がみんな花をつけているのにお気づきですよね」気づいているに決まっている。

クーパーは目を細くして、近くを見まわした。「ここにはプラムの木はないはずですが」

「変ね。ドレイトンがここで見かけたと言っていたんですけど」セオドシアはあわてて、なぜこんなことを訊いているのか、理由を説明しはじめた。「ご存じのように、うちの店ではきょう特別なイベントを開催することになっていて、プラムの花がもう少し必要なんです。ティールームの飾りつけに」

クーパーはいいかげん、うんざりしてきていた。「だったら、そのへんのリンゴの木から適当に切っていってください」彼はセオドシアに背を向け、宿の裏口に向かいはじめた。「どうせ誰も違いなんかわかりませんよ」と捨て科白を残して。

よかった、いなくなってくれた。

クーパーが引き返してこないとはっきりするまで、セオドシアはまる一分待った。それから腰をかがめ、ハーカーの車のフロントを調べた。バンパーとドアの下に手を這わせる。はっきりわかる破損箇所はないが、古い車なのでへこみはいくつかある。

この調査結果からでは、はっきりしたことはなにも言えそうになかった。

ブロード・ストリート・ガーデンクラブの女性たちが、ジョージ・クルーニーとの交流会に向かうみたいにインディゴ・ティーショップの正面ドアからなだれこんできた。でももちろん、出迎えたのは、ドネガルツイードのジャケットにドレイクスの蝶ネクタイを合わせたドレイトンだ。

なんの問題もなかった。みんな甘ったるい声で彼にあいさつをすると、友人に出会うなり歓声をあげて音だけのキスを交わし、花をつけたプラムの枝でいっぱいの、美しく飾りたてたテーブルを目にするなり歓喜の声を洩らした。

ガーデンクラブの会長をつとめるミッジ・ビンクリーがセオドシアを両手でつかんだ。

「完璧よ、セオ。色も、飾りつけも——なにもかもが最高」

「どういたしまして」セオドシアは言った。「うちの店をお茶会の会場に選んでもらえて本当にうれしいわ」

ミッジはもう一度店内を見まわし、ティールームの中央にある丸テーブルに目をとめた。

「あそこが主催者用の席？」ミッジは訊いた。プラム色のスカートスーツにフリルのついた白いブラウスを合わせている。赤紫色の石がついた指輪がきらりと光った。プラムの花のお茶会の趣旨を体現しようという意欲が伝わってくる。

「あなたがそう言うのなら」セオドシアは言った。

「コリーン？　アンジェラ？」ミッジは手をあげて友人ふたりを手招きした。「わたしたちの席はここですって」

残りの女性たちもぞくぞくやってきて、テーブルのまわりをせかせかと歩きまわり、きょうのお茶会にぴったりの食器の柄、ティーキャンドル、日本のアンティーク、それにもちろん、ドレイトンの手によるプラムの花のアレンジメントを褒めちぎった。お客が席に着きはじめると、セオドシアとミス・ディンプルはすぐさま香り高い淹れたてのお茶をカップに注ぎはじめた。

「満席になりそうないきおいですね」ミス・ディンプルがセオドシアに小声でささやいた。

「ほぼ満席だけど、まだあきがあるわ」セオドシアは言いながら、お茶を注ぎつづけた。アレクシス・ジェイムズとリビーおばさんがいつ来るかと、目を光らせていた。

「どのタイミングでスコーンを出すんでしょう？」

「あと十分くらいしてからね」セオドシアは言った。まだぽつりぽつりと入ってくるガーデンクラブの会員のなかに、知った顔が見えた。アレクシス・ジェイムズだ。

セオドシアは急いでアレクシスを迎えに出た。「かわいそうに」セオドシアは言うと、彼女をそっと抱きしめた。「きょうは来てもらえるか気になってたの。具合はどう？」

アレクシスは小さく肩をすくめた。「まだ痛みがおさまらなくて。まあ、覚悟はしていたけど」

「ドレイトンに言って、カモミール・ティーを淹れてもらうわね。筋肉の張りをやわらげて、炎症を抑える効果があるの」

「本当にお茶で痛みがやわらぐの？」アレクシスは訊いた。

セオドシアはアレクシスを暖炉の近くにある小さなテーブルに案内した。

「意外に思うでしょうけど、実はそうなの。ほかにもいろいろ効果があるのよ。たとえば、茉莉花茶（ジャスミン）は気持ちを落ち着かせてくれるし、レモン・バーベナは消化を助けてくれるし、チョウセンニンジン茶は免疫システムを強化してくれる」

「そんなの初耳」アレクシスは席に着いた。「でもいいことを聞いちゃった。これからお茶をいろいろ集めてみようかしら。ドレイトンにアドバイスを求めるのもいいかもね」

「彼をその気にさせたら大変よ」

「ところで」とアレクシスは言った。「おたくの若い子、ジェイミーの具合はどう？」

「足にギプスをした状態で、まだ入院中なの」

「大変ねえ。しかも、ここで起こったんでしょ。自転車で公道を走っていたとか、そういう危険と隣り合わせのことをしていたわけじゃないのよね」

「ええ。ごみを出そうとしていただけ」セオドシアは言った。

「車を運転していた人はわざと彼にぶつかったという考えに変わりないの？」

「いまもそう思ってる」

「その二時間後、わたしもねらわれた」アレクシスは頬をふくらませ、ふっと息を吐いた。

「ふう」

セオドシアはアレクシスの肩に手を置いた。「昨夜も言ったけど、両方の出来事はつながっているのかもしれないわ」

たちまち、アレクシスがうろたえた表情になった。「その話は覚えてるけど、どうしてそんなことを？」

「それをわたしたちは突きとめようとしてるの」

「わたしたちって？」

「ピート・ライリー刑事と協力して調べているってこと」

アレクシスはセオドシアを見つめた。「ああ、お友だちの刑事さんね」そこでごくりと唾をのみこんだ。「なんだかとても怖いわ。警察は本当に捜査しているんでしょうね？ 謎をすべて解明しようとしてるのよね？」

「ちゃんとやってるわ」セオドシアは言った。「だから、あなたはなにも心配しなくていいの。それよりも、おいしいランチを心ゆくまで楽しんでいって」

アレクシスはあたりを見まわし、そっとほほえんだ。「わたしが貸した日本のアンティークを全部飾ってくれたようね」

「どれもいい感じでしょ」セオドシアは言った。「しかも、お褒めの言葉もたくさんいただいてるの。だから、きょう何点か売れても驚かないわ」

「それもいいわね」アレクシスは応じた。

「そろそろ、ドレイトンを手伝わなくちゃ……」セオドシアは言いかけた。けれども、アレクシスが手を握ってきた。

「もうちょっと時間を取れない？ 話しておきたいことがあるの」

テーブルをまわってはお客と世間話をしたり、妖精のきらきらパウダーみたいに愛嬌を振りまいているドレイトンを見て、セオドシアはひとりうなずいた。少しくらいなら時間はある。

「ある男性と知り合ったんだけどね」アレクシスの顔にはにかんだ笑みが浮かんだ。「その人からデートに誘われたの」

「まあ、いいわね」セオドシアは言った。

「あなたも知ってる人だと思う。例の新聞の発行人。ビル・グラスよ」

「え、なんですって?」まさか、わたしの聞き間違い?

「なにかまずいことでも?」アレクシスは訊いた。「なんだか渋い顔をしてるけど。あの人のこと、嫌い?」

「ビル・グラスをデートする相手と考えたことがないからよ」セオドシアは言った。グラスのことはとんでもなく下品な人だと思っていると告げる度胸はなかった。そうそう、それに無類のゴシップ好きだというのも忘れてはいけない。街じゅうに広めたくなるほどおいしい話が転がっていなくても、魔法でも使ったみたいになにかでっちあげる人だ。

「わたしね、発想がとても豊かな人と一緒にいるのが大好きなの」アレクシスは言った。

セオドシアは苦笑した。たしかに独創性とたくましい想像力という点では、グラスはかなりまさっている。それに、必要とあれば人を挑発することもいとわない。

「じゃあ、彼とデートするのね?」

「うーん、それが……いわゆる仕事を兼ねたデートを二回、予定しているの。今夜はカロライナ・キャット・ショーに出かけて、次は明日、ヘリテッジ協会のオープニング・パーティに行くつもり」

「それだとあの人は写真を撮るのに忙しいわよ」そういうのはデートなんて言えない。グラスがカメラをかまえてぶらぶらするだけのことだ。

「べつにかまわないわ」アレクシスは言った。「実を言うとね、わたしも写真を撮るのが大好きなの」

「だったらいいわね。きっと楽しめるはず」グラスとアレクシスよりもずっとおかしなカップルが、最終的にうまくいった事例だってある。

五分後、デレインがやってきた。そして思ったとおり、飼っている二匹のシャム猫、ドミニクとドミノの自慢話をまくしたてた。

「今夜のカロライナ・キャット・ショーでは、あたしの大事なかわいい子たちが優勝するわよ。絶対に！」デレインは熱をこめて言った。「だからね、暖炉の上を片づけて、ぴかぴかのトロフィーを飾る場所を用意したの」

「じゃあ、ドミニクとドミノの幸運を祈ってる」セオドシアは言いながら、すでに三人がすわっているテーブルにデレインを案内した。デレインには本当にいらいらさせられるけれど、飼っている猫は二匹ともおとなしい性格のゴージャスな子だ。

「いま誰が到着したと思うかね？」ドレイトンが唐突にセオドシアの耳もとでささやいた。

セオドシアは顔をほころばせて振り向いた。「リビーおばさん？」

ドレイトンはうなずいた。

「うれしいわ」セオドシアは入り口のところでおばを出迎え、強く抱きしめた。リビーおばさんは八十代だが、真っ白な髪は美しく、笑顔は温かく上品で、背筋がぴんとのびている。それに、着ているディオールのスーツは、一九七八年に買ったものだろうに、いまも百万ドルの価値があるように見える。

「来てくれたのね」セオドシアは思わず大声になった。

「ぎりぎりになっちゃったわ」リビーおばさんは笑いをこらえながら言い、店内を見まわした。「そろそろ始まりそうね」

「案内するわ。こっちよ」セオドシアはおばを急きたてた。「友だちのアレクシス・ジェイムズと同じ席にしたわ」

「あら、うれしい」リビーおばさんはアレクシスにほほえみかけ、向かいの椅子にするりと腰をおろした。

セオドシアは手短に紹介しようとしたが、アレクシスもリビーおばさんもそれを制し、追い払うように手を振った。

「紹介なんかしてくれなくても、ちゃんと仲良くできるわよ」リビーおばさんは言った。

「そうそう」アレクシスは笑った。「そのほうがずっとずっと楽しいじゃない」

セオドシアはティールームの前方に進み出て、小さなベルを鳴らした。ちりんちりんという小さな音が鳴り響いたとたん、ざわめきはやみ、全員の目が彼女に向けられた。

「みなさま、インディゴ・ティーショップへようこそ」セオドシアは言った。「毎年恒例のプラムの花のお茶会の会場として当店をお選びいただき、わたしども一同、たいへん感激しています。みなさまのランチタイムがあらゆる点で完璧なものになるよう、できるかぎりのことをするとお約束します」

ひかえめな拍手があがり、セオドシアはつづけた。

「本日のひと皿めはプラムのプリザーブとクロテッド・クリームを添えたクリームスコーンになります。ふた皿めはアスパラガスとグリュイエールチーズを使った折パイのタルト。メインディッシュにはフレンチブリオッシュを使ったターキーのウォルドーフ・サンドイッチを召しあがっていただきます。デザートには焼きたてのプラムのクリスプをご用意しました」

ドレイトンがセオドシアの隣に進み出た。

「すでにみなさまにはスパイスのきいたプラムのハーブ・ティー、および当店のオリジナルブレンド、プラムとマルメロの風味をきかせた中国紅茶をお飲みいただいております。ふた皿めとメインディッシュの際には、その味を引き立てるセイロン・ティーのシルバーチップスをお出しします。水色（すいしょく）は薄紅色で、たいへん香り高い紅茶です。デザートのおともには、インドのマドゥーリー茶園のアッサム・ティーをお飲みいただきます。もちろん、これというお茶のリクエストがございましたら、お気軽にお知らせください。ご要望にお応えします」

ミッジ・ビンクリーが手をあげた。

ドレイトンは彼女の顔を見てうなずいた。「なんでしょう、ミセス・ビンクリー」

「去年、こちらのイースターのお茶会に出たんだけどね。たしかあのときは、ドレイトン、詩の一節を暗唱してくれたように記憶しているの」

ドレイトンは目を輝かせた。「きょうのプラムの花のお茶会にふさわしいなにかをお聞きになりたいと？」

ミッジが答えるまでもなかった。二十人以上の女性が拍手をし、うなずいた。ドレイトンは暗唱がとても上手と評判だ。

「でしたら」ドレイトンは言った。「日本の俳句がふさわしいかもしれません」

「いいわね！」アレクシスの声が飛んだ。

ドレイトンは楽団の指揮者のように背筋をまっすぐにし、片手を背中にまわした。「ぱっと頭に浮かんだのは、芭蕉という名の日本の有名な俳人の作品です」

梅が香に
のっと日の出る
山路かな

彼の声が朗々と響きわたると、笑顔とさらなる拍手が寄せられた。

「もうひとつ短い詩を披露して、ランチを始めましょう」ドレイトンは言った。

「こちらは小林弥太郎という人の手によるものですが、彼のペンネームである一茶というのは〝一杯の茶〟という意味であります」

うぐいすや
泥足ぬぐう
梅の花

「すてき」ミッジが絶賛した。

それを合図に、ミス・ディンプルとヘイリーがシルバーのトレイを手に厨房から現われた。トレイにはスコーン一個とプラムのプリザーブ少量、それにたっぷりのクロテッド・クリームを盛りつけた小皿がのっている。

「さあ、みなさん」セオドシアは呼びかけた。「お待ちかねのランチをお配りしますよ」

そこからあとは順調に進んだ。出されたスコーンはさっそく口に運ばれ、賞賛の言葉を得た。お茶のおかわりが注がれ、がやがやという話し声がしだいに大きくなり、ときおり、骨(ボーン・チャイナ)牌磁器のカップが受け皿に当たるかちりという音が小さく響いた。

くずひとつ残っていないスコーンの皿がさげられると、セオドシアはミス・ディンプルとともにアスパラガスとチーズのタルトを運んだ。この前菜もまた、驚くほど好評で、何人かのお客からはレシピを教えてとせがまれた。

「いいお茶会になりそうだ。そうは思わんか？」淹れたてのお茶のポットを取りにカウンターに戻ってきたセオドシアに、ドレイトンがそう言った。

「あなたが俳句を暗唱してお客さまをとりこにしてくれたおかげよ。あのあとなら、ただのピーナッツバターとジェリーのサンドイッチを出したって、みんな気にしなかったと思うわ」

「だが、それではわたしたちの気がすまない。維持すべき店の水準というものがある」

「そのとおりよ、ドレイトン」

十分後、セオドシアは三品めのターキーのウォルドーフ・サンドイッチを配るのを手伝った。で、反応はというと、またも大当たりだった。

セオドシアは各テーブルをまわっては、おしゃべりをし、お茶のおかわりを注ぎ、お客との触れあいから得られる高揚感を楽しんだ。プラムの花とアンティークに囲まれたなかで、おめかしした女性たちがお茶を飲んだり、料理を味わったりしている光景には、気品あふれる優雅さが感じられる。

ささいな雑事が一時的に頭の隅に追いやられ、店内は心地よい温かさに包まれていると思っていたところ、すべてが一瞬にして崩壊した。

正面のドアが乱暴にあいて、ボブ・ガーヴァーが飛びこんできた。彼は入ってすぐのところに立って、店内を見まわした。いまにも爆発しそうな蒸気機関のように、真っ赤な顔で息を激しくあえがせている。仕事の打ち合わせから抜け出してきたのか、青いスポーツコートにカーキのズボンという格好だったが、ネクタイがゆるんでいて、シャツは一部、裾がはみ出していた。

「あの女はどこだ？」ガーヴァーは強い語調で尋ねた。

「なんでしょうか？」カウンターにいたドレイトンが顔をしかめた。

「あの女はどこだ？　いまいましいおまわりどもをおれにけしかけた女はどこにいる？」ガーヴァーはつんのめるようにして二歩進み、ティーポットを手にテーブルのそばに立っているセオドシアに気がつくと言った。「あんた」ヒステリックな罵声には、怒りのこもった容赦のない非難の響きがあった。彼は顎を突き出し、セオドシアに向かって指を振りたてた。

「あんたのせいでとんでもなく面倒な事態になったじゃないか！」

26

セオドシアは持てるかぎりの気品と決意を動員して店内を突っ切り、ガーヴァーのもとへ急いだ。どんな形であれ、派手にやり合うのだけは避けたいと願いながら。

「どうかお声を低くお願いします」セオドシアは頼んだ。まったくもう、みんなして、うちの店にずかずか押しかけてきて、わめき散らすんだから。最初はハーカーさんで、今度はガーヴァーさんだ。ここでけりをつけなくちゃ！

「断る」ガーヴァーは怖い顔で言い返した。

セオドシアはそこで急に、お客がひとり残らず顔をこちらに向け、セオドシアを食い入るように見つめているのを意識した。もっとよく見ようと、椅子の向きを変えている人までいるはずだ。

セオドシアはアレクシスがおやという顔をしているのに気づき、明るいところで見たのでガーヴァーが誰かわかったのだろうかと気になった。それからガーヴァーの横をすり抜け、そっけない口調で言った。「ついてきて」歩道に出たところではじめてうしろを向き、ガーヴァーがついてきているかたしかめた。ありがたいことに、ついてきていた。

「いったいなんの用？」セオドシアは訊いた。

ガーヴァーは険悪な表情を崩さず、怒りをぶちまけた。「おれが車でどこかのガキをひいたとピート・ライリー刑事に告げ口したのはあんたか？　しかもその二時間後、女を襲ったとも言ったそうだな」

セオドシアは強い口調で問いつめられ、思わずあとずさった。目の前のこの男性に恐怖をおぼえたが、それをおもてには出すまいと心に決めた。威勢よく吠えるだけの犬だと思って対応しよう。おそらくは、威嚇しているようでいて本当は怯えている犬だと。そうであってほしい。

「うちの従業員を車でひいたの？」セオドシアは言い返した。「友だちのアレクシスを襲ったのはあなたなの？」

「ばかを言うんじゃない！」ガーヴァーは怒鳴った。「あんた、頭が完全にいかれてるんじゃないのか？　おかしなおとぎ話を一からでっちあげ、おまけに図々しくもおまわりをけしかけやがって！」

「なにもでっちあげてなんかいないわ。襲撃事件があったのは事実よ」

「そうかもしれないが、おれはいっさい関係ない。なにひとつな！」ガーヴァーはかぶりを振ると、歩道に円を描くように歩いた。「なあ、ねえさん。おれはそいつらのことなど知りもしないんだぞ」

ガーヴァーが無実を強く訴えているからといって、そう簡単に引きさがるつもりはなかった。警察から事情を聞かれたのち、解放されたからといって。

「きのうの夜はどこにいたの？」セオドシアは訊いた。「アリバイはある？　ライリー刑事にはどこにいたか話した？」

ガーヴァーは口をわなわなさせながら、セオドシアをにらみつけた。「もちろん話したさ」

「それでアリバイは……？」セオドシアとしては、自分の耳で聞きたかった。ジェイミーが車ではねられたとき、そしてアレクシスが襲われたときにガーヴァーがどこにいたのかきちんと把握しておきたかった。

「おまわりに、それも例のライリー刑事に言ったように、建設業者三人と打ち合わせをしていた」

「その三人に訊いたら、あなたのアリバイを証明してくれるわけね？」

「あたりまえだろうが」ガーヴァーは野獣のように歯をむいた。「だいたいにして、それがあんたになんの関係がある？　あんたはいったい何者なんだ？　どうしておれにぬれぎぬを着せようとする？」

セオドシアはアレクシスから聞いた人相風体を思い返した。漠然としたものだったけれど、ガーヴァーに合致するような気もする。だからこそ、慎重にじっくり調べてほしいとライリー刑事に頼んだのだ。

ライリー刑事は言うとおりにしてくれたらしい。

どうやら、ベティ・ベイツの口車に乗って早とちりをしてしまったようだ。ガーヴァーはよからぬ不動産融資にかかわっているかもしれないが、ジェイミーのひき逃げ事故やアレクシスの襲撃事件を引き起こした張本人とは思えない。

「どうした？」ガーヴァーが怒鳴った。「なんで黙ってる？　おれがおまわりに不当な扱いを受けたことを、多少なりとも申し訳ないと思ってるのか？」

セオドシアは相手をにらんだ。「あんなふるまいをしたくせに……あなたはわたしのティーショップに押しかけてきておかしな因縁をつけたのよ……だから、答えはノー。これっぽっちも申し訳ないとは思ってないわ」

そう言うと、セオドシアはガーヴァーに背を向けて、店に戻った。


けれどももちろん、お客には迷惑をかけてしまった。くわしく説明しないまでも、常軌を逸した形で中断したことをお詫びする必要はあるだろう。けれども、ティールームの真ん中に立って、ふさわしい言葉が出てきますようにと思いながら咳払いをしたところ、ドレイトンがシルバーのトレイを高くかかげて前に進み出た。

「プラムのクリスプです」ドレイトンは力のこもった演説調の声で高らかに言った。「近隣のパーデュー果樹園で採れた新鮮なプラムで一から作った、当店自慢のデザートになります」

あちこちで歓声があがり、納得するようにうなずく姿が見受けられた。

「セオドシア」ドレイトンは陽気な声で呼びかけた。「お客さまに特製のトッピングについて説明してもらえるかな？」

「プラムのクリスプにはシナモン風味のホイップクリームをトッピングいたしました」セオドシアは言った。「新鮮なオーガニックの生クリームとスリランカから輸入したシナモンを使っています」そこで目を横に向けると、白いシェフコートとマッシュルームみたいな背の高い帽子という格好のヘイリーが厨房との境に立っていた。「さて、こちらにおりますのが、当店のシェフです。このヘイリーが本日使用したすべての材料を調達し、みなさまのランチを用意しました」

「じゃあ、レシピを知ってるのは彼女なのね」ミッジ・ビンクリーが言った。


デザートが全員に配られたのを見計らい、セオドシアは話をしようとアレクシスのテーブルに近づいた。

「さっき来た男の人だけど」セオドシアは言った。「あれがボブ・ガーヴァーさん」

アレクシスはなにも言わなかったが、眉が少しあがり、顔色がさっと変わった。

「あの人を知っているの？　ちょっと表情が変わったように見えたけど」あれは相手の顔に見覚えがあったせい？　それとも恐怖心？　セオドシアには判断がつかなかった。

「わ……わからない」アレクシスはもごもごと答えた。「昨夜も言ったけど、真っ暗だったし、犯人は茂みから飛び出してきて、うしろから羽交い締めにしてきたから」そこで小さく体を震わせた。「でもたしかに、さっき店に押しかけてきた人は、見るからに怖そうだった。

外で相手をしてくれてよかったわ」

「じゃあ、けっきょく、犯人を見てもわからないのね？」ガーヴァーが事情聴取を受けたのちに解放されたとわかってはいても、心の奥にはいまも不審の念が強く残っている。

「じっくり考えなさい」リビーおばさんが言った。同じテーブルを囲む相手を心から心配している様子だ。「あせらなくていいから」

アレクシスはゆっくりと首を振った。「ごめんなさい……でも、やっぱり、さっきの男の人は見たことがないみたい」

「わかった」セオドシアは言った。アレクシスの顔がまた青ざめてきたようだから、この話はもう終わりにしよう。気持ちを落ち着かせるようにゆっくりと息を吸い、あたりを見まわした。「ガーヴァーさんが口汚くののしってきたのをべつにすれば、お茶会は順調にいっているようね」

「百点満点の出来よ」リビーおばさんが言った。「あなたが少し熱くなったのもかえってよかったわ。臆せずに仕切ることのできる女性だと、お客さまにしめしたんだもの」

「罵声を浴びせられても冷静だったわよね」アレクシスがセオドシアに言った。「わたしだったら、あんなに落ち着いてなんかいられないわ。だって、ゆうべのわたしを見たでしょ。壊れた原子炉みたいにふにゃふにゃだったじゃない」

セオドシアはただほほえんだ。心の底では、ちっとも冷静なんかじゃなかったから。

二時をまわると、プラムの花のお茶会は大成功間違いなしとなり、四品すべてが配られ、食べられ、好評を博した。それでも、ガーデンクラブの女性たちは帰るそぶりすら見せなかった。それどころか、店内をあちこち歩きまわっては飾りつけを大声で褒め、ささやかな買い物を楽しんだ。ギフトコーナーの棚に並べられた缶入りのお茶、スコーン用ミックス粉、ティータオル、瓶入りの蜂蜜などを次々に手に取った。

「パルメット・ピーチ・ティーというお茶は、ここに並んでいる以外にもあるのかしら？」ひとりの女性がセオドシアに尋ねた。

「それはドレイトン考案のオリジナルブレンドなんです」セオドシアは言った。「ですから、もちろん在庫がございます」

「この〈T・バス〉というのはどういうものなの？」べつの女性が質問した。

そこでセオドシアは自身が考案した〈T・バス〉製品について簡単に説明し、緑茶のローション、ジンジャーとカモミールを配合したフェイス用ミスト、レモン・バーベナのバスオイル、緑茶のフットトリートメントなどがあると伝えた。

キャンディス・ジョーダンというお客が最下段から箱詰めの種を手に取った。

「これはどういうものなのか教えてもらえる？」

「当店の販売コーナーにあらたにくわわった商品なんです」セオドシアは言った。「ハチドリを呼ぶ花の種がミックスされています。これをお庭にまくと、ハチドリがとくに好むタイプの蜜を出す花が咲くんです」セオドシアもためしてみたが、うまくいった。去年の春に自宅の庭にまいたところ、二カ月後、ルビー色とエメラルドグリーンが美しいハチドリが何羽も飛来して、花の蜜を器用に吸っていったのだった。

会話が途切れた頃、リビーおばさんが人だかりにそっと近づき、セオドシアの腕に軽く手を置いた。「そろそろ帰るわ。すてきなランチをごちそうさま」

「もう帰っちゃうの？　たっぷりおしゃべりできると思ってたのに」

「また今度ね」

「そうだ、いいことを思いついた」セオドシアは言った。「今夜、一緒にカロライナ・キャット・ショーに行きましょうよ」

「うーん、やめておくわ」

「だったら、明日の夜、〈めずらしい武器展〉に行くのはどう？」

リビーおばさんはその提案にほんの少し乗り気になった。

「武器展に興味があるというわけじゃないのよ」リビーおばさんは言った。「誤解しないでほしいんだけど、狩猟も、さらに言うなら女性の名誉をかけて決闘することも否定しないわ。ただ、お邪魔じゃないかなと思って。あなたとあなたの……」おばさんの目が輝いた。「一緒に行くお相手がいるのよね、でしょ？」

セオドシアはうなずいた。「そうだけど……」

「なんなら、わたしがエスコート役をつとめよう」ドレイトンが割りこんだ。

リビーおばさんは用心深い目でドレイトンを見つめた。「それはまじめなお申し出かしら？」

「もちろんだとも」ドレイトンは言った。「たいへん楽しい夜になると保証するよ。すでにティモシー・ネヴィルとはよく知った仲だし……」

「あの人、あいかわらず気むずかしいの？」リビーおばさんは訊いた。

ドレイトンはその質問をはぐらかした。「財務関係となると、いつもやり玉にあげられるからね。だが、ほかにも知り合いが大勢、来るはずだ。ヘリテッジ協会に寄付してくれている方々とかね」

「申し出を受ける気になってきたわ」

「では、一件落着だな」ドレイトンは言った。「明日の夜はわたしたちと一緒に出かけよう」

「そうだわ」セオドシアは言った。「そのあと、正装で踊る豪華な舞踏会もあるの。よかったらおばさんも……」

リビーおばさんは笑顔で首を横に振った。「武器展はおもしろそうだけど、豪華な舞踏会にはそれほど惹かれないわ」

「どうしてまた？」ドレイトンが訊いた。「舞踏会用の靴を荷物に入れてこなかったとか？」

リビーおばさんは彼の腕を軽く叩いた。「もうずっと前から荷物に入れたこともないわ」

午後もなかばを過ぎ、セオドシア、ドレイトン、ミス・ディンプルの三人はせっせと片づけに励んでいた。ヘイリーは厨房で孤軍奮闘し、残りものをパックに詰め、みずからの縄張りを元どおりにするのに余念がなかった。

「トントン」と声がした。

セオドシアは正面ドアに目をやった。取っ手がまわってあいた音にも、人が入ってきた音にも気づかなかった。なのに、好奇心にあふれて（これはもう認めるしかないけれど）めちゃくちゃすてきなピート・ライリー刑事の姿があった。

「いま忙しい？」ライリー刑事は訊いた。

セオドシアは汚れた食器を入れた洗い桶をおろし、出迎えた。

「あなたの相手ができないほどじゃないわ」と、少し気を惹くような態度で答えた。カーキ色のトレンチコートを着た彼は、当世風のコロンボといった感じだ。でも、ライリー刑事のほうがハンサムだ。それもずっとずっとハンサムだ。

ライリー刑事は半分だけ片づいたテーブル、ホルダーのなかで細々と燃えているキャンドル、しおれはじめたプラムの花に目をやった。「きょうはにぎやかなビッグイベントがあったみたいだね」

「それだけじゃないの。とんでもない珍客まで現われたわ」ライリー刑事が片方の眉をあげただけなのを見て、セオドシアは話をつづけた。「ほら、不愉快な不動産開発業者のボブ・ガーヴァーさんが顔を出して、わたしに罵声を浴びせたのよ」

「あの男がここに来たって？」ライリー刑事はあきれた様子で訊き返した。「でも、つい二時間ほど前に事情聴取をしたばかりだよ」

「とにかく、本人が店に押しかけてきて、ばかをさらしていったの」

「いったいどうして？　なんて言ってたんだい？」

セオドシアは肩をすくめた。「あなたに目をつけられたのはわたしのせいだって。連行されて尋問されたのも」

「ばかばかしい」ライリー刑事は言った。「べつに無理やり連行したわけじゃない。少し話を聞きたいというようなことを言っただけだ」彼は顎をさすった。「なるほどね、あの男が短気だってことは予想しておくべきだった」

「あのときの彼を見せたかったわ」

「いや、もう充分見たよ。昨夜の居場所を尋ねただけじゃないんだ。低金利融資に関する情報も聞き出そうとしたんだけどね。矢継ぎ早に質問を浴びせたところ、そうとう腹をたてていたよ」

「ガーヴァーさんは昨夜のアリバイならあるって言ってた。ジェイミーがひき逃げに遭ったことにもアレクシスが襲われたことにも関係ないって」

「たしかに、何人もの人間がやつのアリバイを証明している」ライリー刑事は言った。「でも、融資の件を厳しく問いつめたら、べらべらしゃべるのをぱったりやめてしまったよ」

「じゃあ、なにかよからぬことがおこなわれていると見てるのね？」

「賭けてもいい。賭けるといっても市の金じゃないよ」

「さておふたりさん」ドレイトンが呼びかけた。「新しい日本のお茶を試飲してもらえんかな？」

「もちろん」セオドシアは言った。疲れはて、首のうしろがこっていた。気を張っていたせいだろう。なにか元気が出るものを体に入れたほうがいい。まだきょうの仕事は終わっていないのだから。

「ぼくも飲んでみようかな」ライリー刑事もくわわった。

ドレイトンは小さな陶磁器のカップ二個を持ってふたりに歩み寄った。カップには琥珀色をした熱々のお茶がたっぷり入っている。彼は片方をそろそろとセオドシアに、もう片方をライリー刑事に渡した。

「このカップには持つところがついてないんだね」ライリー刑事は言った。

「日本ではなぜかそういうデザインなのだよ」ドレイトンは肩ごしに答えた。

セオドシアはお茶をひとくち含み、すばやくのみこんでから言った。「あなたに言っておかなきゃいけないことがあるの。ちょっと微妙な話なんだけど」

「今度はなんだい？」ライリー刑事は悪い知らせではないかと身がまえた。

「わたしなりにこの事件を調べてるんだけど」

「うん、それは知ってる」ライリー刑事は少し緊張をゆるめ、お茶をひとくち含んで鼻にしわを寄せた。

「そうじゃなくて」正直なところ、ハーカーのアパートメントに侵入した件は話したくなかったが、あそこで発見したものはあまりに衝撃的で、とても黙っているわけにはいかなかった。「だから、本格的な調査をしたところ、ジャッド・ハーカーさんの過去にとても暗い影を落としている出来事が見つかったの」

「きみの容疑者リストで第一位の座を占めていた男性だね。いまもそれは変わってない？」

「なんとも言えないわ。でも、とにかく過去の暗い秘密を見つけたの」

ライリーは手をくるくるまわす仕種をした。「いいから、はやく話してほしいな」

「何年も昔、ジャッド・ハーカーさんはあやまって十歳だった弟を撃ってしまったの」さあ、これで原子爆弾並みの威力抜群の爆弾を投下したわよ。

「うん――なんだって？」

なによ。聞こえなかったの？「だから、ジャッド・ハーカーさんが……」

ライリー刑事はあいているほうの手を制止するようにあわただしく振った。

「ちょっと待って。落ち着いて。だからその……いまの話は本当？　ハーカーが実の弟を撃ったというのは」

「ええ」

「いったいどうやって、そんなことを突きとめたんだい？」

「知らないほうがいいと思う」セオドシアは言った。すべてを正直に話したら、ライリー刑事の脳が頭蓋骨のなかで爆発してしまうだろう。

「なんなんだ、これは？」ライリー刑事は言った。「聞かざる、言わざる作戦かい？」

「そんなところ」

「だめだ、正直に話してくれないと。そんな重大な情報をなんでもないことのように口に出して終わりというわけにはいかないよ」

「わかった。彼のスクラップブックに切り抜きがはさんであったの」セオドシアは言葉を切り、哀れっぽくかすかにほほえんだ。その表情はこう言っていた。そうよ、彼の家のなかをひっかきまわしたの。

「彼の、なんだって？」ライリー刑事は当惑したものの、必死に落ち着きを取り戻そうとした。「本物の刑事として推理するに、きみはハーカーの住居に不法に立ち入ったようだね」

彼はセオドシアの顔をうかがった。「この推理はどのくらい的をはずしているかな？」

「ほとんど合ってる」セオドシアは認めた。

「その発砲の件はたしかなんだね？」ライリー刑事は訊いた。

「新聞の切り抜きを読んだわ。たしか、ええっと、二十年くらい前だったかな。ハーカーさんは起訴されなかったの。弟さんが亡くなったのは、あくまで事故とされたから」セオドシアの息は少しはずんでいた。ライリー刑事に絞め殺されずにすみそうだという安堵感で、力が入らなくなってもいた。「この件がカーソン・ラニアーさんの事件に関係あるかもしれないと、あなたも思うでしょ」

「ハーカーが悪質な脅しをしてきたことを思えば、そういうことになる」ライリー刑事はぽつりぽつりと言った。「このあらたな情報によって、状況がいくらか変わってくるのはたしかだろう」

「でも、変わるってどの方向に？」セオドシアはライリー刑事の表情を読みとろうとしながら訊いた。「ハーカーさんは事件に無関係か、あるいは……？」

「まったくの無関係というわけにはいかない」ライリー刑事は言った。「むしろ、いま聞いた話にひどく驚かされたので、これからハーカーを署に呼んで事情聴取するつもりだ。二十四時間勾留できれば、少しはなにかわかるんじゃないかな」

「そんなことができるの？　ハーカーさんを勾留するなんてことが」

「いいかい、ティドウェル刑事はかれこれ一週間、まさにそれをやろうとしていたんだ。だから、ぼくが彼のいちばんの望みをかなえてやるんだよ」

「ボブ・ガーヴァーさんはどうするの？」

「彼にもちゃんと目を光らせておく」

「そう。ならいいの。ありがとう」それに、かっとなってキレないでくれて感謝してる、と心のなかで言い添えた。

「もうひとつ訊きたいことがある」

「なにかしら？」

「このお茶はなんていうもの？　馬に飲ませる、あやしい液体みたいな味がするが」

「大麦のお茶ですよ」カウンターにいるドレイトンが答えた。「麦茶と呼ばれていてね。その名のとおり、煎った麦を煮出して作る、日本の伝統的なお茶だ。おいしいでしょう？」

　ライリー刑事は首を振った。「全然」

27

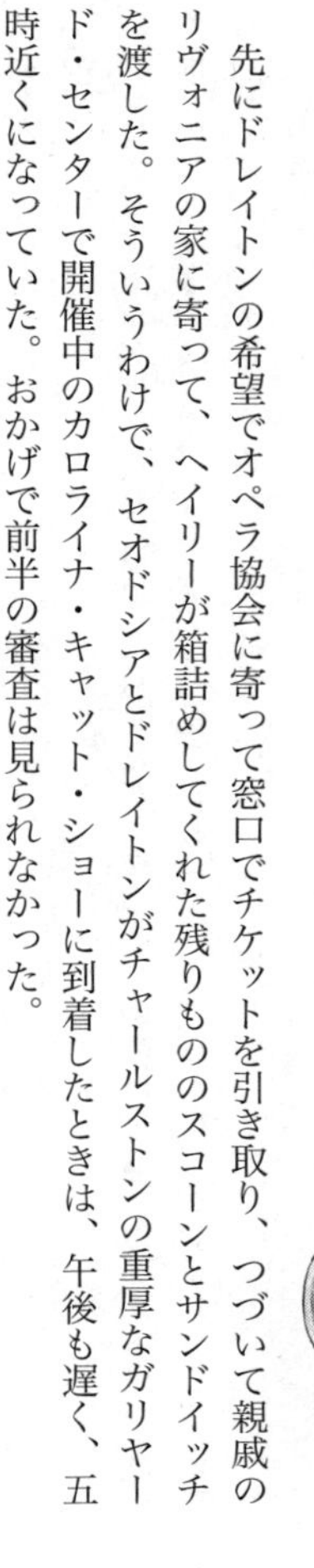

　先にドレイトンの希望でオペラ協会に寄って窓口でチケットを引き取り、つづいて親戚のリヴォニアの家に寄って、ヘイリーが箱詰めしてくれた残りもののスコーンとサンドイッチを渡した。そういうわけで、セオドシアとドレイトンがチャールストンの重厚なガリヤード・センターで開催中のカロライナ・キャット・ショーに到着したときは、午後も遅く、五時近くになっていた。おかげで前半の審査は見られなかった。
　だが、会場にいるだけでも文句なしに楽しかった。なにしろ、ひかえめに言っても猫だらけなのだ。どこに目をやっても猫がいる。円形舞台、ワイヤーケージ、しもべである飼い主の腕のなか、もちろん、ショーがおこなわれている巨大会場を駆けまわっているものも何匹かいた。放し飼いの猫たちね、とセオドシアは心のなかでつぶやいた。
「こんなにも多くの種類が一堂に会しているとは、たいしたものだ」狭い通路を歩いていきながら、ドレイトンが言った。両側に積みあげられたケージでは、猫たちが飼い主に毛をドライヤーでブローしてもらっている。「そこのきれいな猫を見てごらん。マンクスだ。バーミーズやロシアンブルーもいる」

「好きなのを選べと言われても困っちゃうわ。細身のしなやかな猫もいいし、毛がふわふわの猫もいいし」

「どの猫も本当に愛らしい」ドレイトンは言った。「わたしが審査員なら、全員に一等賞をあげるところだ」

「だから、あなたは審査員じゃないのよ」セオドシアは言った。「だって、あなたは外に出て野良猫にも一等賞をあげかねないでしょ」

「もちろんだとも。しかも、そのかわいい子たちに餌をやるだろうよ」

「さてと、デレインを探さなくちゃ。立ち寄るって約束させられたから、ちゃんと顔を見せておかないと」

「あそこにいる」

「どこ?」セオドシアはあたりに目をこらしたが、デレインの姿はどこにもなかった。変だ。主催者のひとりなのに。本当ならあちこち飛びまわって、誰彼なしに指示を出しているはず。言い換えるなら、デレインらしさを発揮していなくてはおかしい。

「ひとつ隣の通路だ」

「そう言われても、見あたらないわ」

「赤いターバンを巻いた細身の女性が見えるだろう?」ドレイトンは口もとをわずかにゆるめながら言った。

「あら、まあ。デレインたら、なんであんなものを頭にのせてるの?」

「どうしてターバンを巻いてるの？」

ようやくデレインと合流するとセオドシアは訊いた。

「ドライヤーで髪の毛を焦がしちゃったの？　それとも占い師にでもなるつもり？」

「変装してるのよ」デレインは小声でわめいた。頭に巻いて宝石のついたブローチでとめた赤いスカーフに手をやった。「出展者の何人かが《シューティング・スター》紙を配ってたから、気づかれたらいやなんだもの！」

「気づかれたっていいじゃない」セオドシアは言った。

「冗談じゃない。《シューティング・スター》のおぞましい写真にのってた女だなんて言われたくないわ。ベティとシシーの大喧嘩をとらえた写真なんかに」

「でも、喧嘩してたのはあなたじゃないでしょ、デレイン。たしか、まったく関与してなかったはずよ」

「そういうことじゃないんだってば」デレインは言った。「あたしのブティックで喧嘩騒動があったのよ。あたしのすぐれた評判に疵（きず）がつくってことでしょうが！」

「きみの猫はもうふたつも賞をもらったようだな」ドレイトンが果敢にも話題を変えようとして言った。彼は青いリボンと紫のリボンがつけられたワイヤーケージのほうをしめした。しなやかなシャム猫が二匹、好奇心できらきらした目で外をのぞいている。

「そうなの」デレインは言った。「ドミノが紫のリボンをとって、ドミニクが青いリボンをとったの。でももちろん、まだ始まったばかり。今夜はこのあとも審査があるし、明日の午後は最高賞の発表があるわ」

「まちがいなく、きみの猫が優勝するだろうね」ドレイトンは言った。

「ええ、あたしもそう思ってる」デレインはそう言うと頭をいきおいよく振ったが、ターバンが落ちないよう手を添えなくてはならなかった。

セオドシアとドレイトンはその場をあとにすると、円形舞台のひとつに近づいて、審査の模様をながめた。三つ揃いのスーツを着た審査員がケージをひとつひとつ見て歩いたのち、手を差し入れて一匹の猫を抱きあげ、テーブルに運んだ。

「本当にたくさんの猫がいるな」ドレイトンがひとりごとを言った。「審査にはそうとう長い時間がかかるにちがいない」

しかし、セオドシアからの反応はなかった。知った顔が見えたので、現実に引き戻されていたのだ。

「あそこにシシーがいる」セオドシアは言った。「彼女と話を……」

最後まで言わずにドレイトンの腕をつかむと、シシーがいるほうに彼を引っ張っていった。

「シシー！」セオドシアは手を高くあげて振った。

シシーはセオドシアが手を振っているのに気づいて、急いで駆け寄った。

「あら、こんにちは」シシーは言った。「それにドレイトン」そこでブロンドの髪を振った。「ふたりともおそろいで」

「ねえシシー、ずっと訊きたくてうずうずしてたの。弁護士さんに相談してみてどうだった？　ずっと話せなかったでしょ、あれ以来……」〝あなたがヒステリーを起こして以来〟と言いたかったが、セオドシアは言葉を濁した。あの件を蒸し返す必要はない。

シシーの顔がいっそうほころんだ。「とんとん拍子にいったわ、セオ。アルストンさんがフィデリティ証券と協力して、なくなったお金を追跡してくれたの。口座収支報告書に事務的なミスがあったとわかったわ。すごいでしょ？」

「では、あんなに大騒ぎすることはなかったわけか」ドレイトンが言った。

シシーは口をすぼめた。「そうとも言えないわ。デレインにインディゴ・ティーショップまで連れていかれなかったら、セオドシアからおじさまを紹介してもらうこともなかったもの」そう言って口もとをゆがめて笑った。「だから、こうなる運命だったということよ」

「神のご意志か」

「まあ、そんなところね」シシーは肩をすくめた。「ところで……」そう言ってセオドシアをじっと見つめた。「ジャッド・ハーカーとボブ・ガーヴァーのふたりが取り調べを受けたと聞いたわ」

シシーはひとつ大きくうなずいた。「これでカーソンの事件にようやくケリがつくなら最高よね？　そうなれば……少なくともわたしの気持ちに区切りがつくもの」

「わたしたちだっておおいに安心できるわ」セオドシアは言った。

シシーは周囲を見まわしておざなりにほほえんだ。「いけない、もう失礼しないと。友だちと約束があるんだった」

「シシーはいまもきみの容疑者リストにのっているのかね？」声が届かないくらい彼女が離れたのを確認してから、ドレイトンが訊いた。

「ええ、のってる」セオドシアは言った。「元夫になるはずだった人に対して、やけに浮ついた態度なのがすごく不愉快なんだもの。それにお金への執着心が異常だし」

審査スペースをぐるりと一周するとドレイトンが言った。「もう充分だろう。だいたい全部見たのではないかな。屋台はのぞくまでもなかろう」左に目をやると、二十以上もの屋台が並び、キャットフードからトラ柄の猫用ベッド、オーダーメイドの猫用の首輪にいたるまで、いろいろなものを売っている。

「ちょっと気になることがあって……」セオドシアはあたりに目を配りながら言った。

「気になること？」

「アレクシスがここでビル・グラスとデートするらしいの」

ドレイトンの足がぴたりととまった。「冗談を言っているのではあるまいな」

「まぎれもない事実よ」

「アレクシスのような魅力いっぱいの教養ある女性が、なぜあんな……あんな……」

「あんな下品で鼻持ちならない人とデートなんかするのか、でしょ？」

「感謝するよ、セオ、まさにそれが言いたかったのだよ」

「わたしも不思議に思ってるの。アレクシスはさびしいのかもしれないわ。もしかしたら、ひょんなことからグラスと意気投合したのかも」

「正反対のものは惹かれ合うということか。火星と金星のように？」

「うん、まあ……そんなところかしら」

くしょーん！

セオドシアはさっと振り向いた。「いま大きな音がしたわね」

「なにか騒いでいるようだ」ドレイトンが言った。「ひょっとして……喧嘩か？」

くしょーん！

「また聞こえた」セオドシアは言った。

「屋台のあたりから聞こえるようだ」ドレイトンは言った。

セオドシアがあたりを見まわすと、ほかの人たちも顔をしかめ、きょろきょろと周囲をうかがっている。「まずいことになっているんじゃないといいけど」

「まったくだ。このところ、まずいことが山積みだからな」

ひえーっく！

「なんなんだ、まったく」ドレイトンは言った。「メンフクロウが好き勝手に飛びまわっているみたいな音ではないか」

「あるいは、なにかの装置が壊れたのかも」セオドシアは言った。「ＰＡシステムとか、空調とか」

「ちがう」ドレイトンはセオドシアの腕をつかんで、小さく揺さぶった。「あそこを見てごらん」

人混みに目をやると、ビル・グラスが見えた。四十五度の角度まで腰を折っている。首から三台のカメラをさげ、大きなハンカチを鼻に押しあてている。またくしゃみをした。

「へーっくしょん！」

グラスの四度めとなる盛大なくしゃみが響きわたると、猫が入っているワイヤーバスケットがほとんど全部揺れた。

セオドシアは唇をとがらせた。「ビル・グラスだわ」

「あたりをただよう猫の毛にアレルギー反応を起こしたのだろう」ドレイトンは言った。

「抗ヒスタミン薬を飲ませないといかんな」

「あんなにひどいアレルギー反応を起こすなんてびっくりだわ。だって、ここにいる猫はほとんど、魂をこめて毛繕いされているはずなのに」

ドレイトンは片方の眉をあげた。「まさか九つの魂がこもっているわけではあるまいね？」

「笑える。あ、見て。彼のそばにアレクシスがいる。というか、少し離れたところで見ている感じ」

「楽しそうにしているかね？」ドレイトンは訊いた。

セオドシアとしてはアレクシスの態度を好意的に解釈してあげたかった。けれどもけっきょく、首を横に振った。「それはなんとも言えないわ」

28

プラムの花のお茶会がうまくいったおかげで、セオドシアはいい気分のまま土曜日を迎えた。アデルの最新アルバムの曲を鼻歌で歌いながら、テーブルを手早くセッティングし、キャンドルに火をつけ、暖炉に小さな火をおこした。ドレイトンなら、店を引き立たせた、と表現するところだ。

ドレイトン……。セオドシアは入り口近くのカウンターを見やった。ドレイトンが小さく口笛を吹きながら、シェリーのティーポット二個に茶葉を量り入れている。おそらく、今夜の〈めずらしい武器展〉が楽しみでならないのだろう。なにしろ、ものものしい感じが大好きな人だから。

セオドシアはカウンターに歩み寄った。「ねえ」

ドレイトンは小さなお茶の缶をひょいと放りあげてキャッチした。「なんだね?」

「ひと晩かけてじっくり考えたけど、ジャッド・ハーカーさんがあやしい気がするの」

ドレイトンは片方の眉をあげた。「不幸な過去を背負っているとわかって、あの男への嫌疑は晴れたとばかり思っていたが。弟を撃ってしまったトラウマから、強硬な銃規制派にな

った と結論づけたのではなかったのかね」

セオドシアは首を横に振った。「考えが変わったの」

「どういう理由で?」

「理由その一。ライリー刑事がハーカーさんを二十四時間拘束して厳しく取り調べる判断をくだしたから。ライリー刑事はわたしが知らないこともいろいろ知ってるはずだもの」

「たしかに、現場経験が豊富だろうな」ドレイトンは言った。「それは認める」

「理由その二。あらためて振り返ってみると、ハーカーさんにはありとあらゆる危険な兆候が見られるの。怒りっぽいし、喧嘩腰だし。しかもあの人のアパートメントときたら、すごく陰気な感じだったじゃない」

「やましい心が住環境に反映しているということか」

「まあね」

「だったら、なにも心配することはなかろう。捕まるべき人物が捕まり、勾留されているのだから」

「ティモシーはもう二度と脅迫されないし、今夜の武器展はなんの問題もなくおこなわれるわけね」

「そう祈ろう」

「ねえ、おふたりさん」ヘイリーの声がした。「ちょっと味見してほしいの」彼女はカウンターに歩み寄った。手にした小皿にはスコーンがのっている。あれはスコーンよね?

「なにを持ってきたのだね？」ドレイトンが訊いた。

「グリドル・スコーン」ヘイリーは答えた。

「厨房からとてもいいにおいがしていたのはそのせいだったのね」セオドシアは言った。

「おいしいものを焼いているんだろうなとは思ってたけど」

ドレイトンはスコーンに手をのばして、じっくりとながめた。

「いつものよりも色が黒いな」

「オーブンで焼くんじゃなく、鉄板（グリドル）で焼いたからよ」ヘイリーは答えた。

「では、昔ながらのものとは少々ちがうわけか」ドレイトンは言った。

「ところが、オーブンが発明される前はグリドル・スコーンが一般的だったんだって」ヘイリーは言った。「ほらほら、どうぞ。とにかく食べてみて」

ドレイトンはひとくち食べ、じっくり味わうように口をもぐもぐ動かした。

ヘイリーは彼をひたと見つめた。「それで？　感想は？　正直に言って」

「おいしいよ」ドレイトンは言った。「くせがあるが、味わい深い」

「おばあちゃんの古いレシートにあったんだ」南部では昔、レシピをレシートと呼んでいた。

「とてもおいしくできてるわ」セオドシアもすでにひとつ味見していた。「一般的なオーブンで焼いたスコーンより、少しかみ応えがある感じ」

「じゃあ、合格ってことでいい？」ヘイリーは訊いた。「地産地消のお墨つきをもらえる？」

「なかなか賢明なマーケティングだと思うね」ドレイトンは言った。「きょうのメニューとして出せるだけの数はあるのかね？」

「うん、ある」

「いつジェイミーを迎えに行くの？」セオドシアは訊いた。きょうは彼が退院する日だ。

「店を閉めたらすぐ」ヘイリーは言った。「病院に着くのは一時半くらいかな。ジェイミーを乗せて、お見舞いでもらったお花やら果物やらのバスケットも全部車に積んだら、ラベルおばさんのところに連れていって、週末は付き添うつもり。月曜の朝、ひとりでこっちに帰ってくる」

「えらいわ、ヘイリー」セオドシアが言うのと同時に、電話が鳴った。「ジェイミーも、あなたみたいないとこがいて幸せね」手をのばして、電話を取った。「インディゴ・ティーショップです。ご用件はなんでしょう？」

「怒らないでくれるとありがたい」ピート・ライリー刑事の声だった。

「どうして？　なにかあったの？」

「ハーカーを放免せざるをえなくなった」

セオドシアは心臓が口から飛び出そうになった。「こんなに早く？　だって、きょう一日、勾留するはずだったのに」

「妙なことになってね。公選弁護人のアーサー・ピンクニーという熱心な男の考えはまったくちがっていた」

「じゃあ、ハーカーさんは自由の身になって外を歩いているのね」セオドシアは食い入るように見つめているドレイトンと目を合わせ、首を横に振った。ヘイリーはもう、厨房に引っこんでいた。

「おそらく、いま頃は〈スタッグウッド・イン〉に戻っていることだろう。軒天の塗装だかタイル貼りだか知らないが、とにかくあそこで仕事をしているはずだ」

「でも、彼が本当に犯人だとしたら？」セオドシアは高まる不安が声に交じらないよう必死でこらえたものの、うまくいかなかった。ハーカーがふたたびインディゴ・ティーショップに押しかけてくるかもしれないじゃないの！

「現時点では、ティドウェル刑事がべつの線を追う判断をくだしたとしか言えないんだ」

「ちょっと待って」いまの言葉にセオドシアは面食らった。「べつの線って？　誰のこと？」

「それは話せない」

「いいじゃない、言ったって。というより、言ってくれなきゃだめよ」

「ごめん」ライリー刑事はそれ以上言わなかった。

セオドシアは受話器を胸のところまでおろして、そのまましばらく考えた。それからまた受話器を耳のところに持っていった。「ティドウェル刑事はボブ・ガーヴァーさんにねらいをさだめたのね、そうでしょ？」

長い間があき、やがてライリー刑事は言った。「まいったな」

「ティドウェル刑事はまちがってる。その判断は完全にまちがってると、あなたが説得して」

「おいおい、ぼくはあの人の部下なんだよ。ジャンプしろと命令されたら、〝どのくらい高くですか〟と言うしかないじゃないか」

「だったら、わたしから彼に言う」

ライリー刑事はぷっと噴き出した。「健闘を祈るよ」

「警察はハーカーを放免したのかね？」セオドシアが電話を切ると、ドレイトンが訊いた。

「ティドウェル刑事の指示ですって。それに、おそらく、公選弁護人の影響もあると思う」

「しかしきみは、ティドウェル刑事がまちがっていると思うのだね？」

「ええ、でも……」

「でも、なんだ？」

セオドシアは少しためらったものの、慎重に言葉を選んだ。「とは言うものの、ティドウェル刑事は法執行機関で三十年もの経験があるベテランよ」そこで肩をすくめる。「わたしはひとこと言いたいだけのアマチュアにすぎない」

「たしかにな。だが、きみにはティドウェル刑事にはないものがある」

「なにかしら？」

ドレイトンはほほえんだ。「すぐれた直感だ」

それからはお客を出迎えたり、席に案内したり、お茶を注いだりと、忙しくなった。なので、つづく二時間ほどは殺人事件の容疑者の話をする余裕はなかった。ヘイリーのグリドル・スコーンは当然のことながら大人気を博した。カニのサラダをはさんだティーサンドイッチとギリシャ風ミートローフも。

「少しいらいらしているようだな」ドレイトンが緑茶のポットを渡しながら言った。「そうそう、そいつは四番テーブルの注文だ。あと二分蒸らすようにと伝えてほしい」

「ティドウェル刑事がハーカーさんを放免したことがまだ気になって」セオドシアは言った。

「ショックだわ。やっぱりとんでもない間違いだと思う」

「そろそろ手を引く頃合いなのかもしれんな」ドレイトンは言った。「容疑者をあぶり出すのに手を貸すようティモシーが頼んだからだが、実際、きみは期待に充分こたえてくれた。だが、なにもきみが世界の重荷を背負う必要はない」

「わたし、そんなことをしてるかしら」

「きみはなんでも深刻に受けとめるたちだからな」ドレイトンは言った。「ところで、さっき渡したお茶は、蒸らし時間があと一分になったよ」

午前中いっぱいは次々と来ては帰っていくお客の応対、テイクアウトの注文の箱詰め、フエザーベッド・ハウスというB&Bを経営するアンジーからぎりぎりになって飛びこんできた持ち帰りの注文で忙殺された。ヘイリーもくるくる旋回するイスラム教の托鉢僧のように忙しく働いていたが、一時になるとセオドシアにエプロンをはずされ、店から追いたてられた。最後の掃除をするよりも、ジェイミーを迎えにいくほうが、はるかに大事な仕事だからだ。

最後のティーポットをふきんで拭いていると、ベティ・ベイツがインディゴ・ティーショップの正面入り口からこっそり入ってきた。

「困ったわ」ベティに気づくなりセオドシアはつぶやいた。はっきり言って、ベティ・ベイツの相手をする気にはなれなかった。本人みずから証明したように……生理的に嫌いなタイプだからだ。

「セオドシア」ベティはえへん、と咳払いしてから声をかけた。「話がしたいの」

聞きたくない科白だった。セオドシアは首を横に振った。「話したいことなんかないわ、ベティ」

「お願い」ベティは媚びるように両手を差し出した。「ちょっとくらい、いいでしょう?」

「悪いけど、お店はもう閉まってるの。べつの機会にしてちょうだい」

けれどもベティは引きさがらなかった。腕を組み、冷たくあしらわれるのはごめんだとばかりに、仁王立ちになった。セオドシアはしかたなくふきんを置いて、彼女とテーブルについた。

「どうかしたの?」

「銀行の記録を調べてみたわ」

「そう」セオドシアはベティがなにを言おうと、関心のない態度を崩すまいと心に決めた。レスリングのヘッドロックをかけられるような事態はごめんだった。

「カーソン・ラニアーは、公正とは言えない融資をしていたらしいわ」

「どういうこと?」セオドシアは訊いた。「公正とは言えないってどういう意味? ラニアーさんが銀行の承認を受けずに融資をおこなっていたの? 担保もなしに?」でも、それがなぜわたしに関係あるのかしら。

「融資が銀行の帳簿に記録されていないの」ベティは言った。

セオドシアはかぶりを振った。「まだ話がよくわからないんだけど」

「ひとつ訊くけど、融資の申込をしたことはある?」

セオドシアは肩をすくめた。「もちろんあるわ。車のローン、住宅ローン、いろいろと」

「その際、これでもかというくらいたくさんの書類を書いたんじゃない?」

「うんざりするほどね」お願いだから、さっさとこの会話を終わらせて。

「なのに、ミスタ・ラニアーが一カ月前に貸し付けたローンについては、書類がまったくないの」

「つまり、なにひとつ帳簿に記載されてないってこと?」セオドシアは訊いた。「要するに、お金を貸しておきながら、誰にもその事実を話してないってこと?」

「そうらしいの」ベティはうんざりしたような、落ち着きのない表情をしていた。

それを聞いてセオドシアはがぜん興味がわいた。ようやくベティの話をまともに聞く気になった。「その融資の額はどのくらい?」

「わたしの調べたところでは五百万ドルがなくなっている」

「まあ!」セオドシアはかぶりを振った。「どうかしてる。だって仮にも銀行でしょ。信頼のおける金融機関じゃないの。バックには連邦預金保険公社がついているし。いくらだって記録をさかのぼれるはずだわ」

「ええ、うちはとても高く評価されている」ベティは少し弁解がましい態度になった。「例外的な取引は、いま言ったひとつだけ」

セオドシアは椅子の背にもたれた。「なぜその話をわたしにするの？」

「わたしの知るかぎり、ミスタ・ラニアーの事件を精力的に追ってるのはあなただけだから。五百万ドルの融資を受けた人物が返済を渋ったとすれば……その場合……」ベティはセオドシアから目をそらさず、言葉を切った。

「その場合、殺人をおかす動機になるわね。秘密をばらされないために」

「現時点でわたしも同じように考えてる」ベティは言った。「だから不安なの」

「警察にはもう話した？　その……なんて呼んだらいいのかしら……秘密の融資の件だけど？」

「誰にも言ってない。ミスタ・グリムリーにも銀行の監査役にも」

「どうして？」

「行方不明の五百万ドルがどういうものか、はっきりとはわかってないからよ」ベティは言った。「ミスタ・ラニアーのうっかりミスかもしれないし」

「ラニアーさんに不都合なことはしたくないわけね」というか、彼の評判をおとしめるようなことはしたくないのよね。

ベティはうなずいた。「そういうこと」

「その反面、ラニアーさんがとんでもない判断ミスをやらかした可能性もある」セオドシアは言った。「ばれたら自分の首が飛びかねないミスよ。場合によっては、連邦刑務所で十年のおつとめをすることになっていたかも」

ベティは唇を突き出した。「ミスタ・ラニアーが判断を誤った……。そうね、その線もありうる。でも……」そこで黙りこみ、いま言ったことを思い返すような顔になった。「でも、警察はジャッド・ハーカーという人をラニアー殺害の容疑で取り調べているわけだし」

「それはおしまい。もう調べてないの」セオドシアは言った。「ハーカーさんは午前のうちに自由の身になったわ」

ベティは椅子にすわったまま身を乗り出した。「じゃあ、いまはべつの容疑者が有力視されているのね？」

「ええ」セオドシアはゆっくりと言った。

「男の人？」

「ボブ・ガーヴァーさん。あなたが名指しで非難した人」

「ガーヴァー」

「二日前の夕方、ガーヴァーさんがうちの従業員のひとりを襲ったんじゃないかとわたしたちはにらんでる。そのあと、わたしの友人で、ハイク・ギャラリーを経営している女性にも襲いかかった」それとも犯人はあなたなの、ベティ？　あなたは以前、わたしの容疑者リストにのっていた。まだリストからはずすべきじゃないかもしれない。ラニアーさんと交際していたのかもしれないもの。あなたがシシーのお金と銀行のお金、両方を手に入れたのかもしれないじゃない。

ベティはセオドシアの心の内を読み取ろうとするようにじっと見つめた。それから、内緒話でもするように落ち着いた声で言った。

「わたしがラニアーとつき合っていたと思ってるんでしょうけど、そうじゃないわ」

「交際していたことは否定するけど、ラニアーさんが誰とつき合っていたのか、具体的な説明はしてくれないのね」

「相手が誰か、知らなかったからよ。でも、たしかに見たの。ラニアーが女の人と一緒のところを。〈ペニンシュラ・グリル〉で見かけたし、そのあと、クーソー・クリーク・カントリークラブでも」

「ちょっと待って。もしかして、ラニアーさんがその謎の女性に行方不明の五百万ドルをあげたと言いたいの？」

「そ……そこまではわからないけど」

「なんだかひどくこんがらがってきちゃったじゃないの」セオドシアは言った。

ベティは席から腰をあげた。「ええ、わかるわ。こんなわけのわからない話を聞かせて悪かったわね。でも、どうしても誰かに話しておきたかったの」

セオドシアも立ちあがり、ベティを出口まで案内した。

「いいのよ。どうせすでにわけがわからなくなっているんだから」

セオドシアはドアを閉めると〝閉店〟の札をかけ、デッドボルト錠をロックした。これで、店はフォートノックスの金塊貯蔵所とバットマンの秘密基地を足したくらい安全だわ。店の奥に戻り、オフィスに入った。

ベティの訪問の意味をどう考えるべきか、まだ判断がつかない。もしかして、自分に疑いがかからないよう煙幕を張るのが目的だったの？　もしかしたら、ラニアーさんは横領したお金をシシーに渡していたのかも。でも、なんでそんなことをしなくちゃいけないの？

彼女を黙らせるのが目的？　いわゆる賄賂？

もしかしたらシシーはなにかをネタにラニアーを脅していたのかもしれない。あるいは、ラニアーはお金を一時的に借りただけで、すぐに返すつもりだったのかもしれない。でも、彼が殺され、お金は消えた……どこに？

こうも考えられる。ラニアーはお金を持ち逃げし、南アメリカに向かうつもりだった。ジャングルに身を隠し、バナナ農園の収入で一生暮らそうとしたのかも。ピニャコラーダをちびちびやり、真っ黒に日焼けして。

そのとき、あらたな不安がセオドシアの胸に渦巻きはじめた。ベティは今夜の〈めずらしい武器展〉に来るだろう。当然だ。理事会はまだ彼女を理事と認めるか否かの票決をおこなっていないのだから、ヘリテッジ協会に出向いて根回しをするに決まっている。そうなると、またいざこざが起こりそうだ。

裏の路地からクラクションが聞こえ、セオドシアは物思いから引き戻された。立ちあがって、新しいガラスを入れた窓から外をうかがい、笑顔になった。

「ドレイトン」セオドシアはティールームに向かって大声で呼んだ。「はやく来て！ヘイリーとジェイミーが裏に来てる！」

ドレイトンが真っ赤な顔で息を少し切らしながらオフィスに駆けこんできた。

「ふたりが来ているだと？」

「きっとあいさつに寄ったのよ」

ドレイトンが裏口のドアをいきおいよくあけ、セオドシアとともにまばゆい陽射しのなかに出た。陽射しのせいでヘイリーの笑顔がいっそう輝いて見える。彼女は愛車のフォルクスワーゲン・ビートルの運転席にすわり、サイドウィンドウをおろしていた。ジェイミーは折り紙のように小さくなって助手席におさまっている。

「お別れのあいさつもしないで街を離れるのがいやだってジェイミーが言うから」ヘイリーが言った。

その直後、ジェイミー側のドアが大きくあき、木製の松葉杖がにゅっと突き出した。それからジェイミーがそろそろと立ちあがった。彼は車の前をまわりこんでくるドレイトンに気づくと、満面の笑みを浮かべた。「おじさん！」

ドレイトンはジェイミーの体に腕をまわして、ぎゅっと引き寄せた。「ジェイミー」彼はくぐもった声でそう言うと、こっそり涙をぬぐった。「死ぬほど心配したよ」

真っ白なお茶会

大地が一面のすがすがしい白に覆われる季節になったら、お茶会のテーブルの上でも再現してみましょう。まずはぱりっとしたテーブルクロスをかけて、小さなクリスタルの花瓶に白いバラをたっぷりいけます。白いキャンドルと純白の食器を用意すれば、雰囲気がぐっと増しますよ。メニューはクロテッド・クリームを添えたクリームスコーン、サーモンとローストした赤パプリカをはさんだサンドイッチ、マッシュルームのタルトレット。デザートには粉砂糖でお化粧したスパイス入りクッキーかホワイトチョコのケーキを。白牡丹(パイムータン)などの白茶、銀針茶、あるいはほのかに桃の香りがする台湾産烏龍茶を出すといいでしょう。

29

シャンパンのコルクが抜かれるぽんという音が聞こえ、弦楽四重奏団がヴィヴァルディの明るく軽快なメロディを奏でるなか、タキシードを着た男性とカクテルドレス姿の女性が〈めずらしい武器展〉のガラスのケースを足の向くまま見てまわっていた。

セオドシアはピート・ライリー刑事に身を寄せるようにして歩いていた。彼からは、今夜はカーソン・ラニアー殺害事件に関する話はしないようにと釘を刺されている。ひとこと洩らすのもだめだと。メモをこっそり渡すのも禁止。とにかく、厳しい禁止令が出されていた。

セオドシアのほうもあっさり承知した。すべてを忘れ、あとはプロにがんばってもらおう。豪華なフォーマルパーティに出席したあと、飛ぶように家に帰ってイブニングドレスを身に着け、超豪華なコモドア・ホテルで開催される目がくらむほどすてきな舞踏会に出られるチャンスなんて、一生のうちにどのくらいあると思う？ そう、今夜はそれらすべてが現実になる。そしてセオドシアは、そんな夢のようなひとときを味わいつくすつもりだった。

「おもしろい展示会だね」ライリー刑事は銃がおさめられたガラスケースのひとつに身を乗り出した。「このコルト・ドラグーンを見てごらん。まさに芸術品だ」

「刑事さんったら、お菓子屋さんに入った子どもみたい」セオドシアはぽつりと言った。

「ただし並んでいるのは見事な銃だけど」セオドシアからさりげなくアドバイスを受けていたライリー刑事は、紺のブレザーに黒っぽいスラックスという装いだった。たしかにとてもかっこいいが、足もとを見ると、いかにも警官という感じの厚底の靴を履いている。

「すごいな、ぼくたちが携行している支給品の四十五口径のグロックみたいな銃はひとつもないよ」ライリー刑事は言った。「本当に見事なものばかりだ。それに歴史を感じる」彼は次のガラスケースにすっと移動した。「おっと、こいつはフランス製の二十連発ピン打ち式銃じゃないか」

「楽しんでる？」快活さの交じった女性の声がすぐうしろから聞こえた。

セオドシアが振り返ると、アレクシス・ジェイムズがにこにこ顔で立っていた。銀色のミニドレスの上からウールの白いジャケット（シャネルかしら？）をはおり、銀色のピンヒールを履いていて、手には小さなクラッチバッグと広角レンズを持っていた。

「ええ、とても楽しんでるわ」セオドシアはほほえみ返した。アレクシスの腕に軽く触れる。「あなたは？　すべてうまくいってる？　きのうと同じ人と来ているの？」ふたりの関係はどうなっているのか気になった。どうにかなっているとしての話だけれど。

「ビルとふたりで最高の時間を過ごしてるわ」アレクシスは言った。「ねえ、彼が以前、ロック・ヒルにある《ヘラルド》紙に勤めてたのを知ってる？　あの人、ああ見えて実はジャーナリストとしてちゃんとした経験をたっぷり積んでいるのよ」

「ふうん、そう」グラスの記者証など、長さ十フィートの棒を使ってでもさわる気にはなれない。それに、アレクシスにかけられた彼という魔法（それがどんなものか、とんと見当もつかないけれど）を解くために手を打つ気にもなれなかった。

「ハニー。ヘイ、そこのべっぴんさん」ビル・グラスがアレクシスを呼び、注意を惹こうと指を鳴らした。

「いけない、もう行かなくちゃ」アレクシスは言った。「ハイソな人たちをうまいことおだてて、カメラに向かってポーズを取らせろってビルに頼まれてるんだった。そうすると新聞がよく売れるんですって」アレクシスはハイヒールでよろよろと去りながら、手を振った。

「またあとで。楽しんでね」

「あなたよりもわたしのほうが楽しんでいると思うけど」セオドシアは小さくつぶやいた。ライリー刑事を探しにいこうと向きを変えたところ、ドレイトンとリビーおばさんと鉢合わせした。

「見つけたわ」リビーおばさんが身を乗り出すようにしてセオドシアの両頬にキスをした。丈の短いピンクのチュニックドレスを着て、ローズピンクのパシュミナを肩に巻いている。

「もう来ているかどうか気になりはじめたところよ」

「わたしたちは十分くらい前に着いたの」セオドシアはそう言ってから、ドレイトンに目を向けた。ブリオーニのタキシードに真っ赤なカマーバンドを合わせ、同じく真っ赤な蝶ネクタイを締め、顔を大きくほころばせている。ううん、顔をほころばせているどころじゃない

——底抜けの笑顔だった。「ねえ、ドレイトン、どうしてカナリアをのみこんだ猫みたいな顔をしているの？」

「セオ、いまのわたしは最高に幸せな気分なのだよ」ドレイトンは言った。「つま先立ちでぴょんぴょん跳ねまわりたい気分だ」

「教えてあげなさいな」リビーおばさんがうながした。

「教えるってなにを？」セオドシアは訊いた。なにかすごいことでもあったの？　カーソン・ラニアー殺害事件に関すること？　まあ、それについてはなにも言わないと誓ったわけだけど。でも、ドレイトンのニュースはそれとはべつのものらしい。

「ついさきほど、たいへん思いがけない電話があってね。《南部インテリアマガジン》誌からだ。九月号に掲載するので、わたしの家のなかを撮影したいというのだよ」

「ドレイトン！」セオドシアはうわずった声をあげた。「すごい知らせじゃないの」

「でしょう？」リビーおばさんが言った。

「有名人になっちゃうわね」セオドシアは言った。ドレイトンの自宅は、南北戦争の軍医として有名だった人物が住んでいたという、築百七十五年になる住宅だ。

ドレイトンは首を横に振った。「いやいや。評判になるのは家のほうで、わたしではないよ」

「でも、雑誌記者はあなたの写真ものせたがると思うわ。なにしろ、あなたが工夫をこらしたリフォームはすばらしいのひとことだもの。ハートパイン材の床は研磨して表面を新しくしたし、ぴったりの真鍮の部材を求めてアンティークショップを片っ端からめぐったじゃない。グース・クリーク沿いの石置き場に古い玉石がごっそり置かれていたのを見つけたときのこと、覚えてる？　あなたったら、自宅のパティオに敷くごま塩模様の敷石を探して、あの大きな山をひとつひとつ選り分けていったわよね」

「そうだな、一枚くらいは撮ってもらってもいいかもしれん」ドレイトンは言った。「フランス製の大理石の暖炉の前などどうだろう」

「パイプをくわえて、ビロードのスリッパを履かなくてはね」リビーおばさんがからかった。

「ハニー・ビーも忘れてはいけない」ドレイトンは言った。ハニー・ビーは彼がこの世でもっとも愛している、キング・チャールズ・スパニエルという種類の犬だ。

「今夜は来てよかった？」セオドシアはリビーおばさんに訊いた。

リビーおばさんはうなずいた。「ええ、もう昔のお友だちに何人も会ったわ。みんなの近況を知ることができてうれしいわ」

ドレイトンが人混みをざっと見わたした。「ふむ、寄贈者だけでなく、古美術商も大勢来ているようだ」

「〈チェイセンズ〉のマレル・チェイセンの姿があるわ」セオドシアは言った。

「それにコーナーストーン骨董店のトッド・グラハムもいる」ドレイトンは言った。「だが、それも当然だ。展示されているアンティーク銃の多くは借り物だから、古美術商は持ち主に買取を持ちかけるつもりなのだろう」

二秒後、ティモシー・ネヴィルがオーダーメイドの服を着たお金持ちのサメのように、人混みを突っ切って近づいてきた。

「これは、これは」ティモシーはリビーおばさんに声をかけた。「ずいぶんとひさしぶりではありませんか。ヘリテッジ協会へようこそ」彼はリビーおばさんの頬にキスをしようと身を乗り出し、おばさんはそのキスを受けた。

「とってもすてきな展示会だわ」リビーおばさんは言った。

「ふたをあけてみれば、りっぱなものになったではないか」ドレイトンがティモシーに手を差し出しながら言った。「本当にすばらしい仕事ぶりだ」

「しかも、お客さまもこんなにたくさんいらしてる」セオドシアは言った。カクテルドレスの女性とブラックタイ着用の男性でごった返しているせいか、大ホールに銃が展示されていても違和感はほとんどない。

「協会のほうで作成した、特別な陳列ケースはもう見たかね?」ティモシーが訊いた。「美術館にあるシャドーボックスのようなやつだ。いや、高級宝石店で使われているガラスケースと言ったほうがいいな。貴重な展示品がスライドして出てくるケースだ」

「とってもすてきだった」セオドシアは言った。実際にはろくに見てもいなかった。

やがてティモシーはほかの客を歓待しに行き、残った三人は展示品をぶらぶらと見てまわった。

「連れの方はどこにいるの?」リビーおばさんがセオドシアに訊いた。

「そのへんにいるはずだけど」セオドシアは答えた。ライリー刑事は展示されている銃にすっかり魅せられ、いつの間にかいなくなっていた。考えてみれば、彼は警察官なのだ。

「その人と会わせてもらえるんでしょう？」

「ええ、必ず」

十分ほど展示品をながめ、ほかのお客と世間話をしたのち、ドレイトンが喉を潤すものを取りにいこうと提案した。

「その喉を潤すものは、どのくらい潤してくれるのかしら？」リビーおばさんは訊いた。

「たしか、シャンパン・バーを用意しているはずだ」ドレイトンは言った。

「あら、すてき」リビーおばさんは言った。

セオドシアはにっこりとした。「気が合うわね」


行ってみると、シャンパン・バーではワインとフルーツジュースも出していた。小ぶりのチーズプレートとクロスティーニもあった。飲み物を受け取り、わけて食べようとチーズプレートをひとつもらって、三人は四人がけのテーブルに着いた。

「彼はそのうち戻ってくると思うわ」セオドシアは言った。やきもきしながら、ライリー刑事の姿を探して人混みをざっと見わたした。それでも彼の姿は見つからなかった。

リビーおばさんがシャンパンをひとくち飲んでから言った。「ところで、あなたがかかわっているおかしな調査のことを聞かせてちょうだいな」

「ちょっと待って」セオドシアは言った。「わたしが調査しているなんて、誰から聞いたの？」

リビーおばさんはにっこりほほえんだ。「ドレイトンからよ」

セオドシアはドレイトンに小さくうなずいた。「まったくおせっかいなんだから」

「そんな辛辣なこと、言わないであげて」リビーおばさんは言った。「ドレイトンは心底、あなたのためを思っているんだから。それに――」そこでうしろめたそうな顔になった。

「わたしがしつこく訊いたのよ」

「きみのおばさんは話を聞き出すのが本当にうまいよ」

「ええ、知ってる」セオドシアは言った。もう一度、あたりを見まわすと、ベティ・ベイツがすすっと歩いていくのが目に入った。白髪頭の長身の男性に向かって熱心に話しかけている。多数派工作をしているのだろう。

ひぃぃぃぃ！

悲鳴があがった。哀れな響きを帯びた大声に、セオドシアは身の毛がよだつ思いがした。すぐさま椅子から立ちあがった。「いまのはなに？」恐ろしい動物の断末魔の叫びのように聞こえた。

うぉぉぉぉ！

まただ！　声は壁で反射し、ぐるぐるまわりながら会場内に響きわたり、やがてやんだ。しかし、今度の声は女性の悲鳴に近かった。死ぬほど怖い思いをしているような、甲高くてよく響く声だ。

まわりの人たちも身じろぎし、あちこち目をやったり、昂奮したようにざわめき、恐ろしい悲鳴があがった場所を突きとめようとしていた。

セオドシアとドレイトンは人々の頭ごしにのぞいてみたが、派手な取っ組み合いをしていることしかわからなかった。あら、やだ！　警備員が三人がかりで誰かを押さえつけようとしている！

でも、いったい誰を？

30

なにが起こっているのかどうしても確認したくて、セオドシアとドレイトンは小声でささやき合う野次馬を押しのけるようにして前に進んだ。

「なにか見える？」セオドシアは訊いた。数歩進むと、あとは人波に運ばれているも同然だった。そうこうするうち、隣にいた男性がよろけていきおいよくぶつかってきたせいで、セオドシアはドレイトンの肩に倒れかかった。

ドレイトンが倒れないよう支えてくれた。「落ち着きたまえ。いや、わたしのほうはいまのところ、なにも見えない」

ふたりは人だかりのさらに奥へと進んだ。全員が裕福で洗練されたチャールストン市民だが、このときばかりは、レッスルマニアのプロレス興行に昂奮する熱狂的なファンの集団にしか見えなかった。

「うそだろう」ドレイトンが大声をあげた。彼は人混みの最前列近くまで押しやられていた。「ジャッド・ハーカーだ」

セオドシアが腰をかがめ、押し合いへし合いしている人々をそろそろとかき分けていくと、

警備員三人がジャッド・ハーカーを一瞬にして床に押し倒すところが目に入った。「見物してただけだ！」

「おれはなにもやっちゃいない！」ハーカーは倒れこみながら叫んだ。

場数を踏んだ三組の手に組み伏せられ、ハーカーはあっさりおとなしくなった。警備員のひとりからきつい調子でなにやら警告を受け、詰め物入りの七面鳥のように引っ張りあげられ、すみやかにギャラリーから引きずり出された。

「道をあけて。道をあけてください」警備員のひとりが声を張りあげた。背が高くてがっしり体形、髪をフットボールの元ラインバッカーみたいに五分刈りにしている。

「なにがあったんですか？」セオドシアは隣にいた黒髪の女性に訊いた。

女性は首を振った。「わたしもわからないの。悲鳴があがったと思ったら、警備員さんが駆けこんできて、よれよれのパーカを着た男の人を取り押さえてたのよ」もう興味がなくなったのだろう、女性は肩をすくめた。「そのあと、どこかに連れていったわ」

しかし、セオドシアの耳はさっきの悲鳴をはっきりとらえていた。あれはジャッド・ハーカーがわめいた声では断じてない。だとしたら、誰？

数秒後、合流したドレイトンに言った。「たしかに誰かが悲鳴をあげたんだけど、ハーカーさんじゃなかった。あの声は女性じゃないかと思う。ううん、思うどころかまちがいないわ」

ドレイトンはかぶりを振った。「おそらくハーカーは誰かを怖がらせたのだろう。妙なことを言ったか、したかして」

「それで、相手の女性が悲鳴をあげた、と」

「誰だかわからんが、気の毒なその女性はそうとは認めないだろうな。過剰反応した自分を恥じているだろうからね」

「それはどうかしら」セオドシアは言った。どこか変だ。ハーカーははめられたのかもしれない。そうじゃないかもしれないけど。いずれにしても、あの人は床に組み伏せられたうえ、乱暴に連行されていった。ドレイトンの袖を引っ張った。「これは結末を見届けたほうがいいと思う」

ふたりは大ホールから廊下に出て左右をうかがった。なにも見あたらなかった。

「警備チームはもう警察に通報したにちがいない」ドレイトンは言った。「それで、ハーカーを外に連れ出したのではないかな」

「ずいぶんとはやすぎない？」セオドシアはそう言ってから片手をあげ、ドレイトンに静かにするよう指示した。なにか聞こえないか、耳をすますためだ。

廊下の突きあたりにあるオフィスから、わけのわからないことをまくしたてている昂奮した甲高い声が聞こえてきた。

「ハーカーさんはまだ建物のなかよ」セオドシアは言った。

「会議室のどれかに閉じこめられたのだな」ドレイトンは言い、ふたりは忍び足で廊下を進んだ。

〝J・クレイトン会議室〟と表示された部屋の前で足をとめ、聞き耳をたてた。ハーカーはそこにいた。ものすごい早口でしゃべりちらす一方、警備チームの三人とピート・ライリー刑事から質問されていた。ライリー刑事の声ならどこにいてもわかる。

「ハーカーはなんと言っているのだね？」ドレイトンが小声で訊いた。

セオドシアは聞くほうに専念しようと目をぎゅっとつぶった。「悲鳴をあげたのは自分じゃないと言ってる。でも、すごく昂奮してるし、怯えてもいるから、言ってることのほとんどは聞き取れないわ」

そのとき、警備員のひとりが怒鳴り出し、ハーカーのすすり泣くような声がしはじめた。

さらに二分ほど聞き耳をたてていると、ライリー刑事がいきおいよく部屋から出てきて、あやうくふたりにぶつかりそうになった。

「えっ！」ライリー刑事はセオドシアとドレイトンを見るなり言った。「ふたりとも、ここでなにを？」

「どうなってるの？」セオドシアは訊いた。

ライリー刑事は首を横に振るだけだった。

セオドシアは降参というように両手をあげた。「ええ、わかってる。盗み聞きなんかしちゃいけないんでしょ。そもそも、この件について話すこともだめなのよね。でも、いいでしょ。なにがどうなってるのか、どうしても知りたいの。ハーカーさんはわたしたちの目の前で床に組み伏せられたようなものなんだもの」

ライリー刑事の表情がぐっとやわらいだ。「うん、あまり喜びすぎないでほしいんだが、どうやら犯人を捕まえたようだ」

「なんの話？　待って、ハーカーさんがラニアーさんを殺害した犯人ってこと？」

「ハーカーが言ってることは支離滅裂でね」ライリー刑事は言った。「女性がやつを押しやって、いきなり叫び出したとか。正直なところ、押したのはハーカーのほうだとぼくは見ている」

「それで、いまはどういう状況なの？」

「いまさっき、上司に電話した」ライリー刑事は言った。

「ティドウェル刑事ね」あの人に知らせるのは当然だ。

ライリー刑事はうなずいた。「ティドウェル刑事からの指示で、ハーカーをダウンタウンまで移送することになった」

「それはよかった」ドレイトンが言った。

「そこで彼を尋問するわけ？」セオドシアは訊いた。

「どうかな」ライリー刑事は言った。「ハーカーはひどい状態だ。頭が混乱していて、おかしなことばかりまくしたてている。鑑定留置をすることになるかもしれない」

「少なくとも当面、外には出られないのね」セオドシアは言った。

「そのとおり」

セオドシアは震える息を吐いた。ほぼ一週間ぶりに安心できそうだ。なにしろ、ジャッド・ハーカーは確実に身柄を拘束されるのだから。でも、彼は本当にラニアーさんを殺した犯人だろうか?

そう考えたとたん、セオドシアはためらいをおぼえた。

「さあ行こう」ドレイトンがセオドシアに言った。「リビーおばさんのところに戻ろうではないか。すっかり彼女をほったらかしてしまった」

「あなたも来る?」セオドシアはライリー刑事に訊いた。

彼はうなずいた。「二分ほど待ってくれれば」

テーブルに戻るとリビーおばさんが最初から全部話を聞かせてとせがんできた。そこでドレイトンとセオドシアは一部始終を話して聞かせた。一週間前にカーソン・ラニアーがクロスボウで撃たれて死んだことから始め、ドレイトンとふたりで検討した容疑者――ジャッド・ハーカー、ベティ・ベイツ、ボブ・ガーヴァー、さらにはシシー・ラニアー――にまで言及した。

「でも、まだ謎は解明できていないんでしょ」リビーおばさんは言ったが、責めるような口調ではなく、おもしろがっているように聞こえた。

「それがね、解決したかもしれないの」セオドシアは言った。「犯人はハーカーさんだったみたい」

リビーおばさんは首を横に振った。「いいえ、その人のはずがないわ」

「なぜそう思うのだね？」ドレイトンが訊いた。

「わたしの勘よ」リビーおばさんは言った。「話を聞いたかぎりでは、ハーカーさんという人は怒りっぽくて思い込みの激しいタイプみたいね。でも、弟さんをあやまって撃った過去があると聞いて、犯人の可能性は絶対にないと思ったわ」

「おもしろい意見ね」セオドシアはリビーおばさんの言葉にはたと考えこんだ。というのも、おばさんは洞察力にすぐれた人だからだ。「だとすると、いまだに五里霧中ということになるわ」

「あなたなら、いずれきっと突きとめるわよ。いつだってそうじゃない」リビーおばさんは穏やかにほほえむと、シャンパンをひとくち飲んで顔をあげ、優雅に歩いていく客に目を向けた。

セオドシアも目を向けたところ、なんだか白昼夢に入りこんだ気分になった。上等な服を着た人間メリーゴーランドを見ている気がしてくる。「アレクシスだわ」アレクシスとビル・グラスが歩いていくのを見ながら言った。グラスは中腰になったり、右に左にすばやく身をかわしながら、猛烈ないきおいでシャッターを押している。アレクシスのほうは、そんな彼のかたわらでアシスタント役を嬉々としてこなしていた。

「きのう一緒にお茶をいただいたとき、アレクシスから新しくオープンしたハイク・ギャラリーについていろいろお話を聞いたわ」リビーおばさんは言った。

「ギャラリーで扱っている商品の仕入れ先が、おばさんも知っている人みたいなの。その話は聞いた?」セオドシアは訊いた。「リドルという名前の骨董商が在庫を処分していたんですって。たぶん、店をたたむつもりで、閉店セールをしてたんじゃないかしら」

リビーは首を横に振った。「ジョージ・リドルは店をたたんだんじゃないわ。殺されたのよ」

セオドシアの顔がくもった。「ええっ？」いまのはわたしの聞き間違い？

「そうなの、本当にひどくて残忍な事件だった」リビーおばさんは言った。「ジョージは小口径の銃で至近距離から撃たれたの。犯人はまだ捕まってないわ。警察の捜査はいまもつづいているはずよ。甥御さんのデイヴィッドがお店を継いだのだけど、事件に大きなショックを受けていてね。お葬式のあいだも、そのあと聖ステパノ教会のわきの墓地でも、涙が涸れるほど泣いていた。ジョージおじさんが殺されたことですっかり気落ちしちゃってね、通常よりもずっと安い値段で店にあるものを全部売ってしまったの」

セオドシアはリビーおばさんの腕にそっと触れた。「それはいつのこと？」

リビーおばさんはちょっと考えこんだ。「そんな前じゃないわ。三、四カ月くらい前だったかしら」

セオドシアは奇妙な感覚に襲われた。全身の神経端末がぴんと引っ張られ、びんびん音がしそうだ。「誰の仕業か、警察は突きとめられなかったの？　誰がジョージ・リドルさんを殺したか、わかってないの？」

リビーおばさんはうなずいた。「ええ」

頭のなかが、制御のきかないジャイロスコープみたいに右に左に激しく傾いた。アレクシスがしていた説明と、リビーおばさんからいま聞いた話はまったくちがっている。どっちが正しいの？

うううん、もしかしたら、どっちの話も部分的には正しいのかもしれない。そうよ、そうにちがいない。

それでもジョージ・リドルが殺された件は気にかかるし、どこか引っかかるものがある。目をちらりと向けると、ビル・グラスが言ったことがおかしかったのだろう、アレクシスが頭をのけぞらせて大笑いしている。

うれしそうで屈託のなさそうなアレクシスを見ているうち、パズルのピースがいくつか、不承不承、おさまるべきところにおさまった。

アレクシスが多額のお金を手に入れたのはたしかだ。それも日本の美術品を大量に購入――あるいは譲り受けるのに充分な額のお金を。

多額のお金。カーソン・ラニアーは勤め先の銀行のお金に手をつけている。だとしたらひょっとして……。

突然、よからぬ考えが頭を駆け抜け、砲火のように炸裂した。

ラニアーがつき合っていた謎の女性がアレクシスということはありうる？　銀行から着服したお金を彼女にあげたとか？　そこまで彼女に入れこんでいたの？

答えを知りたい疑問はもうひとつある。

アレクシスは在庫を安く買うためにジョージ・リドルを殺したの？

そして、ハイク・ギャラリーが形になるにつれ、ラニアーはアレクシスに不審を抱くようになっていったの？　彼女があらたに購入した商品に疑問を持ち、質問するようになったとか？　それもあれこれと。彼女のほうにはお金を返す気がないことに気がついたとか？

一列に並べたドミノの牌(パイ)がいきなりぱたぱた倒れるように、ものすごいいきおいで次々と疑問が浮かんだ。

アレクシスが謎の女だとしたら、その場合……彼女が謎の男を殺したことになるの？

セオドシアはアレクシスの姿を求めてあたりを見まわした。彼女もグラスも見あたらない。

もしかしたらふたりはもう……。

　さらに人混みに目をさまよわせたが、やはりふたりの姿は見つからなかった。頭がぼんやりしてきた。テーブルに戻って、ドレイトンと話し合ったほうがいいのかも。

　セオドシアは軽食コーナーに戻って、目をしばたたいた。さっきのテーブルにドレイトンはもういなかった。リビーおばさんも。

　ドレイトンとリビーおばさんの姿を求め、ホールのすみずみまですばやく見まわした。いやな予感に襲われ、右に左に目をやりながら人混みをかき分けていった。ようやく、ドレイトンの頭頂部が人だかりのなかに見えたり消えたりしているのを発見した。けれども近づいてみたところ、ドレイトンとリビーおばさんはアレクシスと話をしているところだった。

　背骨を冷たいものが這いおりた。

やだ、たいへん。

万にひとつということもあるから、ドレイトンとリビーおばさんをアレクシスから遠ざけなくては。それからライリー刑事を見つけなくては。いますぐ。

セオドシアはこの場から連れ出したい一心で、ドレイトンとリビーおばさんのもとに大急ぎで駆け寄った。けれどもドレイトンは、《南部インテリアマガジン》誌から自宅を撮影したいと打診された話を語っている最中だった。

「ドレイトンの写真撮影の話は聞いた？」セオドシアが輪にくわわるとアレクシスが訊いた。「わくわくするわね？」

「すごいことだわ」セオドシアは感情のかけらもない声で言った。ドレイトンとリビーおばさんを安全な場所に避難させることしか頭になかった。

アレクシスはうしろに体をそらした。「もっと大はしゃぎするかと思ってた」そう言って、異様にぎらついた目でセオドシアを見つめてきた。

「ごめんなさい、もう失礼しないと」セオドシアはリビーおばさんの腕をつかんで引き寄せた。「すぐに帰らないといけなくて。ちょっと用事ができたものだから」

アレクシスはまだセオドシアを見つめている。「セオドシアってすごいわね。いつも忙しくしていて、ほんのちょっともじっとしてないんだから」

セオドシアは喉にこみあげてきたものをのみこもうとした。アレクシスと真っ向から対決すべきなのかもしれない。もっとも、完全な見当違いということもありうる。

「アレクシス」セオドシアは口をひらいた。「おたくの店の品をどこで手に入れたのかと訊いたとき、引退する骨董商の話をしてくれたわよね」

「ジョージ・リドルね」アレクシスはうなずいた。

「でも、さっきリビーおばさんから聞いたけど、リドルさんは引退したんじゃなかった。殺されたのよ」

アレクシスは眉根を寄せ、不安な表情を浮かべた。「なんてこと。それって最近の話？」

「数カ月ほど前よ」セオドシアは言った。

「本当なの？　全然知らなかった」

いつの間にかビル・グラスがアレクシスの隣に来ていた。「もうひとつのレンズをくれないか、ベイビー？」彼はそこで、ほかの四人が深刻な顔をしているのに気がついた。「どうした？　大親友がたったいま死んだって顔をしてるぜ」

「いくつかはっきりさせようとしているだけ」セオドシアは言った。「あなたは口を出さないで」

「なにをはっきりさせようってんだ？」今度は喧嘩腰ともいえる声ですごんできた。

「セオドシアがね、わたしをひどく誤解してるみたいなの」アレクシスが甘ったれた声で言った。

「そうなのか？」グラスはガードするようにアレクシスに腕をまわし、セオドシアを怖い目でにらんだ。「だったら、自分のことだけかまってたほうが身のためだぜ」

「たしかにそうね」セオドシアは言った。思っていたよりも話が大きくなりすぎて、とても手に負えそうにない。ここはひとまず退散して、あとで検討したほうがいいだろう。けれどもリビーおばさんが怪訝そうな顔をしていた。「なにかあったの？」おばさんはセオドシアに訊いた。

「状況を把握しようとしているだけ」セオドシアは答えた。「でも、たいしたことじゃないわ」

アレクシスがうすら笑いを浮かべた。「そのとおり。把握しなきゃいけない状況なんかないもの」そう言って、手にしていたレンズを握る手に力をこめた。

「そんなことない」セオドシアは言った。いらいらがつのり、怒りが一瞬にして全身を覆いつくした。「把握しなきゃいけない状況はちゃんとある。なんだったら、ライリー刑事にここに来てもらいましょうよ。逮捕される前に無実を訴えればいいじゃない」

「そうしろよ」グラスがけしかける。

アレクシスはグラスにレンズを渡すと、黒いイブニングバッグに手を滑りこませた。そして溶けたバターのようにつやつやした銃を取り出した。

「やめて……」セオドシアは言いかけた。けれどもアレクシスは、鶏小屋に忍びこんだイタチのようにすばやくこっそりと動いたあとだった。リビーおばさんの首に片腕をまわして自分のほうに引き寄せ、側頭部に銃を突きつけた。

「なんてことをする」ビル・グラスが目をむいた。五人は小さく寄り集まっていたから、なにが起こっているのか、ほかの人たちからは見えなかった。

セオドシアは震えあがった。時間がいまいましいほどのろのろ過ぎていくなか、助けを求めてあたりを見まわした。ライリー刑事はどこ？　警備員たちは？　誰の姿も見えない。

「ゆっくりとうしろにさがって」アレクシスが歯を食いしばったまま言った。「変に騒ぐんじゃないわよ。口をしっかり閉じててちょうだい」

セオドシアは一歩うしろにさがり、先込め式の銃をおさめたケースにぺたりと張りつく格好になった。左を見ると、ドレイトンが毅然とした表情をしているのが目に入った。先制攻撃をしかけて、アレクシスの手から銃をもぎ取ろうと考えているのだろう。

「ドレイトン」アレクシスは言った。「なにを考えてるのか知らないけど、やめておいたほうが身のためよ」

ドレイトンは蝶ネクタイに手をやった。「はあ？」頭が混乱したのか、力のない声になった。

「いったいどうなってんだ？」グラスがまた訊いた。理解力が追いついていないのだろう。ほかの四人からかなり遅れていた。

「うるさいわね。いいから黙ってなさいよ！」アレクシスが言い放った。

グラスは虫をのみこまされたみたいに呆然となった。「アレクシス？　おれのかわいこちゃん？」

セオドシアは両手をうしろにまわし、ひとつ深呼吸した。このケースはまだ鍵をかけていないかしら？　もしそうなら、うまくすれば……どうするの？　なかの銃を手に取る？

お願いです、神様。どうか、ケースに鍵がかかっていませんように。

セオドシアはそろそろとケースのひんやりしたガラス部分に触れ、すべすべの木の部分まで手探りした。ケースのへりを押すと、かすかなピシッという音がするのが聞こえた。というより、感じた。いまのは蝶番がひらいたということ？

アレクシスは唇をゆがめた。「わたしはこれで退散するけど、このご婦人も一緒に連れていくわ」

「頼む」ドレイトンが説得にかかった。「すべて交渉すればいいことではないか。みんなでいい解決策を探ろう」

セオドシアはケースのなかに手を入れ、小さくねじったかさかさの紙をつかんでわきにのけ、鉛の玉と少量の火薬をつまみあげた。

「そこのあなた！　ティールームのあなたよ」アレクシスがいきなり、声を殺してわめいた。「なにをしてるの？　その手に持っているのはなに？」

セオドシアはおずおずと両手を前に出した。「ティーバッグよ」そう言って、片手をゆっくりとひらき、黒色火薬がなかに入っている小さな紙包みをアレクシスに見せた。

「あなたってば、どこまでもおめでたい人ね」アレクシスはせせら笑った。「どんなときでも頭のなかはお茶のことばかり。そんなんじゃ現代社会に置いてけぼりをくらうわよ」

「とにかく、リビーおばさんを自由にしてやってくれたまえ」ドレイトンが訴えた。「頼む、なにも人を傷つけなくてもいいだろう」彼は一歩前に進み出たが、アレクシスはねらいを変え、彼に向けて銃を振った。

「みんな、これ以上一歩も動かないで」アレクシスは言った。「ばかなまねをするんじゃないわよ。こざかしいまねをしたら承知しないから。わたしはいますぐここを出ていく。あんたたちのひとりでもおかしな動きを見せたら、この人を撃つ。そしてほかの誰かを人質にする」そこで肩をすくめた。「あんたたちしだいよ。さあ、どうする？」

「頼む」ドレイトンがまた同じことを言った。

セオドシアはドレイトンがアレクシスを説得するのを上の空で聞いていた。そうしながら、陳列ケースのなかに手をそろそろと戻すことに集中していた。

ドレイトンがもう一度説得をこころみ、リビーではなく自分を人質にするよう熱っぽく訴えた。

その間もセオドシアは手を陳列ケースのなかにゆっくりと、それはそれはゆっくりと差し入れつつ、体をほんのわずかでも動かさないよう、あるいは表情の変化でやっていることを悟られたりしないようにしていた。ようやく拳銃の冷たい金属の握りに指先が触れると、おそるおそる安堵のため息を洩らし、人差し指を用心鉄に滑りこませた。それからゆっくりと拳銃を引き寄せた。うしろにまわした両手でペレット状の火薬を銃口から入れた。

どうかうまくいきますように。成功しますように。その祈りだけがセオドシアの頭のなかをぐるぐるまわっていた。もしもこの銃が暴発したら……あるいはアレクシスのほうが先に発砲したら……。

セオドシアは大きく息を吸って、引き金に指をかけた。「カーソン・ラニアーさんを殺したのはあなただったのね」と氷のように冷たい声でアレクシスに言った。「あの人から五百万ドルをだまし取ったんでしょ」

「黙って」アレクシスは鋭く言い返した。「だったらなんだっていうの？　あなたのあくなき探究心ってやつにはもううんざり」彼女はリビーおばさんの首にかけた腕にさらなる力をこめた。「さあ、行くわよ、ミス・リビー。あなたはわたしと一緒に来るの」

リビーおばさんが怯えた目をセオドシアに向けた。

セオドシアは鋼のような固い信念をこめて、おばと目を合わせた。

「もうおしゃべりはおしまい」アレクシスは冷たく言い放った。リビーおばさんを乱暴にぐいと引っ張り、そのせいでおばさんはバランスを崩してよろめいた。怯えたおばさんは転ぶまいとしてアレクシスの腕をつかんだ。

ほんの一瞬だけれど、アレクシスの銃口がリビーおばさんの頭からそれた。

セオドシアにはそれで充分だった。

体のど真ん中、という表現が稲妻のように頭にひらめき、拳銃をすばやく確実に持ちあげた。体のど真ん中を見きわめ、ほんの少し右をねらった。アレクシスに怪我を負わせて、銃を捨てさせるのが目的だ。殺してはいけない。それに、どうか、リビーおばさんに当たりませんように。

どっちに転ぶかわからない、その一瞬にセオドシアはもう片方の手を前にまわし、拳銃をしっかりと握った。チャンスはいましかない。さいころを振って一のゾロ目にならないことを祈るしかない。完璧な一発にしなくては。正確にねらいをつけ、絶対にびくついてはいけない。

最後の千分の一秒になって、セオドシアが両手で拳銃をかまえ、ねらいをつけている姿をアレクシスの目がとらえた。まばたきする時間も、どうするか考える時間も、ねらいをさだめ直す時間もほとんどなく……。

セオドシアが引き金をしぼった。

バーン！

31

耳を聾せんばかりの音が大ホール全体に響きわたった。ガラスケースがカタカタいい、人々が悲鳴をあげる。流れ弾、さらにはテロリストによる攻撃を恐れ、多くの客が床に伏せて頭を覆った。

もともと重くて持ちにくい作りの拳銃がセオドシアの手のなかでいきおいよく跳ねあがり、真っ白な閃光を放った。内耳に音の衝撃が伝わり、そのせいで耳がまったく聞こえなくなった。飛散した少量の火薬が顔の右側に細かなシルクのミストのように付着している。硫黄のにおいが鼻につんときた。

二秒後、セオドシアはすばやくまばたきしながら、もうもうと立ちこめる硝煙に目をこらした。弾は標的に当たっただろうか？　判断がつかなかった。

アレクシスは立ったまま、セオドシアを見つめていた。口をあんぐりとあけ、鋭い光を放つ目は銀色の五セント硬貨を二枚並べたように見える。

わたしはどうしたらいいの？　冷静さを失ったセオドシアの頭に、まず浮かんだのがその問いだった。

次の瞬間、アレクシスの白いウールのジャケットに赤い点がぱっと現われた。死んだ兵士の墓に咲くポピーのようだ。赤い点はしだいに大きくなった。

アレクシスはジャケットを見おろした。「あなたってば……」声を出すのもやっとのようだ。自分の身に起こったことの恐怖感が、ゆっくり顔にひろがっていく。「あなたってば……」

「弾が当たったな」ドレイトンのささやく声が耳に熱い。「よくやった」

そこから先は、なにもかもが立てつづけだった。人々が悲鳴をあげる。アレクシスの手から銃が落ちる。リビーおばさんが身をよじって拘束を逃れる。

一秒後にはピート・ライリー刑事が来て、セオドシアにやさしい声で、もう終わったよと告げ、こわばった彼女の手から拳銃を取りあげようとしていた。

ビル・グラスはどうしたらいいかわからないのか、写真を撮り始めた。バシャバシャバシャッとフラッシュがまぶしく光る。まるでトリニティ・サイトでおこなわれた初の核実験のようだ。

あいかわらず突っ立ったままのアレクシスだったが、『オズの魔法使い』で水をかけられて溶けてしまう西の悪い魔女のように、ゆっくりと床にくずおれていき、ようやく大声をあげることを思いついた。「助けて。撃たれたわ！　あの女に撃たれた！」

セオドシアは平然としていた。アレクシスに背を向けると、リビーおばさんをつかまえて両腕にかき抱いた。姪の顔をうかがうように見つめていたリビーは、初めは放心したような顔をしていたが、やがてほっとした表情に変わった。

「助けてくれたのね」リビーおばさんは蚊の鳴くような声で言った。

「ええ」セオドシアも力なくつぶやいた。「あたりまえじゃない」おばさんのためなら、命を投げ出したっていい。リビーおばさんの頭を自分の肩にぐっと押しつけ、強く抱きしめた。おばさんの肩が華奢で細く感じる。でも、とにかく無事だ。

「あなたって人は、怖いもの知らずなんだから」リビーおばさんは言った。「それにとっても勇敢だわ。お父さんにそっくり」

そのひとことで、セオドシアの目に熱い涙があふれた。リビーおばさんの兄であるセオドシアの父親は、亡くなってもう十年以上になるが、いまも心のなかで生きている。きっと、いまも彼女のことを見守っているはずだ。

32

太ったプリマドンナが登場して歌うまでオペラは終わらないという言いまわしがある。この場合にかぎって言えば、太った刑事――正確に言えばバート・ティドウェル刑事だ――が登場し、今夜はもうおひらきだと宣言して、はじめて終わりとなった。

アレクシスは十分ほど前、救急車で搬送されたが、ビル・グラスは同行しなかった。ヘリテッジ協会にとどまって、思うぞんぶん写真を撮ってはみんなからいやがられていた。警官からやめるよう指示されると、つまらなそうな、納得のいかない顔になってぶらぶらしはじめた。

客の名前が制服警官の一団によってきぱきと書きとめられていく。後日、正式な目撃証言をするよう、警察から要請がいくのだろう。

ティモシーが理事会のメンバーを集めて、緊急会議をひらいた。決を採り、新理事の選挙は当面見合わせると決まった。

そしてセオドシアはと言えば――そう、セオドシアは激しい渦巻の中心にいるかのようだった。

最初に近づいてきたのはベティ・ベイツだった。彼女はセオドシアににじり寄って、せせら笑った。「あなたのおかげで、わたしが理事に選ばれる芽はなくなったわ」背信行為をなじるみたいに、その科白をセオドシアに投げつけた。

「お邪魔しますよ」ティドウェル刑事が言葉による攻撃としか言えないものに割って入った。「彼女から離れてください」刑事は手で追い払うような仕種をした。「ローリー巡査?」と声をかけ、すぐそばに立っていた制服警官にぼさぼさの眉毛を寄せてみせた。「この方をほかのところへお連れするように」

「そんなことできるわけ……」ベティは早口に抗議を申し立てはじめた。けれども無駄だった。制服警官は体もずっと大きく、いかにも強そうで、しかも銃を持っていた。

「事件を解明したのはリビーおばさんなの」セオドシアはティドウェル刑事に言った。「アレクシスはわたしたちのレーダーにまったく引っかかっていなかったんだもの」かぶりを振る彼女を、ティドウェル刑事が、わかりますよというように見つめた。「シシー・ラニアーかもしれないとは思った……」

「彼女ではありえません」ティドウェル刑事は言った。「あの女性には人を殺すほどの度胸はありませんからな」

「あるいは、ジャッド・ハーカーさんかと」セオドシアはつづけた。

「ハーカーがおかした罪はただひとつ、喪失感を引きずりつづけたことでしょう」刑事は妙に悟ったような口調で言った。

「そうじゃなかったら、ボブ・ガーヴァーさん」セオドシアは自分の考えた容疑者リストの最後のひとりをあげた。

ティドウェル刑事が彼女を指差した。「ま、その御仁はそうとうまずいことになっておりますがね。凶悪犯罪ではないものの、複数の詐欺および連邦法違反の容疑で取り調べることになるでしょう」刑事はいかにも機嫌がよさそうに言うと、かかとに体重をあずけ、おなかの上で手を組んだ。「だが、殺人事件の容疑者ではない。もっともあなたは、あの男がスカンクのようにぷんぷんにおうと犯人扱いしていたようですが」彼はそこで唐突に言葉を切った。自分流のユーモアをセオドシアがおもしろく思っていないようだと察したのだ。「ミス・ブラウニング？　大丈夫ですかな？」悦に入った状態から一変、こまやかな気遣いを見せはじめた。

セオドシアは首を横に振った。「大丈夫とは言えない。気分があまりすぐれなくて」

ティドウェル刑事は片手をあげ、大きくまわした。

ピート・ライリー刑事が一足飛びにやってきた。

「こちらのミス・ブラウニングは気分がよくないそうだ」ティドウェル刑事は言った。「適切に付き添ってやって、そのあと自宅まで送ってやってくれないか？」

「承知しました」ライリー刑事はセオドシアの体に腕をまわし、すっかり人のいなくなったバー・エリアにあるテーブルへと連れていった。貴重なドレスデン人形を扱うような、やさしい手つきだった。ふたりして席に着くと、ライリー刑事はテーブルごしに手をのばし、セオドシアの手を両手で包みこんだ。「大丈夫？」

「ううん」セオドシアは言った。「でも、じきによくなると思う。ちょっと息をととのえればすむことよ」

「今夜は血の気の引くような出来事がたくさんあったからね。それも、ありすぎるほどに」ライリー刑事は心配そうだった。いまにも救急車をもう一台呼びそうな顔をしている。

セオドシアは彼と目を合わせた。「わたしにがっかりしたんじゃない？」そうでなければいいけれど。警察官モードになって、どうしてあんな危険なまねをしたんだとお説教をたれたりしないでほしい。人のいるところで発砲したことを責めないでほしい。もう、これっきりにしようなんて話は絶対に聞きたくない。今夜のことで堪忍袋の緒が切れただなんて言わないで。

「とんでもない！」ライリー刑事は言った。「少しもがっかりなんかしていないよ。むしろ、感心しているくらいだ」

「人を撃つ度胸があったから？」

「というより、銃の腕前のことを言ったんだけどな」そこでライリーのハンサムな顔にかすかな笑みが浮かんだ。「次回の署内射撃大会では、ぼくのかわりに出てもらいたいよ」

セオドシアもほほえんだ。「今夜、少し練習したことだしね」

それからしばらくふたりは心地よい沈黙を嚙みしめながら、事態が徐々に静まっていき、お客が全員送り出される様子を見守った。

「ブラックタイ着用の猫の舞踏会はどうする?」ようやくライリー刑事が口をひらいた。

セオドシアはうなずいた。「毛玉の舞踏会のこと? コモドア・ホテルで開催されるあれ?」

「うん。きみを家まで送って、そのあとレンタルした燕尾服に着替えたほうがいいかな? まだ行きたい気持ちはある?」

セオドシアはおずおずとライリー刑事の顔をうかがった。「あなたは行きたい?」

「いや、べつに」ライリー刑事は決まり悪そうに答えた。「燕尾服は好きじゃないし、そもそもあの手のスーツは着心地を考えて作られていないから」

「ねえ、こうしない? いいことを思いついたの」セオドシアは立ちあがってバーカウンターまで行くと、まだ栓を抜いていないシャンパンのボトルを手にした。上等なフランス産のシャンパンだ。戻ってきてボトルをテーブルに置いた。「ティモシーとヘリテッジ協会からの差し入れよ」

「きみのそういう切り替えの速いところが好きだな」ライリー刑事は顔をほころばせた。

「きみの家に行って、シャンパンを持って暖炉の前でくつろげば……ほかになにがいる?」

セオドシアはほほえんだ。

「たぶん、いくつか思いつけるわ」

罪作りなチョコレートのティーブレッド

＊用意するもの＊

バター……¼カップ
砂糖……⅔カップ
卵……1個
ケーキ用小麦粉……2カップ
ベーキングソーダ……小さじ1
塩……小さじ½
粉末ココア（砂糖の入っていないもの）……⅓カップ
バターミルク……1カップ
刻んだくるみ……¾カップ

＊作り方＊

1 バター、砂糖、卵をクリーム状になるまですり混ぜる。

2 **1**にふるった小麦粉、ベーキングソーダ、塩、粉末ココア、バターミルク、くるみをくわえて充分に混ぜる。

3 パン型に油を引いて、**2**の生地を流し入れ、175℃のオーブンで1時間、竹ぐしを刺してもなにもついてこなくなるまで焼く。

※米国の１カップは約240ml

ターキーの
ウォルドーフ・サンドイッチ

＊用意するもの（12個分）＊

マヨネーズ……½カップ

調理済みのターキー（さいの目切り）……1½カップ

ドライクランベリー……½カップ

ローストペカン（みじん切り）……½カップ

玉ネギ（みじん切り）……¼カップ

リンゴ（さいの目切り）……1個

バター……適量

食パン……6枚

＊作り方＊

1 マヨネーズ、ターキー、ドライクランベリー、ローストペカン、玉ネギ、リンゴをボウルに入れて混ぜる。好みに応じてマヨネーズを少し足してもよい。

2 パンにバターを塗り、そのうちの3枚に**1**の具をのせ、残りの3枚でサンドする。

3 **2**の耳を切り落とし、斜めに切って4等分する。

3　ボウルに¾カップの砂糖、小麦粉、ベーキングパウダー、塩を入れて混ぜる。そこに割りほぐした卵もくわえる。

4　**3**の生地を**2**の型に流し入れ、溶かしバターを上からかける。

5　175℃のオーブンで約40分、上部がキツネ色になるまで焼く。クリーム、ホイップクリーム、またはシナモン風味のホイップクリームを添える。

＊作り方＊

1　よく冷やしたボウルに生クリームを入れて高速で泡立てる。

2　**1**に少しずつ砂糖、シナモン、バニラ・エクストラクトをくわえながら、角が立つまでさらに泡立てる。

3　好みのデザートに添える。あまったら冷蔵庫で保存する。

ヘイリーのありえないくらいおいしいプラムのクリスプ

＊用意するもの（4〜6人分）＊

プラム……12個
砂糖……1カップ
卵……2個
小麦粉……1½カップ
ベーキングパウダー……小さじ1½
塩……小さじ1
卵……1個
溶かしバター……½カップ

＊作り方＊

1　プラムは種を取りのぞいて刻む。小麦粉はふるっておく。
2　20cm×20cmのスクエア型に油を引き、そこに**1**のプラムを敷きつめ、¼カップの砂糖をまぶす。

シナモン風味のホイップクリーム

＊用意するもの＊

生クリーム……2カップ
砂糖……¼カップ
粉末シナモン……小さじ1½
バニラ・エクストラクト……小さじ1½

リンゴとヨーグルトとチキンのキャセロール

✳用意するもの（4人分）✳

タルト用リンゴ（紅玉がよい）……4個

プレーンヨーグルト……1カップ

鶏胸肉……4枚

オレンジ……2個

✳作り方✳

1　リンゴは種を取って皮つきのままみじん切りにし、薄く油を引いたキャセロール皿の底に敷きつめる。

2　**1**にヨーグルトを流し入れ、軽く混ぜる。

3　**2**の上に鶏胸肉をのせる。

4　オレンジを皮つきのまま薄くスライスし、風味づけと乾燥防止を兼ねて**3**の上に並べる。

5　175℃のオーブンで1時間焼く。出す前にオレンジを取りのぞく。

フレンチトーストの
オーブン焼き

＊用意するもの（4～6人分）＊

バター……1本（約115g）

ブラウンシュガー……1カップ

食パン……12枚

卵……5個

牛乳……1½カップ

シナモン……適量

＊作り方＊

1 食べる前の晩にバターを溶かして23cm×30cmの焼き型に流し入れ、そこにブラウンシュガーを混ぜる。

2 卵を割りほぐし、牛乳と混ぜる。

3 パンを2枚ずつ重ねて**1**に並べて**2**を流し入れ、好みで上にシナモンを振る。

4 覆いをしてひと晩おく。

5 翌朝、**4**の覆いを取り、175℃のオーブンで45分焼く。

＊作り方＊

1 打ち粉をした作業台にパイ生地をひろげて、40cm×25cmの長方形にのばす。
2 へりの不揃いなところを切り落とし、薄く油を引いた天板にのせる。よく切れるナイフでへりから2cmくらいのところにうっすらと切り目を入れる。
3 フォークを使い生地全体に1cm間隔で穴をあける。
4 200℃のオーブンで15分ほど、全体がキツネ色になるまで焼く。オーブンから出して、おろしたグリュイエールチーズを散らす。
5 パイ生地に合わせてアスパラガスの下の部分を切り落とし、**4**に上下を互い違いにして並べる。
6 刷毛でオリーブオイルを塗り、塩·コショウで味つけする。
7 オーブンに戻し、アスパラガスがやわらかくなるまで、20〜25分焼く。

アスパラガスと グリュイエールチーズのタルト

＊用意するもの（4〜6人分）＊

冷凍の折りパイ生地……1枚

グリュイエールチーズ（おろしたもの）……2カップ

グリーンアスパラガス（中くらいの大きさ）……680g

オリーブオイル……大さじ1

塩・コショウ……適量

2 大きなボウルに小麦粉、ベーキングソーダ、クリームターター、砂糖、塩を入れ、全体がぽろぽろした感じになるまでペストリーブレンダーでバターを切り混ぜる。
3 **2**にバターミルクと割りほぐした卵をくわえ、やわらかい生地を作る（足りなければ分量外のバターミルクを足してもよい）。
4 グリドル、またはフライパンに油を引いて中火にかけ、**3**の生地を大さじ山盛り１杯ずつ、３～４カ所に落とす。スプーンの背でたいらになるよう押さえる。
5 両側ともキツネ色になり、中心部に火がとおったらできあがり。残りも同じようにして焼く。
6 温かいうちにクロテッド・クリーム（分量外）、またはバターとジャム（分量外）を添えて出す。

＊作り方＊
1 材料をすべてボウルに入れ、角が立つまで泡立てる。
2 使う直前まで冷やしておく。焼きたてのスコーンにぴったり！

昔ながらの
グリドル・スコーン

✳用意するもの（8個分）✳

小麦粉……2カップ
ベーキングソーダ……小さじ1
クリームターター……小さじ½
砂糖……大さじ1
塩……小さじ¼
バター……¼カップ
バターミルク……1¼カップ
卵（大）……1個

✳作り方✳

1 バターはよく冷やして小さく切っておく。卵は割りほぐしておく。

ドレイトンの超簡単クロテッド・クリーム

✳用意するもの✳

クリームチーズ……85g
砂糖……大さじ1
塩……ひとつまみ
生クリーム……1カップ

＊作り方＊

1 大きなボウルにターキー、フェタチーズ、ほうれん草、卵、パン粉を入れて混ぜ、ガーリックパウダー、オレガノ、塩、コショウで味つけする。

2 **1**の生地を大きめのパン型に入れ、160℃のオーブンで45分ほど焼く。

3 スライスしてサラダを添えて出す。

ギリシャ風ミートローフ

＊用意するもの（4〜5人分）＊

ターキーのひき肉……450g

フェタチーズ……½カップ

生のほうれん草（みじん切りにしたもの）……1カップ

卵……1個

パン粉……¼カップ

ガーリックパウダー……適量

オレガノ……適量

塩・コショウ……適量

column and recipe illustration by GOTO Takashi
artwork by KAMIMURA Tatsuya (base on shape)

訳者あとがき

みなさま、こんにちは。〈お茶と探偵〉シリーズの第十九作、『セイロン・ティーは港町の事件』をお届けします。

世界各地から二十隻以上もの大型帆船がチャールストン港に終結し、大勢の観客を楽しませるガス灯とガリオン船パレード。無数の電飾できらびやかに彩られた帆船が優雅に航行していく様子は息をのむほど美しく、港町として古くから栄えたチャールストンらしいイベントです。セオドシアとドレイトンはティモシー・ネヴィルの招きで、彼が暮らすイタリア様式の豪邸のルーフバルコニーからイベントの模様を見物することに。ほかにも二十人以上の人が招かれ、この豪華な一大パノラマを楽しんでいます。

大砲の音が響きわたったそのとき、ルーフバルコニーからひとりの男性が転落し、無残な死を遂げます。一部始終を目撃したセオドシアは、遺体の様子から男性の死因は転落によるものではなく、もちろん大砲の弾が当たったわけでもなく、小型のクロスボウの矢で射られたためだと判断します。すなわち、誰もが思ったような事故ではなく殺人事件だったのです。

ティモシーにぜひにと頼みこまれ、セオドシアも警察とはべつに事件を調べることに。

亡くなった男性は銀行の幹部で、アンティークの銃のコレクターでもありました。また、妻と離婚寸前の状態だったこともわかりました。事件の背景にあるのは仕事をめぐるトラブルか、銃規制活動家との確執か、それとも泥沼化した離婚騒動か。浮かびあがってくる容疑者候補は数知れず。おまけに本業のほうもお茶会の開催にファッションショーのケータリングと忙しく、調査は思うように進みません。はたしてセオドシアは真相にたどり着くことができるのでしょうか。そして、犯人はいったい誰？


今回も盛りだくさんの内容で、事件以外にも数多くのイベントで楽しませてくれます。冒頭のガス灯とガリオン船パレード、デレインのブティックでおこなわれるシルクロードをテーマにしたファッションショー、インディゴ・ティーショップで開催されるプラムの花のお茶会。どれも夢のようにすてきで、訳しながらあれこれ想像してため息をついてしまいました。そんななか、今回わたしがとくに注目したのは、ヘリテッジ協会で開催される〈めずらしい武器展〉という企画。事件の背景のひとつとして描かれるこの展示会は、各種武器のアンティークとしての魅力を発信するイベントになっていて、マニアでなくても心惹かれる内容ではないでしょうか。凝りに凝った装飾をほどこされた銃などは、それが武器であることを忘れて見入ってしまいそうです。

いっぽう、その展示会の中止を強硬に求める男性の存在は、近年の銃規制派の動きを反映したものでしょう。アメリカでは銃による犯罪で年間一万人以上が命を落としていると言われています。銃による自殺者もそれと同じくらいいますし、暴発や誤射などの事故による死者も数百人単位と聞きます。二〇一七年のラスヴェガスの乱射事件では五十八人が命を落としましたし、昨年、フロリダ州パークランドやテキサス州サンタフェの高校で銃撃事件が起こったことは記憶にあたらしいところ。これだけの事件が起こっても、銃の所持そのものを規制すべきという声が半数程度にとどまっているところが、銃が生活に深く入りこんでいるアメリカならではという感じがします。

さて、最後に二十作めとなる次作 *Broken Bone China* の紹介を少し。熱気球の技術を競うバルーン・レースのさなか、どこからともなく現われたドローンが一機の熱気球を襲撃します。熱気球は墜落し、三人が死亡。そのうちのひとりが地元のソフトウェア会社のＣＥＯでした。ケータリングの仕事で現場に居合わせたセオドシアとドレイトンは、興味を惹かれて事件を捜査することに。

セオドシアはもちろん、すっかり探偵の相棒役が板についたドレイトンの活躍も楽しみですね。

二〇一九年三月

コージーブックス

お茶と探偵⑲

セイロン・ティーは港町の事件

著者　ローラ・チャイルズ
訳者　東野さやか

2019年　3月20日　初版第1刷発行

発行人　成瀬雅人
発行所　株式会社　原書房
〒160-0022 東京都新宿区新宿1-25-13
電話・代表　03-3354-0685
振替・00150-6-151594
http://www.harashobo.co.jp
ブックデザイン　atmosphere ltd.
印刷所　中央精版印刷株式会社

落丁・乱丁本はお取り替えいたします。
定価は、カバーに表示してあります。
 ISBN978-4-562-06091-7 Printed in Japan